CW01044158

Catherine Dufour

Outrage
et rébellion

Denoël

Cet ouvrage a été précédemment publié dans la collection
Lunes d'encre aux Éditions Denoël.

Retrouvez Catherine Dufour sur son site internet :
http://www.catherinedufour.net

Catherine Dufour naît à Paris en 1966. En 2001, elle publie son premier roman, *Blanche Neige et les lance-missiles*, tome inaugural d'une tétralogie de *fantasy* goguenarde et délirante. *Le goût de l'immortalité*, son premier roman de science-fiction, paraît en 2005, et remporte la quasi-totalité des prix littéraires dédiés au genre : Grand Prix de l'Imaginaire, prix Rosny aîné, prix Bob Morane, Nouveau Grand Prix de la science-fiction française. En 2008, le recueil *L'accroissement mathématique du plaisir* réunit une grande partie de ses nouvelles dont « L'immaculée conception », lauréate du Grand Prix de l'Imaginaire. Son dernier roman en date, *Outrage et rébellion*, a été publié en 2009 dans la collection Lunes d'encre des Éditions Denoël.

Ces gens sont sympathiques et ils auraient pu être des gens bien, mais pas dans un monde aussi navrant.

lamonte'

I

Mais que peut faire /
un pauvre pensionnaire

1

L'antichambre des enfers

ASHTO : La vie en pension' n'était pas pénible. Elle était ennuyeuse, c'est tout. On y arrivait vers quoi, sept ans ? Et on en sortait quand
papa le décidait. Vers vingt ans.

On manquait de rien, là-dedans. Y avait
même des grands Espaces Verts et toute cette
merde. C'était une vie de luxe, pas de doute.
Mais on était pas tellement au courant, haha !

DRIME : Je suis arrivé en pension' vers sept ou
huit ans, comme tout le monde. La pouponnière m'a longtemps manqué, j'ai pleuré pendant des jours. Et puis je m'y suis fait. Il y avait
de l'espace, du grand air, une turne pour moi
tout seul, et rien d'autre à faire qu'à *s'orner
l'esprit*, comme disaient les monos. C'est-à-dire
qu'ils nous abrutissaient de travail, avec toutes
sortes d'enseignements utiles pour futurs héritiers de grandes fortunes, oh oui ! Des discipli-

nes tradi, les fameuses *disciplines ancestrales* : le
nô, le manipuri. Ancestrales, tu parles ! Mon
père est sibéro-maori, alors franchement, le nô,
qu'est-ce que les mânes de mes ancêtres pouvaient en avoir à foutre ?

FADO : Ils nous faisaient trimer : réveillés tôt,
couchés tard et entre les deux, ils nous lâchaient
pas mais amicalement, hein ? Tout était *amical*.
  Cela dit, même amicalement, c'est pas facile
d'expliquer à un ado à quel point le gaomi est
un truc passionnant — tu sais, c'est juste des
cocottes en papier plié, des putain de cocottes
tradi —, alors pour qu'on marche quand même
dans leur amitié, les monos nous montaient les
uns contre les autres ; ils organisaient tout le
temps des « concours amicaux », des « compéti-
tions amicales », des tas de machins amicaux au
sujet de n'importe quoi, le saut à la perche ou
la poésie malaise ; avec, à chaque fois, une célé-
bration débile pour remettre la médaille au
vainqueur, et la plupart des pensionnaires était
à fond là-dedans — dans les médailles.
  Vraiment à fond.

DRIME : Nous faisions du sport, bien sûr ;
beaucoup de sport. Nous étions là pour ça,
n'est-ce pas ? Surtout de l'entraînement cardio-
vasculaire, de la course de fond ou de demi-
fond. Sérieusement, existe-t-il quelque chose de

plus ennuyeux que la course de demi-fond ? Mais nous faisions ça *à l'air libre*, avec une simple combinaison à rayons durs, un masque et de l'Herbe jusqu'aux mollets, parfaitement ! De la vraie Herbe, avec de la Chlorophylle. Et nous trouvions ça normal, absolument.

ASHTO : J'ai d'abord été en pension' à coahuila. Dans le désert de chihuahua. Mais je supportais pas le climat. On m'a envoyé à karakul. Dans les conglin. Et vous savez quoi ? C'était la même merde. Une pension' de luxe sous un filtre à rayons durs. Des cours à la con. Et autour, des kilomètres de désert comme des barreaux. Pas moyen de foutre le camp à pied. Et on avait que nos pieds pour bouger, haha ! Mais je me demande si c'était nécessaire, ces kilomètres de désert. On connaissait rien, mais *rien* au vrai monde. Il nous faisait peur. La trouille nous tenait en cabane mieux que mille bornes de caillasse.

DRIME : Pour nous, le monde extérieur se résumait à une planète polluée, irrespirable. Au-dessus, des tours de luxe dans lesquelles vivaient des parents qui ne voulaient pas de nous et en dessous, un cloaque surpeuplé et sanguinaire nommé suburb — fin de l'information. Nous n'étions pas branchés au Réseau des tours, ni au Réseau Parallèle de la suburb ; nous ne disposions que d'un réseau d'information interne extrêmement primitif. Nous n'avions pas le droit de communiquer avec l'extérieur, pas droit à la nanorégulation médicale, pas droit à l'amélioration génétique — nous n'avions le droit de rien. Simplement de courir, peindre des miniatures, avaler des calmants et attendre, attendre, attendre. Que papa ait besoin de nous.

MARQUIS : À la pouponnière, j'étais pas facile. Alors ils m'ont donné des drogues et je suis devenu carrément impossible. Bien fait, quoi.

LEIGH : Je crois qu'ils ont fait un truc assez beurk à marquis quand il était petit. Parce qu'il piquait des crises de tétine, quelque chose comme ça. Savoir si ça l'a abîmé, je n'en sais rien. Il en voulait à l'administration, en tout cas. Et rien que pour ça, on peut parler d'échec thérapeutique.

FADO : Marquis m'a dit qu'on lui avait fait des tests invasifs à la pouponnière mais putain, marquis racontait *toujours* n'importe quoi.

Ce qui est sûr c'est que quand il comptait sur ses doigts, arrivé à sept, il était obligé de revenir au début.

ASHTO : La première fois que j'ai entendu marquis jouer du guzheng chez lamonte, j'ai pas trop fait attention. Parce que je détestais le guzheng, cet instrument d'*haizi*. La musique tradi me barbait profondément. *La colline du charbon, Oiseaux dans la brume*, toutes ces chansons. Elles couinaient comme de vieux forets. Mais finalement, je me suis approché de lui. Parce qu'il remuait la tête en rythme et il avait les cheveux si crasseux, haha ! J'ai adoré.

DRIME : Marquis jouait du guzheng comme je chante. Pour compenser, il miaulait des paroles cochonnes et il bougeait la tête dans tous les sens. Les pensionnaires étaient fascinés ; sauf ceux qui étaient écœurés, n'est-ce pas ? Pour ceux-là, un musicien, c'était quelqu'un qui maîtrisait à la fois son corps, son instrument, ses mimiques et ses émotions alors forcément, voir marquis piauler « Suce moi, ne me mords pas » en remuant des cheveux, sérieusement, ils supportaient mal.

TECNIC : J'ai croisé marquis chez lamonte, comme tout le monde. Tout le monde allait chez lamonte, parce qu'il avait de si bonnes drogues.

DRIME : Il y avait beaucoup de drogues, en pension'. J'imagine que nous mettre sous nano-régulation aurait nui à notre, disons, belle intégrité juvénile ? Nous recevions des soins à l'ancienne, en dosette — par patch, inhalation ou transdermie. Il y avait les drogues légales, gaba et xant, que les monos prescrivaient à la demande : gaba le soir, pour liquéfier les insomniaques, xant le matin, pour leur redonner une consistance. Il y avait aussi les anti-inflammatoires et les myorelaxants, qu'ils nous donnaient quand nous forcions au sport. Ensuite, il y avait tout ce que nous en tirions en les centrifugeant, en les distillant et en les coupant. Enfin, il y avait les Végétaux. La pension' avait un Manteau Végétal impressionnant et nous tapions dedans sans aucune conscience écologique. Sérieusement, je crois que nous avons essayé toutes les Plantes qui y poussaient, sous une forme ou une autre : les Lichens, les Herbes, les Mousses, les Champignacées, toutes.

LEIGH : Je pouvais faire de la dope avec n'importe quoi. Il suffisait de choper une substance dégradable, un emballage, un adhésif, un isolant. Absolument n'importe quoi sauf, évidemment, ce foutu fibroverre inerte et neutre avec lequel on fabrique tout. Évidemment.

ASHTO : Je me souviens d'une belle vieille Laque. Une antiquité en Sève de Toxicodendron. J'avais dû voler ça à un mono, haha ! Le principe, c'était de la gratter. De flanquer les copeaux dans la centrifugeuse. Trois mille tours pendant quelques minutes et zou ! Dans la pipe. Et si ça nous tuait pas, hop ! dans les veines.

On utilisait des pistolets à injection. C'était — c'était *wao*.

FADO : Pour la drogue, il y avait deux techniques : la centrifugation et la distillation — tu ramasses une Moisissure, un coup à la centri, tu fumes et après, tu vois.

Et si tu vois rien, tu distilles.

Leigh était *excellent* pour ça, putain, il avait un instinct, il faisait de l'alcool avec du Bois fossile, il aurait tiré un psychotrope d'une vieille botte ; c'est lamonte qui lui a offert son premier alambic.

LEIGH : J'aimais bien mixer. Je me souviens de cette recette : un tiers de distillat d'Amanite, un quart de résidu de Sauge, un cinquième de xant et un coup de citral. Ça donnait le bizarre du Champignon par-dessus l'étrange de la Sauge, le tout bien énervé par le xant. Ce mix pouvait transformer le plus flasque des pensionnaires en masse critique. Le citral ? C'était juste le solvant.

J'ai essayé tous les solvants, et tous les filtres et les produits de coupe, et toutes les Lianes, les Rhizomes et les Écorces à toutes les températures, j'ai estérisé et hydrolisé à une époque où je ne savais même pas ce que c'était ! Je me suis envoyé dans le nez tous les pigments qu'on utilisait en cours de miniature et tous les fixatifs des sgrafitteurs — tout ce que j'ai pu trouver. J'avais dans ma turne des bidons à fermentation pleins de Pousses de Roseau, d'Herbe à Chat et de Rhizomes de Galanga, beurk. Du coup, lamonte m'aimait bien.

Tout le monde m'aimait bien, à partir d'un certain stade.

ASHTO : Bien sûr, toute la cuisine de leigh arrivait pas à la cheville d'un quart de gramme de l'iféine des caves, haha ! Et je parle pas de la psychotine. Mais le cœur y était.

FADO : Putain, qu'est-ce que j'ai pu être mal-aaade !

LAMONTE : Je suivais des cours de kunqu et de kathakali, des sortes de théâtre dansé, mais ça ne me suffisait plus. C'était trop ritualisé — vide de toute créativité. Chaque posture, chaque intonation, chaque ruban était minutieusement étudié et moi, j'avais envie de neuf ! De fautes d'harmonie, d'assonances, d'improvisation, de bordel en fait. Je disais aux autres : « Venez, venez chez moi ! J'ai du gaba, j'ai du xant, j'ai du sok fermenté, j'ai de la chique qui fait des bulles, et vous pourrez répéter ! » Ils arrivaient avec leurs instruments, ils répétaient chacun dans leur coin, parfaitement autistes, et j'étais au milieu, à écouter les sons se croiser dans les airs, et je trouvais ça beau. Parce que ça cessait d'être ordonné chez moi, j'avais l'impression que ma vie n'était plus ordonnée par quelqu'un d'autre que moi. C'était une illusion, mais de quoi d'autre j'aurais pu vivre ?

Je me suis fait la réflexion que si, chez moi, c'était de plus en plus cacophonique, en revanche, c'était toujours aussi moche. J'ai dit aux plasticiens : « Venez, venez ! J'ai des pigments, et des fards et des pinceaux ! Et j'ai leigh. » Leigh commençait à être connu. Enfin — ses gommes xant-grenadine commençaient à être connues.

Ils sont venus avec leur matériel, les miniaturistes indiens, les plaqueurs bakota, les maquilleurs du beijing, et ils ont couvert les murs de boteh, d'arabesques et de monstres. Au bout de trois semaines, il n'y avait pas un pouce de plafond encore vierge. Et plus les fresques s'étendaient, plus l'ambiance devenait violente ! Les pensionnaires se bastonnaient à coups de bidons d'antimaculants en hurlant *la berceuse de takeda* ! La faute à leigh, j'imagine, et à ses mix. Mais pas uniquement. Nous avions tous, combien ? Treize ans ? Et nous commencions à réaliser que nous étions enfermés dans une prison de luxe par des parents qui se foutaient intégralement de nous, bordel !

Sur le moment, je n'ai rien compris à tout ça. J'étais seulement bien content que ma turne se mette à ressembler à l'antichambre des enfers.

MARQUIS : J'ai rencontré fado et ashto chez lamonte. C'est mon frère qui les a branchés.

FADO : Je suis arrivé un soir chez lamonte, il y avait tout ce boucan, cette odeur de siccatifs et la fumée des pipes, j'osais même pas entrer : par terre, quelqu'un avait dessiné un gros démon la gueule grande ouverte, j'avais mâché pas mal de xant et putain ! ses crocs me faisaient *flipper* ; je m'étais aussi mis plein de gel relaxant coupé à l'ascorbique sur la gueule, enfin j'étais pas calme et j'ai vu mon frère ashto, avec ses percus, assis à côté de ce type avec son sarod miteux — contrairement à moi, ils avaient l'air de s'amuser.

J'ai chopé un vieux jô, un bidon d'oxygène vide, des cordes de guqin, et j'ai monté ma première contrebassine ; là-dessus, le frère du type s'est radiné en secouant ses cheveux crasseux, et il a commencé à piauler — à la base, il pratiquait l'urtin duu, un chant mongolien très chiant, mais je me suis tout de suite rendu compte qu'il avait un peu changé les paroles et, de toute façon, il chantait tellement *mal* que j'avais même pas honte de pas savoir quoi faire de ma contrebassine.

On a commencé par reprendre *dama*, des classiques de ce genre. C'était seulement histoire de moins s'ennuyer ; chose étonnante, ça a marché — un temps, au moins.

Après, c'est devenu aussi barbant que tout le reste, bien sûr.

MARQUIS : C'était la première fois qu'ils voyaient quelqu'un chanter sans perruque.

TECNIC : D'autres filles ont commencé à débarquer chez lamonte — des poudreuses de rangoli qui maculaient le sol de couleurs vives, et il y en avait une qui s'appelait aidime. Ça a fait de la réclame à lamonte ; il n'y avait pas beaucoup de filles, en pension'. Forcément.

Il paraît qu'à une époque, les pensions' n'étaient pas mixtes. Il paraît que les monos s'étaient dit : « Oh ! si on met des filles et des garçons ensemble, tout le monde va coucher avec tout le monde. » Alors ils ont installé les filles d'un côté et les garçons de l'autre mais tout le monde couchait avec tout le monde quand même. C'est comme ça que la mixité a été décidée, il paraît.

LAMONTE : J'ai eu l'idée de monter une sorte de spectacle, une parodie de beijing avec des chants et des danses, des hurlements, des directs au menton, du pipi et des masturbations. On se couvrait de peaulogrammes, on attrapait un instrument dont on ne savait pas jouer — surtout pas — et on y allait. C'était sauvage !

C'est à ce moment-là que ces quatre types ont décidé de jouer ensemble : fado et ashto, marquis et marc. Comme ils trouvaient que ça ne faisait pas assez de bruit comme ça, ils ont demandé à drime de jouer du dizi avec eux, mais ça n'a pas duré. Drime n'aimait pas se mettre en avant. Il préférait tirer les ficelles des ombres, ce taré ! Il dit que c'est lui qui a eu l'idée du quatuor mais c'est faux : lui, c'était juste le joueur de flûte, et il bavait dedans considérablement. L'idée, c'est eux quatre qui l'ont eue et ils l'ont eue chez moi, bordel !

J'ai joué avec eux, une fois. Au bout de cinq minutes, j'ai fracassé mon pipa contre un mur. Les autres pensionnaires gueulaient : « Tuez-le ! » et ce n'était qu'à moitié par plaisanterie. J'ai eu un succès *fou*, voilà — et drime m'a piqué l'idée aussi sec. N'empêche que le soir même, je finissais sur la natte de tecnic, la plus belle fille de la pension'. Et je ne savais qu'à moitié quoi en faire.

2

Des ruines, quoi

DRIME : La première fois que marquis m'a joué une de ses propres compositions, ça m'a dévasté. J'étais assez peu porté sur le sentiment, à l'époque. Mais là, sérieusement, j'ai *éprouvé* quelque chose. Il a chanté *blanchet*, faux, avec sa voix de moteur à fission, en jouant d'un doigt sur un vieux vina, mais c'était quand même *blanchet* : les parents absents, les parents indifférents, « mon seul souvenir de mon père, c'est mon visage dans la glace », etc. C'était très triste, mais aussi très érotique. Avec ses cheveux sales et ses yeux vitreux, et sa vilaine tête même pas *faite et refaite*, ce garçon m'est apparu comme la personne la plus excitante que j'avais jamais rencontrée ! Marquis avait peut-être beaucoup de défauts mais à ce moment précis, il était *authentique*. Il disait ce qu'il pensait. Dire ce qu'on pensait, ou même savoir ce qu'on pensait réellement dans un environnement pareil,

bâti sur l'abandon et la haine, c'était comme
trouver une source en haut d'une tour ! J'étais
électrisé.

Nous avons fini la nuit ensemble, chez
lamonte, autour d'un sachet de vitamines
arrangées. Des leigh-tamines.

LAMONTE : J'ai donné au quatuor sa première
occasion de jouer ensemble et pour me remercier, la première chose qu'ils ont faite, ç'a été
de me voler un bidon de leigh-Bière ! C'étaient
que des connards et des drogués. Et ils rotaient
tout le temps ! Je les traitais de « chinois carbo-
nisés ».

Maintenant, on prétend que s'ils étaient
comme ça, c'est parce qu'ils étaient torturés par
leur triste sort, mais la réalité c'est que nous
étions tous torturés par notre triste sort sauf
eux. Eux, ils n'en avaient rien à foutre !
C'étaient des têtes vides qui ne pensaient qu'à
boire, fumer et se pignoler. Je ne dis pas que
j'avais un but mais au moins, en ce temps-là,
j'avais des questions, bordel ! Je cherchais. Je
me tapais la tête contre les murs de la pension' !
Eux, ils voulaient juste piquer ta dope et retourner tranquillement en cours, le lendemain,
rafler des médailles. Et même *blanchet*, je trouve
que c'est une chanson boursouflée. « Le visage
de mon père », tu parles ! Vu la tronche de marquis et de marc, leur père devait s'être fait

refaire la façade depuis longtemps. Parce qu'en plus d'une bande de connards, c'était un carré de monstres ! Ça va finir par se voir que je ne les aime pas, oui ?

Mais comme j'étais un brave gars et que j'avais de la suite dans les idées, quand j'ai monté ma première turne indépendante dans une des dépendances ruinées de karakul, ils ont fait partie des formations artistiques que j'ai invitées. Ils se sont fait les dents dans ces ruines kirghizes.

TECNIC : Des ruines, quoi. C'étaient des ruines. De vraies ruines. Des constructions en pierre minérale, pas filtrées, pas isolées, pas dépolluées, rien. Il fallait garder son masque et sa combinaison à l'intérieur, tant ça craignait. Il y avait quelques Insectes, pourtant. On a essayé de les apprivoiser mais pas moyen.

Mais au moins, ces ruines, les monos ne les avaient pas sous contrôle. Du coup on a joué là, *aux ruines*, comme on disait. Et puis les monos ont tout fait péter, en prétendant que c'était insalubre, mais la vérité c'est que tous ceux qui allaient aux ruines en revenaient avec des choses bizarres dans le sang ; les contrôleurs médicaux lançaient des alertes. Alors on a changé d'endroit, mais on disait toujours qu'on allait *aux ruines*.

C'est là-bas que je me suis mise au sitar, au khen be, et que drime a abandonné le dizi. Il bavait tellement dedans qu'il se déshydratait.

ASHTO : Lamonte voulait qu'on joue en public. Devant un vrai public — des gens pas prévenus, quoi. Des blanchets. Des médaillés. Voire des monos. *Wao.*

Lamonte nous a posés dans un salon d'eau appelé *agua*. Personne allait dans ce salon d'eau. C'était un endroit pour haizi, pour imberbe — pour moins de douze ans. La honte ! Ils servaient des glaces à l'eau. Eau salée. Eau minéralisée. Plein d'eaux potables, avec des goûts différents. Sauf que moi, à cause des leigh-gnôles que je m'envoyais dès le matin, j'aurais pas distingué l'eau de mer de l'eau lourde, haha ! Personne voulait mettre un pied dans cet endroit. Mais on y est allés quand même. Parce que lamonte avait les meilleures drogues. Il avait leigh. Il avait les ruines. Et il avait la *volonté*.

LAMONTE : J'avais déniché quelques informations malsaines sur notre pauvre réseau interne. De vieilles informations, bien sûr, puisque les monos ne nous donnaient pas accès à ce qui avait moins d'un siècle. Des choses sur l'adolescence, d'autres sur la décadence, et sur le vieil occident, tout ce qui était mal vu et, forcément, j'avais trouvé ça très attirant. J'avais découvert qu'on n'était pas les premiers à se sentir frustrés. Ça doit faire cent mille ans que les adolescents se battent contre des parents qui préféreraient leur écraser la tête entre deux pierres plutôt que de leur faire un peu de place, bordel ! Alors la décadence, oh oui ! ça m'a beaucoup attiré. J'ai décidé de copier. J'ai copié la drogue, la violence gratuite, la musique instinctive, la crasse, et j'ai envoyé mes petits soldats ivres à l'assaut du monde médaillé, avec mission de le corrompre ! C'est ce foutu quatuor qui s'est révélé le plus contagieux. Parce que ces gens puaient le sexe, tout simplement.

Je te dis ça maintenant mais sur le moment, mon seul concept clairement intellectualisé, c'était de foutre la merde.

NAKA : Je ne voulais pas aller à l'*agua*. Ils servaient de l'eau, que de l'eau, dans des grandes coupes et avec des bulles, ça craignait ! Mais tecnic voulait absolument que j'aille voir ce quatuor. Je pensais : « Un quatuor pour imberbes ? Qu'est-ce que j'en ai à fiche ? Ils vont encore nous jouer *la berceuse de takeda*. » Eh bien, ils l'ont jouée. Ils l'ont *vraiment* jouée. J'étais tout près, j'entendais les paroles ! Je suis tombée folle, tout de suite, le nez dans une coupe de *kai shui* tiède. Je me suis levée et je leur ai dit : « Eh ! mecs. Votre spectacle est super, mais pourquoi vous n'avez pas de fractales ? » Ashto a dit : « Euh ? » et marquis a roté. J'ai compris que c'était dans la poche.

DRIME : Lamonte était un velléitaire et un trouillard. Il lançait des idées et quand elles retombaient, il faisait : « Oh ! Ah ! » et il partait en courant. Si vous voulez savoir comment ça se passait aux ruines, il faut comprendre que quand quelqu'un proposait quelque chose, lamonte disait seulement : « Oui mais non, non mais oui, oui mais hein ? » Sérieusement, ce type était funèbre. Il ne voulait pas : il voulait vouloir et il n'y arrivait pas.

C'est moi qui ai poussé lamonte à sortir ses formations des ruines, c'est tecnic qui a poussé lamonte à équiper leigh, c'est naka qui a mis au point le spectacle du quatuor — et c'est marquis qui a eu l'idée de lui trouver un nom. Autre que *Paons dans l'eau*.

Lamonte avait des idées, mais il avait surtout l'art de les faire réaliser par d'autres. Lui tournait en rond dans les ruines, il admirait les fresques, il esquivait les coups et il *conceptualisait*. Il rêvait d'ébranler les fondations de la pension', des tours, du monde entier ! Nous, nous étions raisonnables : nous voulions juste de la drogue et du sexe.

LOVA : Je les ai vus la première fois qu'ils sont passés. J'accompagnais ma sœur lovili dans cet endroit pour haizi, l'*agua* — lovili avait trois ans de moins que moi, ça ne m'arrangeait pas du tout. Je la haïssais, bien sûr, mais ça ne se faisait pas de le montrer.

On était là, toutes les deux, délicieusement tradi, assises le dos bien droit sur nos rondelles sans dosseret, avec des copyfleurs et des diamants dans les cheveux, à sucer des glaçons de je ne sais plus quelle eau dégueulasse, et j'ai vu arriver ce groupe de gamins sales, blêmes, les bras maculés de pigments et de peaulogrammes. Ils ont déballé leurs instruments et ils ont commencé à jouer. J'ai trouvé qu'ils jouaient mal, *madre* ! J'étais encore dans les médailles, à l'époque — dans le joli. Mais j'ai écouté quand même, et les paroles étaient marrantes. Le chanteur titubait, c'était pitoyable, avec ma sœur on se moquait. Le bassiste avait un Insecte, un vrai, sur l'épaule, sur la manche de sa combinaison — c'était spécial. Et puis le chanteur a poussé un cri de rage et j'en suis restée collée à ma rondelle ! Ce type-là était un salopard, forcément un effroyable salopard, un demeuré ! Un fou dangereux ! J'ai craqué. Et lovili encore plus vite que moi.

Ça semble difficile à croire mais la vie, à la pension', était tellement rationnelle, tellement saine, tellement lisse, tellement — tellement horrible.

LEIGH : Il fallait être tout près du quatuor pour comprendre les paroles. C'est pour ça qu'au début, ils ont pu passer dans des salons de Thé ou d'eau, ou de *frat'*[1]. Les pensionnaires mâchouillaient leur glaçon ou leur lucha, beurk, et pendant ce temps, le quatuor marmonnait des choses de sexe, ou de la façon dont ils voulaient tuer les monos — et ces idées marrantes sur quoi faire des médailles. C'était génial !

MARQUIS : On jouait pas assez fort. Je voulais qu'ils jouent plus fort. Et je voulais *gueuler* de toutes mes forces.

FADO : On avait une bonne console, mais on manquait de bancs sonores.
Un type est venu nous voir après un concert — un type d'une frat' —, il était séduit, il m'a demandé si on avait besoin de quelque chose, je lui ai dit : « Des bancs sonores », il m'a dit : « Vous les aurez. Et ensuite ? » Je voulais m'en débarrasser, alors je lui ai dit : « Du xant, du gaba, du galipan et une fille », il a dit : « Pas de

---

1. N.d.T. : *fraternité*, association regroupant les meilleurs élèves d'une discipline.

problème », il est revenu avec trois bancs sonores flambant neufs, un sac de dope et une fille
à l'air malade — sa petite amie, qu'il a dit —,
on a fait : « Oh, merci », il nous a plantés là, et
la fille nous a appris qu'il quittait la pension'
dans l'heure.

On a fait : « Oh, putain » sauf marquis, qui a
roté ; on a allumé les bancs et on s'est envoyé
la dope.

Par contre, pour la fille, rien à faire — elle a
jamais voulu.

LAMONTE : Le quatuor avait de l'énergie,
mais marquis chantait de façon trop bizarre et
sa voix n'avait pas d'ampleur — elle était fine
comme un cheveu. Je me suis dit que ça pourrait être bien qu'il y ait une chanteuse en plus.
Tecnic était magnifique, elle avait une belle
voix large et elle avait la rage, à cause de sa
grande sœur qui s'était fait vider. Alors j'en ai
parlé à drime. Puis à marc. Et enfin à fado. Ils
m'ont tous envoyé chier, bordel ! Sauf marc,
qui clouait des frettes. Je lui ai dit : « Eh ? On
pourrait essayer de faire chanter tecnic, non ? »
Il a continué à clouer ses frettes. Je suis allé voir
tecnic et je lui ai dit : « T'aurais pas une idée
de chant pour le quatuor ? » Elle a compris de
travers, c'est comme ça qu'elle est devenue
compositrice.

DRIME : Tecnic s'est approprié la voix de marquis. Elle n'a pas essayé de changer sa voix : elle a inventé un nouveau style pour lui, moitié murmures, moitié hurlements. Parce que marquis hurlait bien et susurrait de façon très érotique mais dans les médiums, sérieusement, c'était un pur cauchemar.

Ensuite, la voix de marquis s'est fêlée. Je veux dire : il a mué.

TECNIC : On était aux ruines, fado me gavait avec une histoire de peaulogramme qui ne tenait pas bien sur sa peau, à cause des poils qui commençaient à pousser. J'écoutais d'une oreille, et lamonte est venu me trouver, il m'a tendu une pipe bourrée avec du Lichen et il m'a dit, sur le même ton qu'il prenait pour dire : « Bon, tu baises ? », quelque chose comme : « Bon, tu fais une chanson ? » Fado nous a interrompus avec une remarque stupide sur mes points noirs mais j'ai eu le temps de secouer la tête comme ça. Parce que j'étais surprise ; et lamonte a pris ça pour un oui. J'avais si peur de me faire jeter des ruines que j'ai écrit *tue-moi* en une nuit.

ASHTO : Tecnic était une salope. Elle m'allumait, et puis elle changeait d'avis. Elle se levait de la natte, allait pisser un coup et se mettait à composer. Comme j'étais le dernier des crétins,

je passais le reste de la nuit à pleurer, houhou !
Et le lendemain, ça recommençait.

J'ai eu un petit bout d'elle, comme tout le
monde. Genre, elle a commencé à me sucer, et
elle s'est barrée au milieu. Ou l'inverse, je sais
plus. Peut-être même qu'elle m'a infligé les
deux. Elle était magnifique et pleine de grâce,
wao. Elle était plus vieille que moi d'au moins
six mois. Et elle avait une façon de bouger non-
chalante. C'était une magnifique salope. Et
comme elle a jamais eu aucun goût, elle est
tombée raide de lamonte, haha !

LOVILI : Je n'aimais pas aller aux ruines de
lamonte. Je voulais voir marquis, mais je
n'aimais pas cette ambiance autour de lui. Ils
étaient tous arrogants, violents et très, très
creux. D'accord, on était en pension', avec nos
parents c'était le vide total, il y avait de quoi
être tristes et révoltés, mais je ne voyais pas bien
l'utilité d'être désagréable.

Les *ruinés* posaient en permanence, ils se
pavanaient, ils se regardaient les uns les autres
mais pas pour regarder l'autre : pour voir si
l'autre les regardait. On aurait dit un ramassis
de miroirs, c'était pathétique ! Et ils se
croyaient *beaux*, tous. Ils se pavanaient dans
leurs combis déchiquetées, ou à moitié nus et
couverts de peaulogrammes, avec des diamants
et des pigments. Sur tecnic, ça passait, parce

qu'elle était belle, cette salope, et sur marquis aussi, parce que c'était marquis, mais les autres me faisaient *pitié*.

LAMONTE : L'ambiance aux ruines était marrante. Après des années de cérémonie du Thé, quoi de meilleur que de vomir de la Bière ?

Aux ruines, personne n'était obligé de saluer quand quelqu'un arrivait. On pouvait enfin se laisser aller à toute notre méchanceté naturelle ! Mais l'ensemble est toujours resté bizarrement assez aimable. Il n'y a jamais eu de fer rouge ni d'anthropophagie et, malgré les rumeurs, *sûrement pas* de viol collectif. Je déteste nager dans le sperme du voisin, bordel ! De toute façon, ce type de comportement nous puait au nez. Noyer son petit frère dans un pot d'hologrammes, c'était des mœurs de médaillés.

Quand on allait aux ruines, en général on se droguait et ensuite, on jouait. Rien de plus. Quand on faisait une pause, on baisait ou on donnait des coups de tête dans les murs, ou on admirait un nouveau sgraffito, ou on se balançait des vacheries. Ashto était marrant et drime, salement cassant ! Cela dit, avec tecnic, il n'avait pas le dessus. Lovili nous regardait avec ses grands yeux de gosse — des yeux de juge. Mais personne n'osait s'en prendre à marquis. Marquis était barré. Il ne cherchait personne mais il s'énervait vite ! Et personne ne s'en prenait à marc, à cause de marquis.

Tout ça était plutôt mignon, finalement. De temps en temps, leigh faisait péter une cornue et on riait comme des crétins ! Je crois me rappeler que nous étions tous très jeunes, non ?

3

Yaourt amer

FADO : Pas mal de médaillés défilaient aux ruines ; ils jetaient un œil, juste pour se donner le frisson, ou ils buvaient un sok, pour se donner le genre, ensuite ils filaient retrouver leur turne immaculée en soupirant de soulagement — ça faisait Zoo dans le Zoo.

C'est la raison pour laquelle j'étais *très* favorable à ce que le quatuor se montre un peu partout ; j'avais envie de faire prendre l'air à notre odeur de Ménagerie.

ASHTO : Quelqu'un a dit : « On va jouer au festival du *xodoin*. » J'ai dit : « Euh ? » On m'a expliqué : « C'est la fête du Yaourt. » J'ai demandé si c'était vraiment ce qu'on avait de mieux à faire.

FADO : C'était une idée de lamonte ou de drime, on va pas discuter de ce point-là — on va leur laisser ce plaisir.

Le *xodoin* était une occasion, pour les monos, de faire prendre l'air à une belle tapisserie du bouddha en vraie Soie naturelle, d'offrir une médaille au meilleur groupe d'opéra tibétain et de bouffer du saveur-Yaourt — des fêtes pseudo-tradi comme ça, putain, y en avait *tous* les jours.

Tecnic s'est lâchée et avec leigh et marquis, ils ont composé trois joyaux en trois nuits : *frappe-le*, *va-pisser* et *touchez-vous*.

Mais le *xodoin* s'est pas aussi mal passé qu'on l'a raconté, parce que marquis chantait toujours comme on mâche et qu'à part les paroles, notre style avait pas grand-chose de scandaleux — il était seulement lamentable.

TECNIC : Pour l'occasion, le quatuor avait décidé d'appeler son spectacle *mavieestunevidéo*. C'était désuet.

LAMONTE : *Xodoin* s'est bien passé. Il faisait beau et froid sous le grand filtre bleu. Quand on est arrivés, il y avait déjà un monde fou, beaucoup de bruit, beaucoup de formations artistiques, beaucoup de défonce. On s'est posés dans un coin et les quatre ont accordé leur matériel. Et puis ils se sont levés, et ils ont joué en fonçant dans la foule ! Ils ont fait beaucoup de scandale et drime a tout capturé. Après, il a tout effacé parce que le résultat était nul et bordel, c'est bien dommage ! C'était leur première vraie expérience en milieu hostile.

Je ne dis pas que tout le monde a compris ce que chantait marquis, mais tout le monde a compris le propos. Le message. L'odeur générale, quoi.

FADO : Devant le succès manifeste du *xodoin* — personne était mort — on a remis ça au festival du Hibou, et à celui de la pleine lune.

Quand ils nous voyaient arriver avec nos projecteurs antiflocons, nos bancs sonores, nos pots d'hologrammes, notre chanteur jamais lavé et nos deux satellites aux aisselles velues, certains pensionnaires grinçaient : « Oh *non* ! Pas eux. » — ç'a été notre premier nom.

Mais on a continué à débarquer là où lamonte nous envoyait, jusqu'au jour où on s'est pris une frat' sur le dos : ils ne nous ont pas affrontés une seule seconde ! Ils nous ont fait décamper à coups de pied au cul.

Ça, putain ! ça nous a *vraiment* vexés.

LAMONTE : La première vraie baston, ç'a été à la rétrospective *fête de la Baleine*. Au lieu de projeter des Monstres marins comme les autres, ils ont passé les fractales de naka — à base de patchs colorés qui volaient dans les airs. La pression montait depuis pas mal de temps, à chacun de leurs concerts. Là, ça a pété. Les organisateurs nous sont tombés dessus et on a, eh ben — dégagé. Marquis était furieux au-delà de toute mesure.

DRIME : Ça faisait quelque temps que je disais à lamonte que tout ce cirque ruiné était stupide. Il traitait le quatuor comme une formation artistique qu'on envoie en concert entre deux animations tradi. Mais le quatuor n'était pas comme ça, il n'était pas là pour *ça*. Franchement, du point de vue distraction tradi, il ne passait pas — pas une seule seconde. Il n'était jamais passé mais disons qu'à la *Baleine*, ça s'est vu.

ASHTO : Marquis plaisait aux petites haizi et ça déplaisait aux grands boutonneux, héhé. Alors on a fini par se faire casser la gueule.

TECNIC : À la *Baleine*, marquis était bourré, fado était défait, ashto gloussait bêtement, je ne retrouvais plus mon plectre et naka se mélangeait dans ses fractales. Bref, on était tous défoncés. Là-dessus, un vieux de quinze ans a commencé à tripoter lovili, lova lui a sauté dessus, drime a poussé des petits cris perçants comme il sait faire, et les videurs de la frat' qui organisait la fête nous ont virés. C'est comme ça qu'on s'est rendu compte qu'on n'avait pas de videurs à nous ; qu'on n'avait aucune organisation, en fait ; presque pas de répertoire ; et qu'on se montrait tels qu'on était : parfaitement ridicules. Ça nous a fait grandir d'un coup, peut-être parce que l'angoisse qui nous poussait aux ruines était beaucoup plus vieille que nous ? On s'est mis à bosser.

DRIME : J'ai dit à lamonte : « Pousse-toi ! Tu n'as rien compris », et j'ai pris les choses en main. La première chose que j'ai faite, ç'a été de flanquer le feu à la frat' qui avait osé nous traiter comme ça ! Ensuite, j'ai mis tout le monde au travail : j'ai dit à tecnic de faire douze chansons pleines de toute sa tendresse, à naka d'en finir avec le multicolore et de réviser sérieusement ses mandelbrot, aux instrumentistes de gonfler leurs instruments, et j'ai offert à marquis douze heures de langay — des chants haïtiens prémodernes bien rythmés, bien agressifs. Et aussi, j'ai pris leigh entre quatre yeux et je lui ai dit : « Maintenant, tu oublies la défonce. Fini de planer. Maintenant, il faut que tu penses *hypertension*. »

LAMONTE : C'était pas mal, cette histoire de baston de la *Baleine*. Ça leur a fait leur première publicité. Le problème c'est qu'après ça, il fallait quand même assurer un peu et le quatuor n'assurait pas. Je veux dire : encore moins qu'à ses débuts, qui étaient déjà pathétiques. À cause des drogues. Ils bavaient, ils titubaient, ils s'endormaient debout, c'était pitoyable ! J'ai pris leigh par l'épaule, je lui ai désigné marquis le nez entre ses genoux, fado vautré par terre en travers de l'entrée des ruines, et je lui ai dit : « Tu les vois, ceux du quatuor ? Bordel, tu crois qu'ils ont besoin que tu les liquéfies encore un peu plus ? »

LEIGH : Je suis tombé sur le *loa-amer* par hasard. Totalement par hasard. Un coup de bol.

NAKA : C'est à cette époque-là que leigh a trouvé la recette du loa-amer, et c'était un peu autre chose que la Laitue sauvage et le gaba. Et même que le xant *plus* l'alcool de Fougère. Ça nous a tous poussés à bouger plutôt que bouder. Je veux dire : une dérouillée comme celle qu'on s'était prise à la *Baleine*, c'était un beau prétexte pour rester aux ruines à se défoncer en râlant contre la pension'. Mais la dérouillée *plus* le loa-amer, ça nous a tous tellement mis sur les dents qu'on a commencé à cracher du noir, chacun dans notre spécialité.

Moi, j'ai viré l'information couleur de mes fractales. J'ai aussi évacué les relations de récurrence au profit des fonctions itérées. C'est-à-dire que j'ai tué tout ce qui était suave à l'œil au profit de vieilles séquences pleines d'angles, comme l'Éponge de menger, et j'ai plongé dedans ! Et j'ai augmenté la densité de l'écran plasmatique, pour que les spectateurs aient l'impression de plonger à ma suite en enfer.

Tant qu'à faire, j'ai aussi pulvérisé un peu de loa-amer dans le plasma. Eh bien, c'était le meilleur moyen pour mettre les spectateurs au diapason, non ?

MARQUIS : Les langay, les vieux chants vaudous — c'était ce que j'avais toujours cherché. Ça, et les rythmes kanaks.

ASHTO : J'ai doublé mes gatham de métal. Et j'ai tendu les peaux de mes mridangam. Juste pour faire du boucan. Un son plus lourd. Accessoirement, un bon gatham doublé fonte, ça peut aider dans les bastons.

Fado s'est offert une contrebasse. Sur laquelle il a carrément monté des câbles en fullerène, haha ! Et marc a rajouté *douze* cordes à son sarod. Euh, on a pas trop vu la différence.

TECNIC : Le loa-amer ne rendait pas aimable. Il ne mettait pas bien. Il faisait autre chose, il faisait mieux, il faisait mal. Il incarnait le mal informe qui flottait en nous, autour de nous, dans toute la pension'. Il donnait chair à notre souffrance. Il la fixait ; il lui donnait *notre* chair ! C'était un soulagement ; ça dégageait le cerveau. Au lieu d'être accablés, asphyxiés, nous étions blancs de douleur, les ongles rongés et la tête claire.

Si nous avions su qu'à terme, cette saleté rend fou, nous n'aurions sûrement rien changé à notre façon d'agir. Pour quoi faire, hein ?

ASHTO : J'adorais le loa-amer ! Ça me faisait comme des glaçons entre les doigts de pied. Avec de l'alcool, c'était encore mieux. Je faisais glisser avec une leigh-Bière et je voyais bien si j'étais encore vivant douze heures plus tard, hahaha !

LAMONTE : Marc est tombé dans le loa-amer tête la première, tout de suite et très profond. Ça n'a rien d'étonnant. Le loa-amer est une drogue de minable.

TECNIC : Une fois bourrés de loa-amer, on a enregistré piste sur piste tout en composant morceau sur morceau — des trucs courts, pour changer des trucs tradi qui n'en finissaient pas. On ne faisait plus que ça ; c'était épuisant. Nos études en ont salement pâti. Je pensais que les monos râleraient, mais au début ils n'ont pas beaucoup réagi. Des avertissements, c'est tout. Je n'ai compris pourquoi que plus tard : l'important, pour eux, c'était qu'on soit épuisés. Parce que le *vrai* travail des monos, au fond, c'était d'épuiser les pensionnaires. Avec les disciplines tradi, le xant et le gaba. La fatigue rend docile. Alors, qu'on s'épuise au kathakali ou autrement, ils s'en fichaient.

FADO : Parmi ceux qui venaient s'ameriser aux ruines, il y avait une fille qui attirait plus de monde que leigh, tecnic et marquis réunis : c'était aidime — un clou, avec le plus joli visage de clou possible ; une putain de feignasse aussi, et une droguée de compétition.

Elle avait deux ans de plus que nous et elle divaguait dans les ruines en foutant du loa-amer *partout*, on savait qu'elle en faisait trop mais pas moyen de l'arrêter, elle s'en foutait — elle souriait tout le temps, sans arrêt.

Notre allure, on la tient d'elle, et tirer quelque chose de son sarod, marc le lui doit.

ASHTO : Aidime nous a appris à nous coiffer comme une explosion. Elle nous a appris à nous entourer les cuisses de lacets pour paraître sexuels. Elle nous a appris à mettre le noir pour cils sur les lèvres. Et le rouge à paupières sur les tétons. Elle nous a appris à déchirer nos combis au jian. À porter des fluorides sans avoir l'air complètement ridicules. À marcher comme si on tanguait bourrés sur un fil au-dessus d'un ravin et qu'on trouvait ça drôle. À prendre des airs mystérieux. À péter classe. À cracher classe.

« Le Riz remonte, *chéri*[1] ? Balance ça en face de toi. C'est la *seule* façon de transformer un renvoi en œuvre d'art. » Et elle riait. Elle avait un rire de déesse ! *Wao.*

Elle a appris à marquis que sa balourdise était virile. À moi, que mes gloussements étaient démoniaques. À tecnic, que sa tronche en biais s'appelait fatale. Et à marc qu'un sarod, ça se tient par ce bout-là, haha ! Par contre, elle ne couchait pas. Avec personne. On lui doit tout ! Et je lui dois mes plus belles ampoules aux mains. Oh aidime, aidime oh.

FADO : Putain, ce que mon frère a pu me *gonfler* avec aidime !

DRIME : Aidime prenait trop de drogues. Pas plus que nous mais nous, nous avions plus ou moins treize ans, c'était moins grave. Elle, elle atteignait les seize. Et sérieusement, elle prenait trop de drogues.

MARQUIS : Marc se défonçait beaucoup. Marc faisait tout comme aidime.

TECNIC : Aidime a enregistré des pistes de sarod, elle a même composé. Elle m'a dit : « Pourquoi tu inventes, toujours des trucs

1. N.d.T. : en français dans la capture originale.

comme *saoulons-nous*, *frappe-le* ou *cassez-vous* ?
Chacune de tes chansons est un putain d'ordre ! »
Je lui ai tendu le module de compo et elle a
sorti *me touche pas*.

LAMONTE : Tecnic et naka ont monté des pistes, et le quatuor s'est mis à répéter dessus. Ils
s'appuyaient sur ce remblai musical, il ne leur
restait plus qu'à poser leur ligne de son au sommet, ça laissait quelques neurones libres pour
s'intéresser au résultat. Aidime donnait les
conseils scéniques. Et drime tournait autour de
tout ça en glapissant !

TECNIC : Aidime a laissé tomber le sarod, puis
la scène. Elle restait juste là, pétrifiée par le loa-
amer, à regarder le quatuor faire la balance. Les
bras autour des tibias, les dents dans les genoux,
les yeux écarquillés, sans broncher, elle restait
des heures entières comme ça. Leigh essayait de
lui filer autre chose que le loa-amer mais il n'y
avait pas moyen. Elle devenait d'une maigreur !
Les monos ont commencé à râler.

LAMONTE : Le loa-amer rendait les gens
bizarres. Moi le premier ! J'ai passé douze heures devant une glace, à tourner la tête dans tous
les sens, parce que je trouvais que mon profil
gauche se raccordait mal à mon profil droit.
Après, j'ai passé trois jours avec un torticolis.

LOVA : Lamonte a mis de grands aérogrammes à l'entrée des ruines : drogues interdites. Pour faire plaisir aux monos. Qui ont insisté pour qu'en plus, il truffe les ruines de mouchards. Il l'a fait aussi, et il a demandé à leigh de concentrer le loa-amer. On en prenait une dose avant d'entrer dans les ruines et ça suffisait pour la soirée. Ça nous rendait rigides et hyperactifs. Et intolérants, *madre* ! On a commencé à regarder de haut les ruinés qui en étaient restés au xant et à l'alcool. Ils sont allés voir ailleurs. Les ameristes sont insupportables.

De temps en temps, au milieu d'une répétition, marc lâchait son sarod et prenait une seringue graphique. Il la remplissait de solvant et il se l'envoyait dans les veines ! Il faisait ça plutôt discrètement mais ensuite, il devenait tout bleu. C'était assez inquiétant.

Alors un jour, les monos ont confisqué tout le matériel d'aérographie. Ç'a été la fin des ruines panartistiques. Lamonte était terriblement désolé. Au fond, lamonte n'aimait le quatuor qu'entouré d'idéogrammes plasmatiques, de fresques 2, 3 ou 4d, de colonnes à parfums, de tout ce délire d'art total.

MARQUIS : L'important, c'est la musique. Tout le reste, les décors — c'est de la foutaise. L'important, c'est la musique. Même les paroles, on s'en fout.

FADO : Quand on me parle de cette époque, j'ai l'impression que les gens se figurent que les pensions' étaient des réserves de Chlorophylle, de joie de vivre et de créativité sauvage alors que c'était pas ça *du tout* ! Mais pas du tout.

Les monos étaient des monstres sous leurs airs polis, les parents étaient des monstres absents, et les pensionnaires étaient de bons petits élèves appliqués, coincés et aigris — la tête pleine de cases et les cases pleines de merde. Leur manque, ils le transformaient en fiel et en médailles ; ils étaient complètement débiles, putain.

Il y avait eux et il y avait nous — les ruinés. Au début ils nous regardaient en coin, ensuite ils nous regardaient de travers et à la fin, ils pouvaient carrément plus nous voir : ils nous coursaient, et les monos laissaient faire — après tout, le sprint, le saut d'obstacle et la lutte, c'était toujours du sport.

Heureusement, le loa-amer supprime la douleur.

MARQUIS : Rien de meilleur que le loa-amer. Rien.

TECNIC : À la longue, le loa-amer coupe toute connexion aux sentiments ; j'allais dire : à la sensiblerie. Un foutu soulagement, je vous prie de le croire ! Vraiment, vraiment plus aucun sentiment. Juste des envies, des allergies, et la rage. *Ça,* c'était la liberté.

Évidemment, quand il a fallu reconnecter avec un bon trois ans de désespoir accumulé, ç'a été le gros gâchis.

4

Gastrique massage

ASHTO : Franchement, à treize ans, j'aurais trouvé une petite pensionnaire à l'âme tendre et à la bouche ouverte, j'aurais jamais traîné avec les ruinés. Mais à treize ans, c'est pas facile d'obtenir du sexe avec une femme.

La première fois que j'ai débarqué chez lamonte, j'ai vu un gus qui suçait drime. Je me suis dit : « Génial ! Il en a une toute rouge avec des étoiles bleues. » Chez les ruinés, au moins, ça suçait. Entre mecs surtout, et pas forcément moi, mais l'ambiance y était. Au pire, on pouvait regarder. Et la place à genoux était souvent libre, faut le dire. M'est arrivé de la prendre.

La plupart des ruinés se passaient la bite au peaulogramme. Ça me permettait de m'abstraire de ce que j'étais en train de faire — *je mâchonne un Tournesol, je mâchonne un Tournesol*. Il paraît que j'étais nul. « Trop de dents », m'a dit lamonte. Et puis, même dans ces moments-là, j'essayais de suivre tecnic des yeux. Comme elle bougeait beaucoup, y avait pas mal d'accidents, haha !

DRIME : J'aimais bien sucer. J'aime moins. Ça me rappelle ma jeunesse et franchement, j'en garde un très mauvais souvenir.

NAKA : Les moins de douze ans, les haizi, étaient interdits de ruines — sauf lovili, bien sûr. Et jusqu'à cet âge-là, les filles avaient tendance à rester entre elles et les garçons entre eux. Ce qui fait qu'en général, eh bien on arrivait aux ruines totalement homosexuel, et on en sortait bisexuel ou rincé. Moi, à mon arrivée, je connaissais treize formes de clitoris, mais je croyais encore que les garçons devaient appuyer sur leurs bourses pour faire sortir leur pipi.

LAMONTE : On se fichait d'avec qui on couchait, et du pourquoi et du comment. On voulait seulement des bras autour de nous, et de la chaleur, bordel ! Les ruinés prétendent qu'ils passaient leur temps à partouzer mais c'est faux : ils passaient la moitié de leur temps allongés les uns près des autres à se caresser le coude. Ou à se gratter le dos. Et quand ils s'endormaient, c'était toujours la bouche vissée sur l'épaule du voisin. C'était la grande foire au câlin ! On sortait tous de pouponnières aussi chaleureuses que des faisceaux publicitaires, tu comprends ? Et on vivait en pension'.

DRIME : Je me suis souvent demandé pourquoi nous n'étions pas tous devenus fous. Psychologiquement perturbés, au moins — avec des tics, des cauchemars, des croyances religieuses ou des tendances au meurtre crapuleux. Aujourd'hui, je crois que ces perturbations viennent de l'élevage en milieu familial. Un milieu familial est un endroit clos et tous les endroits clos du monde finissent par puer le renfermé, n'est-ce pas ? Là-dedans, les enfants poussent sans air. Nous, nous n'avions pas ce problème : nous avons grandi en plein vent. Mais nous en avions un autre : un fantastique besoin d'affection et personne, absolument personne pour nous en offrir ne serait-ce qu'une goutte. Au point que nous ne savions même pas quelle allure ça avait. Par conséquent, ça nous manquait massivement mais pas cruellement. Comme la lumière aux aveugles plutôt que l'eau aux assoiffés, vous voyez ? Et grâce au loa-amer, ça ne manquait plus du tout.

Évidemment, les grands auraient pu donner de l'affection aux petits. C'était même un, disons, conseil amical des monos ? Mais en pension', vous imaginez bien que les grands frères avaient autre chose à donner à leurs cadets. À commencer par des claques. Il n'y avait que marquis pour aimer son aîné comme il le faisait. Et marc était bien le plus perturbé de nous tous, ce qui conforte ma théorie.

Dites, sérieusement, vous ne vous attendiez pas à ce que j'aime la famille ?

LOVILI : L'homosexualité, ça me barbait. J'essayais de me forcer à lécher mais je n'étais pas à ce que je faisais. C'est ce que m'a dit une fille, une fois : « Hé ! t'as la tête ailleurs, toi. »

Sur le coup, j'ai trouvé ça gonflé, comme réflexion. Mais elle avait raison. Alors je suis passée aux garçons mais avec les garçons, le sexe est si compliqué. Ils ont toujours trois idées derrière la tête pour une devant, et non seulement c'est le genre d'idées qui colle un tour de rein mais en plus, ils calent à la moitié. Ils ont les yeux plus gros que la bite.

Le sexe est plus simple avec les filles — les filles ne sont pas compliquées, juste méchantes — mais ça me barbait. Pas de chance.

Marquis n'était pas compliqué. Il était simple comme une fille. Et c'était un garçon.

ASHTO : J'étais très accroché à tecnic. Et très accroché à aidime. Qui ont toutes deux très mal fini, comme vous savez. La grande classe, *wao* ! Tecnic avait pas de regard, c'était terriblement sexuel. Toujours les cheveux dans les yeux, et pas d'yeux derrière les cheveux. Et aidime était si désaxée, si torride ! Avec son kimono blanc en vrai Tissu roulé autour des os de ses hanches. Et ses lunettes.

C'est aidime qui a eu l'idée de recycler les masques protecteurs des émailleurs tradi. C'étaient des lunettes à montures épaisses. Elle a repeint les verres en rose. On ne voyait quasi rien à travers et c'est ça qui était bon ! Ça a beaucoup aidé le quatuor à vaincre sa timidité naturelle sur scène, haha !

LAMONTE : J'ai décidé de parler de décadence aux ruinés, sachant qu'à l'époque, mes ruinés se résumaient en gros au quatuor et à leurs satellites, vu qu'ils avaient fait fuir les autres. Je leur ai montré quelques vieux visuels de prestations scéniques qui ont inspiré aidime. Elle a offert des lunettes d'émailleur au quatuor et leur a dit de montrer leur poitrine sur scène ! Je leur ai fait écouter quelques musiques, mais le son était pourri au-delà de toute limite — il n'y avait pas mieux sur le réseau interne. Je leur ai fait écouter quelques écrits, des textes prémodernes, voire occidentaux. Et qu'est-ce qu'ils ont fait avec ça ? Ils ont ri. Ils n'ont rien, mais *rien* compris à ce que je voulais leur faire passer ! Bordel, comment veux-tu travailler avec des gens comme ça ?

DRIME : Lamonte nous bassinait avec des histoires grotesques de gens en train de se donner
des coups de fouet. Je n'ai rien contre les coups
de fouet mais les personnages étaient si *sérieux* !
Et bavards. Ils parlaient beaucoup de morale,
de pucelage, de cultes, de Fourrures, de colliers
de Chien — je n'y comprenais rien. Je lui ai
dit : « Qu'est-ce que tu veux apprendre de ces
fossiles ? Ils montaient sur leur Cheval pour
aller prendre une pauvre fusée à Combustible
Végétal qui mettait trois semaines à atteindre
la lune ! Sérieusement, est-ce que ça a quelque
chose à voir avec nous ? Tu n'aurais pas un
documentaire sur les Algues, plutôt ? »

ASHTO : Offrir un collier à un Chien. Arf.

TECNIC : J'aimais bien ces vieilles histoires.
La civilisation-Bois. Des histoires de gens qui
appelaient la grande dessiccation « réchauffe-
ment climatique ». Ça me faisait me sentir intelligente.

ASHTO : Avec tecnic, on écoutait des passages
des textes de lamonte. Vous vous rendez
compte qu'à une époque, y avait *aucun* filtre à
toxines ou à rayons durs ? Aucun contrôle des
gènes et des naissances ! Et aucune habitation
au-dessus du troisième étage ! Ou du trentième,
je sais plus. Des habitations en Bois ! Chauffées

au Bois ! Et pour construire leurs habitations pourries, ces gens déplaçaient des bouts de Bois gros comme ça ! Avec des véhicules qui buvaient du Bois fossile ! L'information, ils la *lisaient* sur du Papier en Bois ! Et ils se posaient aucune question post-Bois, haha ! Ils préféraient parler des dieux, et s'enculer. Finalement, la seule chose qu'on a en commun avec ces types, c'est la sodomie.

NAKA : Je me souviens d'une chose prémoderne que j'ai entendue. Un rite africain. Là-bas, quand un homme partait de chez lui pour travailler, il restait souvent absent des années, à cause des transports en Chameau ou en avion parabolique qui prenaient longtemps. Parfois, sa femme tombait enceinte alors qu'ils ne s'étaient pas vus depuis dix ans. Grossesse interne, le vrai truc. Eh bien, selon le rite, le mari était quand même le père de l'enfant. Le rite disait que l'enfant était resté endormi dix ans dans le ventre de sa mère, et qu'il s'était réveillé parce qu'il avait soudain eu envie de naître. Le rite disait de cet enfant qu'il était *rag'd*. Ça veut dire *endormi*. Et l'enfant *rag'd* naissait, et on l'accueillait, et on l'élevait, et il avait un père. J'avais été fascinée par cette histoire.

FADO : Dans un des textes de lamonte, un truc japonais, j'ai entendu l'histoire d'une fille qui se mettait sur les lèvres un parfum à base de Fleurs, il fallait je sais pas combien de putain de *tonnes* de Fleurs pour faire une seule goutte de parfum, tu saisis ?

Quelle conne.

LAMONTE : Le clou des cultes occidentaux prémodernes, c'était de manger de la chair humaine et de se fouetter en public. C'était fort, non ? Plus que la fête du saveur-Yaourt !

FADO : C'est en écoutant les vieilleries de lamonte que marquis a eu l'idée du fouet, un *putain* de fouet plasmatique qui claquait avec beaucoup d'écho, et qui lançait des petits Poissons tridi dans le public — au début.

MARQUIS : Le fouet plasmatique, c'était pour montrer aux monos. Sur scène, je sortais le vrai.

LOVA : La première fois que j'ai vu marquis faire claquer son gros fouet en siliester au-dessus de la tête du public, je me suis dit : « *Madre* ! Un jour, il va se rater et marquer quelqu'un au visage. » Mais immédiatement, je me suis corrigée : « Un jour, il va marquer quelqu'un au visage et ça ne sera pas un raté. » De là à prétendre que je prévoyais que, même pas un an plus tard, se promener dans la pension' avec une belle plaie en travers de la joue serait un signe de grande classe... Non.

MARQUIS : Je fais ressortir les blessures. Je les rends visibles. C'est tout.

ASHTO : Moi, je me suis dit : « De quoi ? Marquis marque les blanchets au prime ? Il ose faire ça ? *Wao*, c'est génial ! » Et il y pensait même pas, haha.

TECNIC : On a mis au point un jeu scénique, parce que ce n'est pas facile de renoncer à tout ce qu'on a appris, donc on n'a pas eu tout de suite l'idée de jouer dos au public en faisant une gueule longue comme ça ; mais dans ce jeu, on a craché sur tout ce qu'on connaissait. On faisait mine de se défoncer ou de baiser sur scène, en gardant le style *danse des ongles*. Autant dire que, sans le fouet que tenait marquis, on se serait fait lyncher au premier concert ! Une riche idée, ce fouet.

DRIME : Je regardais marquis essayer de rembobiner son fouet sans s'arracher le menton et comme ça me faisait de la peine, je me suis mis à écouter une ordonnance pour un complément qu'un mono m'avait prescrit. J'ai juste retenu les mots *provitamine*, *massage* et *gastrique*. Ça a donné le nom du premier spectacle.

Nous raisonnions encore en termes de spectacle, pas de groupe ou d'individu. Tout ne tournait pas encore *exclusivement* autour de l'organe de marquis, quel qu'il soit.

NAKA : Drime était assis devant la scène, au fond des ruines. Marc et fado bricolaient un module de compo, aidime causait avec une fresque 4d, j'essayais de régler un projecteur anti-flocons complètement prémoderne, lovili regardait marquis qui étalait de la pseudo-peau sur son menton et drime restait là, le cul dans le sable, le nez au plafond, avec son air de réfléchir. À un moment, il s'est levé et il a dit : « Eh bien, votre ramassis de chansons, on va appeler ça *gastrique massage provitaminé*. » C'était nul, mais pourquoi pas ?

LAMONTE : Marquis a eu tellement honte de jouer un spectacle intitulé *gastrique massage* qu'il a cherché un nom au quatuor — ça a pris un bout de temps avant de le trouver, d'ailleurs. Mais la première fois qu'ils ont donné ce spectacle aux ruines, j'ai compris que quelque chose était en train de se passer. C'était étrange et neuf ! Violent et triste. Les fractales étaient sombres, les musiciens étranglés dans leurs lacets, mal fardés, l'air tellement absents avec

leurs lunettes antiques — et ils ne portaient pas
de combinaison, aucune protection à part le
petit fil de leur masque dans le nez. Ils étaient
à nu, bordel ! C'est ça. Et il y avait cette *énergie*.
Cette concentration sur la musique, plus que
sur un public ou une chorégraphie. On voyait
la sueur des musiciens, leurs cernes — leur
angoisse ! Et pas un sourire. C'était — c'était
indescriptible !

DRIME : Je regardais ça depuis un balcon intérieur et je me suis dit que tiens ? nous étions en
train de créer un mythe. Pas moins.
   Mais au bout de tout ce travail, marquis avait
juste réussi à retrouver la simplicité de la première fois où il m'avait joué *blanchet*. Et moi,
je me suis retrouvé dans le même état : raide
d'excitation. Avec, en plus, la distance que
donne la compréhension d'un phénomène
qu'on a vu se monter sous ses yeux. Ce n'est
pas moins bon, non, sérieusement, c'est
meilleur. Plus lucide. Plus aigu.

LEIGH : Ils étaient puissamment bons, c'est
tout. Pourquoi tout ça, d'après vous ? Pourquoi
êtes-vous là, à me poser des questions ? Ils
étaient excellents, c'est tout. Même aidime est
sortie de son loa-amer pour se contorsionner
sur *me touche pas*. Et pas uniquement parce

qu'elle l'avait composée ! Le *gastrique massage*, c'était de la pure énergie.

DRIME : Après avoir vu ça, je les ai lancés sur la pension'. Mais pas dans les pitoyables petites fêtes tradi de lamonte ! J'ai contacté les autres ruines qui s'étaient formées un peu partout — remplies de tous ceux que le loa-amer avait fait fuir des nôtres. Pour la plupart, ces communautés ruinées n'étaient que des ateliers de création artistique à peine moins coincés que les ateliers encadrés par les monos, mais elles étaient quand même plus réceptives que la fraternité moyenne. Franchement, c'était *la* bonne idée, et lamonte ne me l'a jamais pardonné.

LAMONTE : Je reconnais une chose à drime : partout où le *gastrique massage* est passé, il s'est battu Crocs et Griffes pour qu'on n'enlève rien. Rien, pas une injure, pas un coup de fouet, pas un décibel — il n'a *rien* épargné au public ! Il voulait choquer, il voulait secouer, il tenait à ça !

FADO : Drime nous a envoyés dans d'autres ruines — pourquoi pas ? L'idée paraissait marrante, et depuis le temps qu'on traînait ensemble au même endroit, on commençait tous à se porter *sacrément* sur les nerfs.

Les autres ruines, c'était des Nids de *lethwei-yei*, les lutteurs avec des lanières entre les dents, ou de *kalaripayat*, le même foutoir avec des massages à la place des lanières, toute cette putain de merde guerrière tradi où on est censé apprendre à développer son *qi*, approfondir son souffle intérieur et casser la gueule au voisin.

Alors on leur a fait notre *gastrique massage*, aux lutteurs — et ça leur a secoué le qi.

5

Aidime oh

ASHTO : Et voilà qu'arrive ce drôle de gus. Song-kis. Qui pleure et qui pleure, en secouant un masque *dan* complètement bidon. Un truc en copybois d'une *laideur*, sans déconner ! Il devrait y avoir une loi contre ça. Et ce type immonde avec son masque immonde a commencé à pleurer pour qu'on vienne jouer chez lui. Parce qu'il avait monté une ruine pour sculpteurs *dan*. Et il voulait qu'on fasse parler de lui. On lui a répondu : « Euh, mais qu'est-ce que tu veux qu'on parle de toi ? On est des *musiciens*. » Il a répondu : « Venez ! C'est ça, qui fera parler de moi. » C'est là qu'on a compris que les lutteurs avaient aimé notre *massage*. Qu'ils en avaient parlé à d'autres ruines. Que pas mal de gens commençaient à en parler, en fait. À parler de *nous* ! Et peut-être même en bien. *Wao* ! Ça m'a fait comme quand tecnic enfonçait ses doigts dans ma plante de pied.

Mais les sculpteurs *dan*, on avait aucune envie d'aller chez eux. C'était dans un quartier de la pension' *pourri* de frat'. Pourri. Aucune envie d'aller là-bas. Hé ! là-bas, c'était le *tinku* qu'ils pratiquaient ! Pas le *lethwei*. Et le *tinku*, c'est : un combat, un mort.

FADO : Les frat' nous détestaient.

Pour commencer, ils s'habillaient tradi et nous, pas trop ; ils portaient des kimonos, ou des qipao, ou des hanbok, n'importe quoi pourvu que ce soit tradi, d'une propreté impeccable, et ils étaient d'une politesse impeccable, aussi longtemps qu'on faisait pas tâche dans le décor parce que sinon, ils basculaient direct dans la plus *complète* vulgarité !

Ceux des frat' posaient le pied sur leurs mollards tandis que nous, on faisait des concours avec les nôtres ; ils baisaient furtivement entre deux remises de médailles pendant qu'on s'enculait en couronne ; ils couraient après une musculature parfaite et nous, après le loa-amer ; ils avaient l'ambition de contrôler jusqu'à leurs sourcils et nous, on travaillait à perdre tout contrôle — ils voulaient tuer tout le monde et nous, putain, on avait simplement peur de mourir.

Du coup, ils nous prenaient pour des monstres et nous, on les prenait pour des débiles.

Je te *jure*, leur sourire figé me faisait plus peur que leurs coups.

MARQUIS : Qu'est-ce qu'ils nous gonflaient, tous ! avec leur wu, leur shu, leur qi et toutes ces conneries.

NAKA : Mine de rien, il y avait du médaillé, à nos concerts. Tenez, rajis, qui raconte les ruines de lamonte comme si vous y étiez, eh bien, il n'y a jamais foutu les pieds ! Et son coup de rein sur scène, il l'a piqué à marquis. De toute façon, sans marquis, rajis ne serait rien. Il n'aurait jamais rien été.

On est plusieurs dans ce cas, c'est vrai.

RAJIS : La première fois que j'ai vu le *gastrique massage*, j'ai hurlé : « C'est quoi, cette MERDE ? » J'ai trouvé que ça sonnait imberbe. J'y suis retourné quand même. Et je les ai trouvés géniaux ! Oh *ouais* !

Ils faisaient quelque chose de brutal, quelque chose qui rassemblait les *blanchets* mais, à l'intérieur de ce rassemblement, on pouvait exister seul ! Tout seul. On n'était pas obligé de danser pareil que le voisin, de danser au même moment que lui, à l'unisson — ce fichu *unisson*. On délirait côte à côte mais seul. C'était nouveau parce que, en pension', on était priés de tout faire ensemble. D'être toujours en accord,

ou en compétition, mais jamais *seul*. La solitude, c'était la honte, l'échec — c'était impensable ! Et *gastrique massage* arrivait à en faire un
orgasme, un PUR orgasme ! avec trois instruments dégradés et un niveau technique — *bah*.

J'ai eu cette impression de mieux respirer,
d'un seul coup. J'ai eu un — une bouffée
d'espoir. Voir marquis réussir à faire vibrer cent
pensionnaires avec juste, juste ce filet de voix
monodique m'a rendu la santé. Non seulement
il essayait de le faire, avec un manque TOTAL
de modestie, mais en plus, il y arrivait !

J'étais là, face à la scène, avec ce type qui
piaulait des trucs tellement stupides, « tape-lui
sur la tête, tape-lui sur la tête, you ! you ! » et
soudain, j'ai eu une gaule terrible ! Je me suis
senti plein de tremblements et j'ai *senti* les
autres danseurs autour de moi. Comme un
GRAND corps primitif. D'un coup, tout s'est
effondré, tout est tombé en miettes, mais en
miettes ! La modestie, la compétition, le qi, les
médailles, l'unisson, tout ce que les monos
m'avaient fourré dans la tête, tout ce qui me
serrait la poitrine — en miettes ! Autour de moi.
J'étais trempé comme un bébé hors de sa
poche placentaire.

Après, je n'ai plus été qu'un sac de rage, bien
sûr ! C'est ça, que les monos voulaient nous
voir ravaler et que *gastrique massage* a fait

remonter, *burp* ! La RAGE ! Et dire que je n'y
avais jamais pensé avant, WOU !

DRIME : Lamonte a suggéré de monter un
visuel du *gastrique massage*. Un beau visuel tridi,
pour le charger en douce sur le réseau de la
pension'. Quel crétin ! Je crois qu'il accordait
un certain crédit au paternalisme des monos,
hohoho. Franchement, quoi de plus risqué pour
nous qu'un visuel du *massage* ? Marquis ne parlait que de Lichen centrifugé et de cadavres de
pères nus allongés par terre ! Sérieusement,
vous imaginez les monos laissant passer sur le
réseau une chose nommée *petite médaille qui
glisse* ?

Heureusement, tout le quatuor a envoyé
lamonte pisser ailleurs. Il a quand même fait
des visuels, avec l'aide de tecnic, mais il se les
est gardés. Beaucoup plus tard, ça leur a rap-
porté une fortune.

LAMONTE : Je ne me suis jamais méfié de tecnic. Elle était belle, elle était louche, elle était
comme ça ! Glaciale, pleine de questions sous la
glace. Et aucune envie de trouver des réponses.

Elle allait d'un endroit à l'autre, sans se pres-
ser, sans arrêt, les dents serrées et les paupières
tirées comme des stores. Son charme venait de
là — de cet air endormi, et du fait qu'on ne la
trouvait jamais où on croyait. Mais quand elle

se mettait au module de compo, elle devenait bizarrement incisive. *Petite médaille qui glisse*, quoi qu'en dise drime, c'est du pur tecnic.

TECNIC : On était foutrement égocentriques, tous. Dès que le *gastrique massage* a commencé à avoir un peu de succès, on a tous viré auto-centrés. Je voulais être regardée, et fado et ashto, et aussi drime et lamonte, mais le public n'en avait que pour marquis qui n'en avait que pour marc.

Entre lamonte et drime, c'était la guerre, mais drime était beaucoup plus méchant. Lamonte n'avait aucune chance. Vous avez déjà rencontré drime ? Il réfléchit vite. Il va vite et loin, mais pas très profond. Lamonte *est* profond ; il est plus lent.

LEIGH : Le succès du *gastrique massage* n'explique pas toute cette merde à lui tout seul. Le vrai problème, c'est que nous étions tous sous loa-amer vingt-quatre heures sur vingt-quatre. C'était stupide. Nous ne savions pas à quel point cette drogue refait le cerveau. N'importe quelle drogue refait le cerveau, quand on la prend en continu. Et les monos veillaient sur notre santé physique, mais l'état de notre cerveau était le cadet de leurs soucis ! Je fournissais mes potes en produits masquants et nos contrôles médicaux se passaient bien.

Parfois pas très, très bien, mais ils passaient. À treize ans, on élimine vite. Mais le cerveau, lui, il accumule.

Au bout de quelques jours sous loa-amer — bon, le problème n'est pas forcément le loa-amer, le problème est que le loa-amer empêche de dormir. Et au bout de cinq jours sans sommeil, n'importe qui se transforme en pile défectueuse. Les articulations tournent dans le mauvais sens, la vision est blanche — et le caractère vire au trou noir, beurk. Ça nous rendait horriblement paranoïaques.

NAKA : Song-kis a joué à fado et ashto la ballade du « Vous valez mieux que ça, votre organisateur est un nul, pourquoi vous n'essayez pas de *progresser* ? » et lamonte poussait à la roue. Fado et ashto étaient intégralement dans le loa-amer, ils se méfiaient de tout le monde, leur dire que drime profitait d'eux pour obtenir du sexe et de la drogue, ça n'avait pas de sens mais ça allait dans le sens de leur délire. Évidemment, ça a pété. Et c'est là que tecnic a été grande ! Elle était plutôt coincée, dans cette histoire, entre lamonte et le quatuor. Eh bien elle les a regardés, fado et ashto verts de fatigue, marquis blanc de haine, lamonte et drime dans le même état, aidime funèbre. Elle a dit quelques mots à marc qui a pris son sarod, elle a lancé une piste, chopé son sitar, et elle a joué *maintenant j'ai plus qu'un seul pied*.

Song-kis a giclé ! Il n'était pas à la *Baleine*, vous comprenez ? Il n'était pas à l'*agua*, il n'était pas au courant que nous étions, quelques mois plus tôt, un petit tas de gravats dont personne ne voulait mais que cimentait *une* conviction : parler progression en pension', c'était grotesque. C'était pire que grotesque : c'était cruel. Il n'y avait que les médaillés pour vouloir progresser. Sous son masque *dan*, song-kis n'était qu'un pauvre médaillé hanté par la *progression* ! Tecnic a fait ressortir tout ça d'un coup.

Accessoirement, lamonte a été mis sur la touche.

SONG-KIS : D'après moi, les fractales de naka étaient ridicules, le fouet de marquis était ridicule, tout ce cirque *massage gastrique* était ridicule. Soyons sérieux, des petits flocons se tortillant en rythme, c'était pas ridicule ? Il fallait que le groupe se recentre sur la musique, qu'il la laisse exploser, et tant pis pour les lumières, pour les tortillages de fion, pour les belles combis déchirées !

Je leur ai dit ça et ils m'ont jeté. Et puis ils ont appliqué mes consignes à la lettre.

Si je pouvais, je leur ferais un procès et je ramasserais un maximum de fric.

LAMONTE : Le *gastrique massage* était fondamentalement dangereux ! Il y a quelque chose
de dangereux à parler de colère et de révolte.

En pension', il n'y avait pas que les ruinés et
les médaillés : il y avait les blanchets, la majorité, tous ceux qui n'osaient pas rejoindre les
uns ou les autres, ou qui n'y arrivaient pas.
Ceux qu'on avait envoyés bouler des ruines
parce qu'ils tenaient mal les drogues et ceux
dont les frat' ne voulaient pas parce qu'ils
étaient trop laids, ou trop timides, ou pas doués
en disciplines tradi. La pension' était un milieu
très hiérarchisé. En prison, les gens se
débrouillent *toujours* pour se créer une loi
encore plus dure que celle qu'impose la prison !
Ça leur donne l'impression de maîtriser leur
vie. Et la pension' *était* une prison, bordel !

Ce type, qiume, s'était fait jeter par sa frat'.
Je crois qu'il a simplement décidé de lui donner
une preuve d'allégeance ; de lui prouver qu'il
était digne d'elle. Moi, c'est là que j'ai lâché
l'affaire. Que le quatuor ait ruiné mes ruines, ça
passait encore, mais qu'on touche à aidime,
non.

Ils ont tué aidime, c'est tout.

ASHTO : Ce pauvre qiume. Il en pouvait plus
de se branler. Il en pouvait plus de voir passer
tecnic, et aidime, et lovili, et naka, et lova, et
de pas y avoir droit. Ce type était franchement

repoussant ! Encore plus que marquis et marc. D'ailleurs, on l'appelait *le jour d'après*, haha ! Ça lui a pas arrangé le caractère, c'est sûr.

TECNIC : On avait presque tous un genre de clan, de ramassis de copains ; mais quelques types comme qiume étaient complètement seuls. Ceux-là dégénéraient en positrons, erratiques et destructeurs. Qiume faisait parti de ces gens dont personne ne veut nulle part parce que c'est pas possible, quoi. Et que les monos regardent comme une Pomme carrée : sans rien faire parce que, une fois en Compote, elle aura le même goût que les autres.

Et c'était évident qu'avec notre *massage*, on se mettait en lumière. Quand on se met en lumière comme ça, tout peut arriver.

DRIME : Aidime a un peu parlé avec qiume, parce que c'était une chic fille quand elle n'était pas abrutie par le loa-amer. Il lui a montré ses gantelets *arnis* et elle, ses petits miroirs de *manipuri*, j'imagine, ou quelque chose d'aussi passionnant. Il a dû prendre ça pour je ne sais quoi. Sérieusement, il n'était pas bête mais il était en pleine poussée d'hormones, voilà tout.

LEIGH : C'était le destin d'aidime, de mourir comme ça. S'il n'y avait pas eu qiume, il y aurait eu autre chose. Elle prenait trop de drogue. Elle était trop désespérée. Et elle avait seize ans.

FADO : J'étais en train d'écouter un bout de texture sonore que m'avait donnée ashto, j'essayais d'en faire quelque chose, alors quand j'ai entendu les cris, je me suis dit : « Encore aidime qui a sniffé la réserve de quelqu'un », et je me suis pas plus affolé que ça ; j'ai fini mon bout de trame, j'ai posé mon module de compo et j'y suis allé : putain ! Aidime était par terre, allongée dans son sang, avec une grande plaie en travers de la poitrine, ça pissait de partout, c'était *horrible* ! Ashto et marquis se battaient avec qiume qui braillait en agitant un jian tout rouge ! Je me suis agenouillé près d'aidime, j'ai pris une de ses mains et j'ai commencé à pleurer ; je disais : « Aidime ! Aidime ! », j'étais choqué, sa main était glacée, ses yeux roulaient dans ses orbites, elle les a tournés vers moi, elle avait les lèvres pâles, mais pâles ! Je me suis penché pour entendre ce qu'elle essayait de dire et c'était : « Me... fais... pas... rire. »

Ensuite, les monos sont arrivés comme tombe la foudre, mec.

TECNIC : Ça ne leur allait pas. Ça ne leur allait pas *du tout*, aux monos ! C'était bien la pire chose qui pouvait arriver en pension' : qu'un pensionnaire soit blessé. On ne *pouvait pas* faire pire à un mono. Vous imaginez, devoir apprendre ça au parent ? Heureusement, aidime n'avait que des blessures superficielles. Mais nous, on n'avait jamais vu de sang ni rien, ça nous a secoués. J'ai été un temps sans revenir aux ruines.

Encore heureusement, quand il a fait ça, ce connard de qiume était aux couleurs de son ancienne frat', donc c'est les frat' qui en ont pris plein la tête. Elles nous ont lâchés un bon moment, après ça.

LAMONTE : J'ai appris plus tard que qiume s'était fait vider dans la foulée. Aidime est revenue couverte de pseudo-peau. Elle avait l'air hagard et elle avait raison : perdre la santé était un crime capital, en pension' ! Que ce soit ta faute ou non. À cause des parents et de ce qu'on leur coûtait. Quand un pensionnaire perdait la santé, les monos n'avaient plus qu'une seule idée en tête : la lui rendre pour pouvoir le vider ! Alors, dès que les monos ont eu enlevé ses bandages, aidime a commencé à gratter ses croûtes pour cicatriser moins vite. Bien sûr, ça a eu l'effet inverse : un matin elle n'était plus là et elle n'y a plus jamais été. J'ai fermé mes ruines.

Mais avant, j'ai tout passé au solvant, tout, toutes mes fresques, j'ai fracassé les masques et les statues, tout ! Et j'ai pleuré. Vraiment.

DRIME : La fin d'aidime, la fin des ruines, ça a été le vrai début, pour le quatuor. Un sale moment, sérieusement.

ASHTO : Parfois je la revois. Toute maigre, avec cette haleine d'acétone que donne le loa-amer, et son grand rire. Et ses mèches rebiquées sur les joues. Et tout ce noir qu'elle mettait sur ses yeux, *wao* ! Je la vois qui danse sur ses jambes toutes maigres, et qui rit. Et dire que c'est quelqu'un d'autre qui l'a eue. Aidime oh.

6

Me fais pas rire

LOVA : Après la fermeture des ruines de lamonte, j'ai fini par trouver un point de chute au *kiudad*. C'était un salon de boissons nouvelle manière, un salon *pas tellement officiel mais toléré*. J'y allais tous les soirs, c'était merveilleux ! On payait une fois et on pouvait boire toute la nuit, y compris des trucs pas tellement officiels. Parce qu'en pension', il y avait la notion d'argent. Une espèce de système censé nous inculquer le sens des valeurs, avec des crédits qu'on gagnait grâce aux médailles.

Le *kiudad*, c'était fantastique : avec une seule médaille, on pouvait boire toute une année ! C'était une pure idée de ruiné. Et très vite, c'est devenu le meilleur endroit de drague de la pension'. On pouvait coucher avec tout le monde parce que tout le monde était là pour ça, il n'y avait qu'à tendre la main, *madre* ! C'était merveilleux.

J'ai retrouvé le quatuor là-bas. Ils avaient changé.

ASHTO : Lova est devenue espionne pour les monos. Elle est arrivée un soir au *kiudad* et elle nous l'a dit.

« Voilà, depuis *aidime*, les monos sont inquiets à notre sujet. Je vais leur raconter tout ce qu'on fait. Et ils ne seront plus inquiets. »

On a dit : « Euh — d'accord. »

Pendant un bout de temps, ça a marché. Lova disait aux monos juste ce qu'il fallait. Elle avait une façon de parler toute calme. Avec sa voix de tranquillisant, elle pouvait faire passer *j'ai plus qu'un seul pied* pour une berceuse, haha ! C'était l'inverse de marquis, quoi.

DRIME : Lova était espion pour les monos. Elle leur racontait ce qui se passait et surtout, elle leur expliquait à quel point ce n'était pas grave. C'était sage, de la part des monos, de reconnaître franchement qu'ils ne comprenaient rien à ce qui se passait. Et qu'ils n'avaient pas une notion moderne du grave et du pas grave.

LOVA : Je leur ai filé du loa-amer, en version amortie. Je leur ai passé les paroles des chansons, carrément lissées. Je leur ai expliqué que le fouet, c'était le symbole du dragon — sans les pattes, parce que les pattes c'est encombrant mais le dragon, *madre* ! C'est terriblement tradi.

J'étais assise devant eux, à leur raconter toutes ces conneries, ils me payaient en gaba et en xant, et j'empochais les patchs de xant sans y toucher, parce que je préférais attendre que leigh en fasse quelque chose de mieux. À la fin de mon rapport, ils me donnaient des *conseils amicaux* et moi je restais là, à faire semblant de les écouter en me défonçant au gaba. Ensuite, ils me laissaient partir en hochant la tête. Ils avaient l'air content et moi, j'avais les genoux qui pliaient dans tous les sens.

ASHTO : Après la fin des ruines, je me suis surtout intéressé à mon nombril. Et comme aidime était plus là pour me conseiller, ça a vite tourné au grave. Je traînais entre le *kiuad* et les répétitions avec une marque de fouet sur la joue. Et aussi des lunettes roses. Des lacets pour tenir les lambeaux de ma combi. Et du noir à lèvres. Tant que j'ai été le seul, j'ai trouvé ça drôle. Mais quand je me suis vu entouré de cent clones, j'ai fondu en larmes.

Alors je me suis couvert de petits hinomaru. Le rond blanc sur fond rouge. Ou l'inverse. Mais personne d'autre que moi avait écouté les vieilles histoires de lamonte. Donc, les autres ont trouvé que je ressemblais seulement à une éruption cutanée. Un symbole japonais vieux

de quatre cents ans, qu'est-ce que j'espérais ?
J'espérais choquer, en fait. C'était complètement raté, haha !

Alors je me suis dessiné un gros idéogramme
refugee sur la poitrine. Et là, *wao* ! Franc succès.
Je me suis fait casser la gueule direct. Du coup,
j'ai décidé de retourner en cours.

FADO : Un jour, pris de folie, on a décidé de
reprendre un cours, mon frère et moi — éco-
modélisation ou gaomi, je sais plus —, en tout
cas, mon module s'est mis en boucle au bout
de dix minutes et celui d'ashto a mis cinq minutes de plus ; il était vexé.

J'ai jeté un œil autour de moi et il y avait un
troisième module en boucle : celui d'un type
nommé dewi — à l'époque il était tout propre,
tradi à souhait, tu me crois pas ? Putain, dewi
était propre comme un os au soleil et c'était une
masse, un videur-né — pas si haut que ça, en
fait, ni si large, mais une boule de muscles et
on en avait bien besoin.

DEWI : Ashto et fado étaient les feignants les
plus cossards que notre pauvre planète ait
jamais eu à porter ! Je les ai rencontrés devant
un module pédagogique pétrifié par la déme-
sure de leur ignorance. Le soir même, je suis
allé à leur nouveau spectacle, le *me fais pas rire*,
censément comme videur. Je pensais que j'allais

devoir maintenir un semblant d'ordre, mais mon cul ! C'était un chaos comme j'en avais encore jamais vu ! Marquis hurlait, tout le groupe braillait, et tous les pensionnaires gueulaient avec eux ! Cette musique, c'était du xant acoustique ! J'ai accroché direct. Alors que j'avais plus un poil de sec ! Ça m'a fait peur mais il fallait que je me résigne : j'étais fait pour ça.

Après le concert, je suis allé retrouver fado et ashto en coulisses : ils étaient redevenus eux-mêmes, deux feignasses accroupies qui passaient le plus clair de leur temps à glavioter sur leurs pieds. Mais sur scène, ils pouvaient être carrément dangereux !

ASHTO : Le niveau de violence de nos concerts dépendait pas mal de ce qu'on avait pris avant. Y avait les concerts « flaques ». Y avait les concerts « j'ai le dos qui démange et les bras trop courts pour me gratter ». Et y avait les concerts où marquis ressortait son vieux fouet, haha ! Pour faire plaisir.

FADO : Faut être lucide : dewi nous a souvent sauvé la mise, c'était un as du tinku et il était capable de transvaser un emmerdeur d'un bout à l'autre d'une salle bondée à coups de pied au cul.

Ça m'est arrivé plus d'une fois d'être tranquille dans mon coin, de me trouver soudain entouré par quelques types de frat' qui commençaient à me coller de grandes bourrades dans le dos en demandant où j'avais trouvé d'aussi beaux cheveux, de me dire «Putain ! Dans deux minutes, je suis *mort*», et de voir les types disparaître comme par enchantement — on entendait juste «Boum !» contre le mur d'en face.

C'était la magie de dewi.

ANANA : Je n'avais pas vu le *gastrique massage*. J'étais sûrement trop tradi, à l'époque. Mais j'ai vu le *me fais pas rire*, au *kiudad*. Il paraît que ce spectacle était plus dépouillé. Ça, pour être dépouillé ! Six créatures blêmes, renfrognées, baignant dans une lumière style liquide amniotique sale et qui, d'un seul coup, se sont mises à balancer des tératonnes de décibels ! Du jamais vu, du jamais entendu, du tout frais explosé ! *Oshi* ! J'ai été hypnotisé. Séché ! J'ai fini le concert le cul collé à ma rondelle, les bras en croix et la bouche ouverte ! Je ne voyais que marquis, bien sûr, comme tout le monde, mais en fait, c'est le tout qui était énorme — *énorme* ! J'ai adoré.

Marquis est descendu de la scène, souple comme un fil de gomme, il est venu droit vers moi, il a pris mon verre et il se l'est versé sur la tête. Il a glavioté par terre, il a rugi et il a donné un coup de pied dans ma table. La rondelle s'est fendue en rencontrant le mur ! Marquis aurait pu tuer quelqu'un, il aurait pu trancher trois têtes d'un coup ! Ce garçon était fou. J'étais bien content d'avoir enfin rencontré quelqu'un d'authentiquement cintré. J'ai voulu le lui dire mais il avait déjà disparu, avec mon verre.

J'ai vu passer marc, l'air d'une ombre, avec sa petite houppette sur le crâne et son regard triste — j'ai appris plus tard, pour aidime et pour lui. J'ai vu passer tecnic et pas moyen de lui parler — trop glacée. Très sexuelle mais glacée. Et puis j'ai vu naka et j'ai pu lui offrir un tortillon sans problème, parce que c'était la mode des tortillons psychotropes qu'on allume et qu'on se passe sous le nez, ce qui est une belle connerie parce qu'on perd la moitié du produit dans les airs, et parce que c'était une fille sympa. Je l'aurais même trouvée jolie, si j'avais réussi à regarder autre chose que ses seins. Des seins, mais des seins !

DRIME : Des visuels du *me fais pas rire* ont commencé à circuler. Impossible de l'empêcher. Heureusement, les paroles étaient à peu près incompréhensibles. Pour le coup, j'ai été plutôt content que marquis soit incapable d'articuler un mot. Et qu'il ait rangé son fouet.

Ensuite, ce sont des extraits audio qui se sont mis à circuler. Des fragments de chansons, des lignes de voix, des bouts d'instrumentaux mixés et remixés par on ne sait qui. Soudain il y a eu dix versions du début de *petite médaille*, vingt versions de la coda de *me touche pas*, et cent versions des rugissements de marquis. Franchement, c'était un phénomène bizarre.

Mais du coup, le quatuor a pu s'inspirer de ses propres chansons revues par d'autres. Les musiciens repéraient les effets qui avaient plu et ils les malaxaient jusqu'à obtenir quelque chose d'apparenté. C'était excitant, toute cette admiration fertile, ces pensionnaires qui se retrouvaient en eux et qui leur renvoyaient une version, disons, améliorée d'eux-mêmes.

Pendant ce temps, j'étais occupé à monter d'autres salons comme le *kiudad* — des salons de boissons ruinés, pas-officiels-mais-tolérés. Les *pomat*. Ça me fait toujours rire, de voir que ces gargotes incertaines sont devenues mythiques.

FADO : Dès qu'on allait donner un *me fais pas rire*, il y avait toujours un pensionnaire pour nous fourrer dans l'oreille ce qu'il estimait être une *version mieux* de notre boucan de la veille : c'était fatigant, c'était vexant et en plus, putain ! c'était un prurit.

Chaque salon *pas officiel mais toléré*, ceux qu'on appelait pomat, avait sa fontaine à sons

et elle était remplie de nos sons *faits et refaits*
— des lignes que les pensionnaires chargeaient
et déchargeaient sans arrêt, le plus souvent avec
des résidus visuels collés à la ligne de son.
Résultat, il y avait un bazar sonore incroyable
dans les pomat, et plein de petits morceaux de
marquis qui tournicotaient dans tous les sens,
sur les tables et sur les murs, et sur le nez des
pensionnaires — de quoi devenir fou.

Cela dit, ça nous a appris plein de choses, et
d'abord ce qu'il fallait pas faire — marquis a
notamment renoncé à tous ses gargouillis prétentieux, quel soulagement ! Ça nous a mis la
pression, aussi.

Jusque-là, les compositeurs, c'était marquis,
tecnic et leigh, mais à partir de là, on s'y est
tous mis et on a pondu de *foutues* merveilles en
un temps record : *je veux trancher ta main, retour
aux tours, pension' scansion, mes tes leurs nos
rognons, pas l'œil !* et, pour finir, *chant de pets*
— la plus expressive de nos œuvres.

LAMONTE : Soyons honnête, *pension' scansion*
et son refrain « mais que peut faire/un pauvre
pensionnaire/à part du bruit avec sa bouche/
puisque dans les tours qui rêvent/il n'y a juste
pas de place pour lui » ont été intégralement
piqués à une de ces vieilles rengaines prémodernes dont ils étaient censés se foutre comme de

leur premier patch, bordel ! C'étaient des hypocrites et des malhonnêtes.

ANANA : Au début, je les ai suivis partout. On a été nombreux à les suivre partout à cause de marquis, et à les lâcher pour la même raison. *Pork*, il était si sexuel, ce garçon ! Mais si insupportable.

DRIME : Anana a cru pouvoir maîtriser marquis. Sérieusement. J'en ris encore.

ANANA : On était à la limite du filtre de la pension', dans une ruine haut perchée. *La* ruine haut perchée, oui.

Elle était située sur le terrain d'une frat'*libanda,* mais si près du bord que personne d'autre que nous n'osait y aller. Il y avait une porte à l'ancienne, pivotante, avec une grosse serrure, des escaliers fixes et des ouvertures à l'antique — des trous rectangulaires avec des barreaux. Ça avait de l'allure, avec des restes de Lianes cramées par les rayons durs qui pendaient partout. Marquis était venu là pour je ne sais quoi et moi, je m'étais mis en tête de lui présenter des filles, parce qu'il passait son temps avec lovili qui était vraiment affreuse et négligée, une véritable petite haizi, et je me disais que ce serait mieux pour marquis qu'il découvre de vraies femmes pubères. Qu'est-ce que j'avais dans la tête, je me le demande ?

J'avais réussi à attirer là-dedans une jolie pensionnaire de quinze ans bête comme un cyclotron. Son cerveau tournait en boucle en pulvérisant des pensées particulaires. Elle s'appelait — ça m'est sorti de la tête.

Dans les différentes reconstitutions de la graaande épopée de *stolon*, on présente toujours cette rencontre comme quelque chose de très mystique ; une scène au clair de lune, silencieuse, très poétique, très ennuyeuse. Rien ne peut être moins vrai. Je pense que les scénaristes confondent avec marc et aidime. La vérité, c'est que marquis s'est approché de la fille et qu'il lui a tiré les cheveux ! Ensuite, il a bu tout ce qu'il y avait dans la ruine et il a décidé d'aller casser la figure à une ronde qui passait par là. Parce qu'il y avait un semblant d'ordre, en pension'. Des sortes de milices de pensionnaires qui faisaient des rondes. Marquis a décidé d'aller se battre avec une ronde, alors pendant qu'il titubait dans l'escalier de la ruine, j'ai fermé la porte à clef pour lui éviter une rouste et je suis allé me coucher. J'étais plutôt déçu.

Pendant que je dormais, la fille a débarqué dans ma turne en pleurant que marquis allait la tuer. Je lui ai dit : « Oh ! par pitié, laisse-moi dormir. » Elle est sortie de ma turne en pleurant, j'ai jeté un œil dans le couloir et j'ai vu marquis qui lui tirait à nouveau les cheveux. Je crois que c'est à peu près tout ce qu'il savait faire avec les femmes.

Je suis retourné sur ma natte et j'ai entendu du potin au-dessus de ma tête : c'était marquis, complètement à poil, qui dansait sous la lune parmi les débris du toit ! Je me suis dit : « Oh ! la la » et je suis encore retourné me coucher. La fille continuait à sangloter. Je crois que c'est tout ce qu'elle savait faire avec les hommes.

Voilà toute l'histoire ! Pas de rencontre poétique, pas de vision prémonitoire, pas de tentative de meurtre, pas de saut de l'ange sous la lune sanglante : uniquement un type bourré qui se donnait en spectacle.

Le lendemain, la fille est devenue ma petite amie mais *oshi* ! C'était quoi, son nom ? Anime, c'est ça ! Et marquis m'en a horriblement voulu de l'avoir empêché de sortir se faire défoncer par une ronde.

FADO : Le succès venant, c'est devenu de plus en plus pénible de faire la fête avec marquis.

J'ai traîné pas mal de soirées avec lui, à chasser la drogue et l'alcool dans les pomat, et ça se passait toujours de la même façon : marquis fonçait sur la fontaine à boissons, il commençait à boire à même la tirette jusqu'à ce qu'un ruiné vienne lui baiser les pieds, marquis lui collait une baffe, le ruiné disait merci, marquis reprenait sa discussion avec la tirette, ensuite il sortait sa queue et pissait contre la fontaine, puis il recommençait à boire jusqu'à ce qu'il vomisse *dans* la fontaine, je le balançais sur une table aérostatique et je le ramenais à sa turne.

C'était typique. Putain, c'était *très* chiant.

LAMONTE : Marquis était un crétin fini et en plus, il était dépourvu de talent artistique. Sa prose était exécrable et sa façon de chanter était à chier ! Il déshonorait autant la langue que la musique. Ses chansons sont creuses à l'intérieur et boursouflées autour. Tout ce qu'il avait, c'était un bon coffre et une bonne queue ! De quoi impressionner les haizi et les trous du cul.

À côté de ça, il dégageait quelque chose. Un champ magnétique ! Ce mec valait mieux que lui-même. Ce n'était pas sa faute, il n'avait rien fait pour ça ; c'était un truc qui poussait tout seul, comme son incroyable tignasse. Disons que ce qu'on peut accorder à marquis, c'est de s'être laissé pousser sans contrainte. Il aurait eu tort de se gêner : ses manières de connard inclonable, ça ne faisait chier que les autres !

Tu peux me croire, si tout le monde adorait marquis, ça ne venait pas de ses dons artistiques ! Il ne se lavait jamais, il ne se coiffait jamais, il avait une gueule de Friche et il sentait la Bête — ça devait être ça.

Et la preuve que l'être humain n'est pas fait pour le retour à la nature, c'est que des types plus proprets, à la rajis, ont vite eu du succès.

ANANA : Le lendemain de l'épisode de la ruine haut perchée, marquis n'a plus voulu de moi. J'ai giclé. Je n'étais pas le premier. Ni le dernier. *Pork*, qu'est-ce que j'ai été malheureux !

7

Les reins pervers

NAKA : Après les ruines, le quatuor a pas mal joué dans les pomat et j'ai suivi. Il a pas mal composé et j'ai suivi. Il a fait une pause et je suis partie. Les fractales, j'en avais assez. J'avais plus de sons que d'images dans la tête.

Je suis allée voir drime. Drime avait un type de raisonnement très particulier, très efficace. Il m'a dit : « Fado fait la basse, marc les cordes, ashto le rythme, marquis la voix et tecnic l'harmonie, qu'est-ce qui te reste ? Les hautes. » J'ai décidé de faire les hautes.

On peut dire que, dans le paysage sonore, fado incarne la mer qui se roule sous vos pieds, marc l'air à travers lequel vous volez, ashto crée le temps le long duquel vous vous déplacez, tecnic donne la direction du déplacement, marquis anime le paysage et moi, je suis le petit drone qui vibre tout en haut. Celui qui glisse contre la troposphère et auquel vous vous accrochez pour ne pas tomber.

Je suis allée dans une ruine d'hautistes.
C'était un plan de leigh. Un bon plan. Quand
je suis arrivée, toute crispée avec du noir partout, je suis tombée sur banhbaté. Elle était
assise en tailleur, avec son air enfumé, sa chevelure opulente, ses épaules opulentes et ses seins
opulents, en train de fumer la plus opulente
pipe à Lichen que j'avais jamais vue ! Elle m'a
dit : « Oh, eh bien... tu veux devenir hautiste ?
Et un saveur-Igname au copybeurre, ça te dit ? »
Elle fabriquait ça dans son coin, avec des pâtes
de protéine et des lamelles de graisse, elle faisait
cuire sur une vieille pile et l'odeur était absolument délicieuse. Ça dégoulinait partout, sur les
doigts, sur le menton, c'était une autre façon de
ne pas être tradi mais celle-là était pas mal plus
jouissive que se taper la tête contre les murs !

Ces gens, les hautistes — c'étaient surtout
des filles qui vivaient sous gaba et alcool de
Gui, assises le dos au mur toute la journée dans
ces grands *lamba* colorés. Elles causaient tout
en jouant, elles rigolaient tout en causant, et les
sons coulaient de leurs doigts comme une Voie
lactée. Pour un peu, j'en aurais oublié le quatuor, sa hargne un peu débile et ses crises de
nerfs. Mais il aurait fallu que j'oublie mon
angoisse avec et ça, je n'ai pas pu. Les hautistes
prenaient la vie comme elle venait, belle et
brève, alors que je n'arrivais ni à la trouver

belle, ni à accepter qu'elle soit brève ! Ce n'était pas cohérent mais qu'est-ce que j'y pouvais ?

J'ai beaucoup appris chez les hautistes. Je me suis approprié leur technique et je l'ai tournée à ma façon. Je leur ai piqué un truc nommé *quelle belle nuit* et j'en ai fait *quel bel ennui*.

Mais surtout, j'ai compris qu'il y avait autre chose que la haine des médailles et le loa-amer. J'en ai parlé à tecnic et on a travaillé ensemble.

TECNIC : Lamonte en tenait pour ses vieilleries, j'ai fini par l'aider à restaurer certains sons prémodernes. C'est comme ça que j'ai su que nous n'étions pas les premiers à inventer un bruit neuf avec de vieux instruments ; j'ai découvert cui jian. Naka a débarqué là-dedans avec sa science hautiste toute fraîche et on a déliré toutes les deux sur le style *vent du nord-ouest*, des morceaux comme *je n'ai rien*, bien sûr — et aussi les *chansons des prisons*. *Chanson de prison*, ça nous a parlé tout de suite. On a restauré des bribes de *dynastie tang*, c'était plutôt émouvant.

NAKA : Tecnic s'est passionnée pour la musique chinoise, moi je suis allée voir du côté du japon. Il y avait un truc nommé *visual kei*, une façon d'être et d'apparaître, qui était extrêmement moderne. Et il y avait ce très ancien guitariste mort très jeune, hide. C'est lui qui a composé *désir sadistique*. Je peux tenir trois heures sur hide, si vous voulez. Ç'a été le premier prémoderne à refuser la majuscule, vous savez ? Bon sang, j'aurais adoré connaître ce type, mais il est mort trois cents ans avant ma naissance ! Hide, yoshiki et toshi m'ont tenu compagnie assez longtemps sur scène.

Avec tecnic, on a mixé des sons coréens, les *chansons de la vie* de *carabao*. Eux aussi puisaient dans l'ancien pour faire du nouveau. Ça nous a fait plaisir, de savoir que nous appartenions à une lignée. Et puis, ces gens pensaient, ils rêvaient, ils rêvaient d'une justice ! C'est à ce moment-là que j'ai commencé à me dire que je n'étais pas *forcément* totalement cinglée.

N'empêche qu'on a eu bien du mérite, tecnic et moi. La qualité du son était — on ne peut pas parler de qualité, naaan. Mais même à travers les siècles, il y avait plus de vie là-dedans que dans mille concerts tradi ! Et de toute façon, sur le réseau de la pension', il n'y avait aucune information plus récente. Rien de récent. Nous ne nous rendions même pas compte à quel point.

Après ça, on a dormi un coup et je suis retournée voir le quatuor avec nos nouvelles pistes. Je leur ai dit : « Eh bien, je vous informe qu'on est six. » Et comme *sextet*, c'est un nom plutôt moche, on a décidé d'en trouver un autre. Au début, on croyait que ce serait simple.

ASHTO : J'ai proposé plein de noms amusants. En anglique. Vu qu'on était priés de parler mandarin, ça s'imposait. *Kickpliege* [N.d.T. : pli d'aisance]. *Kidnons* [rognons]. Et *kinky kidneys* [les reins pervers] en vieil anglais, c'était pas joli ? Ou *rotten rinõn* [abat pourri] ? J'ai eu aucun succès. J'ai l'habitude. *Moho* [moisissure] ? Non plus. *Blanchet* ? Euh, vraiment, qui voudrait s'appeler *blanchet* ?

TECNIC : Fado avait suggéré qu'on s'appelle *pog mo thoin*. Ça veut dire *embrasse mon cul* en irlandais. Et ashto voulait qu'on s'appelle *pung*, à cause de la percu indienne, et à cause de punga, le dieu de la laideur. Pung, pog, il y avait quelque chose à faire avec ces sonorités.

ASHTO : Et *nonoxynol 9* ? Un spermicide qui a fait beaucoup de morts ? Non plus.

DRIME : Beaucoup de noms auraient convenu. *Bayaye*, par exemple — ce mot swahili qui désigne ceux qui arrivent quelque part sans argent, sans famille et le ventre vide. Ceux qui ne peuvent tout simplement pas s'en sortir. Ou *nani* ? Ça sonnait bien, *nani* ? Les *qui ça* ? Le mot qu'on vous sert, quand vous cherchez quelqu'un et qu'on veut vous faire comprendre que vous auriez *sérieusement* intérêt à arrêter.

Ces noms étaient parfaits. Mais je crois que nous ne les connaissions pas encore.

FADO : C'est marquis qui a trouvé *stolon*, bien sûr.

Bref et clair.

NAKA : J'avais compris quelque chose, à force de travailler avec les hautistes et surtout avec tecnic. C'est qu'il ne fallait pas chercher le formalisme. Nous n'étions pas là pour construire des musiques modèles, reproductibles d'une fois sur l'autre. Au contraire ! Il fallait accepter le bancal, ce côté bricolé d'une main et posé en équilibre de l'autre. Un côté expérimental. Et même, déglingué. La musique tradi, c'était la reproduction de la même chose à travers les siècles, la nôtre devait être le symbole de l'instant qui ne revient jamais — en tout cas, jamais de la même façon. Il *fallait* être imparfaits.

Eh bien, ça a été assez dur, de renoncer à créer quelque chose de durable. Jusqu'à ce que je comprenne que c'était ça, notre création ! Faire comprendre aux autres que créer suffit. Qu'on n'a pas besoin de la bénédiction des siècles, ni d'une homologation technique pour exister. Et musicalement, c'est quand même vachement plus excitant que la millième version de *la lune reflète mon cœur* !

ASHTO : Tecnic et naka nous ont bassinés pour qu'on change notre façon de faire. D'après elles, il fallait voir la musique autrement. Comme une succession de petits bouts variables. Pas comme des lignes de son invariables. Jusque-là, ça allait.

Ensuite, naka a dit qu'il fallait aussi qu'on invente de nouveaux instruments. Là, je lui ai demandé de bien vouloir la fermer, haha ! Mais rajis devait traîner dans le coin. Et il était pas sourd.

FADO : Le vrai problème de *stolon*, c'était pas la technique musicale, c'était de réussir à tirer marquis et marc de leur natte — déjà, il fallait réussir à les localiser, quoique le plus souvent ils ralliaient leur turne en fin de nuit, c'était toujours ça de fait ; mais les turnes étaient puissamment isoacoustiques, tu pouvais gueuler des insanités devant le sas ou taper sur les parois, ce truc transmettait les sons comme le vide et ces deux germes débranchaient toujours leur domotique avant de s'endormir, c'était un instinct chez eux ; alors rien que réussir à les réveiller, ça demandait une *putain* de motivation ! Souvent, le seul moyen, c'était de lancer une alerte toxique.

Une fois dans la place, il fallait encore les mettre debout, ou approximativement assis, mais ça, j'y arrivais bien : je refermais le sas et je passais *tous vidés* à fond ; à la troisième fois, j'obtenais une réaction. « Casse toi ! », le plus souvent.

À partir de là, on pouvait répéter.

RAJIS : Oh oui ! Je me souviens de leur premier concert sous le nom de *stolon*. J'ai vu marquis mener le *me fais pas rire* à la catastrophe devant une frat' tout entière ! Je ne sais pas ce qu'une cargaison de médaillés venait faire au *me fais pas rire*. Je ne sais pas, j'imagine que ces connards avaient entendu *pension' scansion* ? Et qu'ils n'étaient là QUE pour ça ! C'est un morceau multiculturel.

Marquis est arrivé sur scène très en retard, absolument mais — mais *défait*, avec cette chevelure incroyable et des peaulogrammes *jusque* sur les paupières. Il a titubé au bord de la scène et il a regardé le public en plissant des yeux, longtemps, looongtemps ! Il avait ces yeux magnétiques, très noirs, très denses. Au bout de cinq minutes, il a dû comprendre que la plupart des spectateurs étaient des médaillés *bien* lisses. Les spectateurs le regardaient aussi, et ça commençait à grincer, à cliqueter ; ils devaient se dire : « C'est *quoi*, ce monstre ? » Moi, j'étais complètement excité ! J'avais quelqu'un dans les bras et je le branlais en me disant : « Ce type est génial ! Il va mourir, mais il est GÉNIAL ! »

Marquis a reculé un peu, les médaillés ont pensé qu'il allait se mettre à chanter mais pas du tout : il a commencé à se FOUTRE de leur gueule ! Il disait : « Les jolies petites médailles ! » et il tapait sur son cul en faisant des bruits avec sa bouche, hahaha ! Les médaillés l'ont sifflé. Et là, marquis a poussé le son et il a HURLÉ le refrain de *dama* en faisant le signe des *refugee* ! Les médaillés se sont mis à balancer tout ce qu'ils pouvaient sur la scène ! Leur verre, leur masque, leur casque ! Ils se sont mis à pousser comme des brutes ! J'ai cru que la scène allait exploser sous la pression ! Exploser !

J'ai adoré ça. Ça n'avait pas la puissance musicale de la première fois où j'avais vu *gastrique massage*, d'accord ! Mais ces crétins étaient l'élite de la pension' et marquis leur PISSAIT à la face ! Il prenait de sacrés risques. *Stolon* avait quelques videurs mais, face à une foule en folie, qu'est-ce qu'on peut faire ? Eh, se barrer ! C'est ce que *stolon* a fait. Mais marquis, lui — marquis ne voulait pas partir ! Il voulait tous se les faire ! C'est dewi qui l'a ceinturé. Il l'a évacué. Le spectacle a duré, quoi ? vingt minutes en tout ? Mais c'est là que je me suis dit : « Je vais faire ça. Ouais, je vais faire ÇA. Et je vais le faire *tout de suite* ! »

Et c'est à cet instant d'extase absolue, cet instant crucial de mon existence, que mon branlotin du jour s'est retourné et m'a dit :

« Hé, mec ! Tu peux enlever ta main ? J'ai joui et maintenant, faut que je pisse. »

FADO : Je regardais tous ces gens et je me disais : « Putain ! Les maîtres du monde sont *vraiment* des laiderons. »

DRIME : J'ai appris plus tard que la frat' présente ce soir-là était celle de qiume. Les monos lui avaient fait la leçon pour qu'elle essaye de se comporter *amicalement* avec les ruinés, afin que les deux parties *s'ornent mutuellement l'esprit*. Sans rire. Ils étaient là en *amis*. Quelle horreur !

8

Thé au Beurre

ANANA : On était en train de boire au *kiudad*, rajis a débarqué mais — *hystérique* ! Les joues toutes rouges ! Tellement sexuel ! Et il m'a dit qu'il voulait monter un quatuor. Je lui ai dit : « Hé ! je veux bien faire les basses pour toi. » On a demandé à lamonte de prendre les cordes et on a équipé un module pour le rythme et le reste. Tant qu'à être mauvais, inutile de s'y mettre à quinze.

LAMONTE : Je savais jouer d'un peu de tout et de tout un peu, j'avais surtout besoin de me changer les idées. J'ai dit : « Pourquoi pas ? Pour pas longtemps. » On a lancé un mouvement. On a décomplexé les autres. Les sous-*stolon* se sont mis à pulluler derrière nous comme les gaz derrière une comète.

RAJIS : J'ai copié le jeu de hanches de marquis, lamonte a copié la technique de marc,

anana a fait n'importe quoi et pour le répertoire, bah — pour ça, on a pioché dans les
vieilleries de lamonte. *Stolon* malaxait tous ces
vieux trucs mais nous, on a décidé de ne RIEN
malaxer du tout ! On a copié bêtement. Dans la
limite du possible, évidemment, parce que les
originaux étaient quand même — quand même
pas mal trop primitifs pour nous ! Ils étaient
velus comme pas possible, ils foutaient de la
sueur partout et ils jouaient tonique plus quinte
exclusivement.

Pour le look, j'ai copié ashto ! Il avait cette
façon bizarre de — il se tondait des plaques de
sourcils pour qu'ils ressemblent à des pointillés.
J'ai fait des petits carreaux ! Deux jours plus
tard, j'avais les yeux comme deux novae. Bouf-
fis ! Et trois jours plus tard, TOUS les ruinés
avaient des plaques chauves partout, partout
dans les sourcils, dans les cheveux. En forme de
pointillés, de carrés, de gouttes, de losanges, de
spirale ! C'était *hideux*.

Notre nom de groupe ? Wa, il était tout
trouvé. *Copie*. Ça a, *han* — déplu, ouais !

LOVA : Le premier spectacle de *copie* était
incroyable. C'était un crissement continu, un
bourdonnement de hautes et de basses qui donnait mal au cœur et qui faisait trembler les os,
et puis c'était rajis, au fond d'une espèce de
vase de plasma en suspension, qui se démenait

comme une ombre maniée par un marionnet-
tiste fou. Ça n'avait rien à voir avec *stolon* ni
avec rien ! *Madre* ! Les spectateurs étaient bouche bée — et les doigts dans les oreilles.

ANANA : J'ai monté quelques lignes de basses
et je me suis dit : « Voilà, mon travail fait. Passons à la récréation. » Parce que quoi ? *Oshi* !
Y en avait marre d'être tout propres avec nos
bancs sonores tout efficaces.

J'ai inventé des instruments à base de calames, de bidons, de seringues et de jô, tout ce
que j'ai pu trouver. J'ai fourré des diamants
dans des étuis de plaquettes thermiques et ça a
donné des maracas avec un petit son étincelant
que j'adorais ! J'en ai bourré notre première
version de *rien en mon nom*. Ensuite, je me suis
dit : « À quoi ça sert de créer des sons ? Il en
existe plein autour de moi ! » et j'ai commencé
à enregistrer tout ce qui bougeait ; j'ai collé des
capteurs partout. Tiens, si tu coupes en lamelles un boudin de protéines sur une plaque en
fibroverre avec un jian, tu obtiens le « Cheec-
tac ! Cheec-tac ! » de *balles sous le drapeau rouge*.
Et l'intro de *je n'ai rien*, c'est un extrait de travail intestinal après une cuite au Galanga !
Juste ça.

Évidemment, ç'a aussi été un fameux prétexte pour faire des concours de rots. *Pork* ! À
l'occasion, je me suis réconcilié avec marquis.

LAMONTE : Les monos ont regardé d'un sale
œil les nouvelles coupes de poils lancées par
rajis. Ça sentait l'automutilation et tu imagines
bien ce qu'ils en pensaient.

LOVA : *Stolon* était suivi par des meutes
d'admirateurs qui hurlaient de joie. *Copie* a très
vite été suivi par des meutes de détesteurs qui
hurlaient de rage. Ce n'était pas si facile que ça
de distinguer les uns des autres. Rajis les pourrissait du haut de la scène et ces cinglés ado-
raient ça !

Je crois que ce que les trois de *copie* voulaient,
c'était faire quelque chose de différent et ils
avaient parfaitement réussi ! Je me souviens
d'une grosse sphère d'oxygène en nanochaînage.
Parce qu'en pension', il n'y avait pas de circuit
de distribution partout comme dans les tours,
les monos stockaient d'énormes sphères remplies de pâte d'oxygène dans les coins, sur un
socle d'antigravitons. Les trois de *copie* en
avaient poussé une sur scène et ils flanquaient
des coups de pied dedans ! Ça faisait un bruit
énorme, *horrible* ! Et des étincelles. Et ils faisaient tourner des pipes, ou plutôt des alambics
bourrés de Lichen et de diamants, c'était drôle !
Ça brûle bien, le diamant, pour un caillou.

Sinon, au niveau musical, *madre* ! Ils étaient
réellement merdiques.

RAJIS : Un soir, dans un pomat, notre écran plasmatique est tombé en panne sèche alors je — je suis resté là, au bord de la scène, défoncé à la leigh-poix, à engueuler le public qui m'engueulait. Je hurlais : « BANDE DE MÉDAILLES ! » et j'avais envie de pleurer ! C'est là que m'est venue l'idée de devenir un vrai pro, un *vrai* marquis — l'idée de bosser, d'accord ?

FADO : J'ai jamais su qui, de lamonte ou de drime, a eu l'idée du concert sous le filtre ; disons qu'un jour, lamonte-drime s'est dit : « Tiens ? Et si j'organisais un concert directement sous le filtre ? » et il l'a fait — il a programmé *stolon*, *copie*, *gniloï* que venait de monter song-kis, et surtout kastur, qui faisait ses débuts avec *mcgee*.
Tous les ruinés sont venus. Tous, putain.
Sans combi.

ASHTO : Une heure avant de monter sur scène, leigh est arrivé avec ses nitrites. Il m'a fait une clef au bras et il m'a fourré ça dans le nez. *Wao*, quel pied !

ANANA : On était tous un peu flippés d'être directement sous le filtre, *en plein air*, sans combi. On a appelé leigh. Leigh avait fait décanter des Feuilles de Solanacée dans un lipide quelconque et il nous a servi ce drôle de

Thé au Beurre. Il a posé le pot près de nous en disant : « Attention ! Vous n'en prenez qu'une gorgée », et bien sûr, on a tout sifflé.

« Tu sens quelque chose, garçon ? Non, moi non plus. T'as toujours autant la trouille, toi ? Allez, repasse-moi le pot. »

On a tout sifflé, nous tous, *copie* et *stolon*, sauf marc qui en était toujours au loa-amer ! Et mon module rythmique, qui en était toujours à l'électricité. *Pork*...

ASHTO : C'est monté quasi en même temps que moi sur scène. La belle montée en ligne droite, *wao* ! Je me suis mis à en vouloir personnellement à toutes mes percus.

FADO : On était en plein *tue-moi*, marquis parlait de cuve cryogénique et de bébés bleus, j'ai senti le champ magnétique de la planète se déployer autour de moi comme un filet d'or, et une *pluie* d'étoiles filantes s'est mise à vrombir au-dessus de ma tête ; le son collait parfaitement à ma basse, je gueulais : « Ouais ! Vas-y ! » et puis j'ai levé les yeux et j'ai vu ce *putain* de surf qui surplaçait au-dessus de ma tête.

Les monos avaient sorti le surf de combat.

ASHTO : Ils avaient sorti le surf ! Rien que pour nous, wahaha !

DRIME : Ils planaient au-dessus de nous, je suppose qu'ils attendaient que nous arrêtions de jouer, mais *stolon* a fini son concert et *copie* est monté sur scène à son tour. Ça a dû sérieusement les énerver. C'était fait exprès, d'ailleurs.

NAKA : Eh bien, j'étais tellement raide que ça m'a semblé normal. Je n'ai même pas remarqué que *stolon* était parti alors j'ai continué avec *copie* ! Aucune idée de ce que j'ai joué.

FADO : Lova leur avait tout raconté à sa façon, le principe des ruines et des pomat était à peu près passé, j'ai su plus tard que de toute façon, sur une pension' de mille blanchets, les monos trouvaient toujours deux cents médaillés, cents ruinés et vingt positrons *totalement* ingérables — ce qui fait pas beaucoup, je trouve. Les monos essayaient même pas de gérer : ils laissaient pousser en attendant la fin.

Mais quand même, les combis déchirées, le prime sur la joue, les drogues, toutes ces coupes de poils bizarres et les alertes toxiques, putain, ça a fini par faire beaucoup — le concert sous le filtre, ça a fait trop.

ANANA : En voyant que la musique ne s'arrêtait pas, les monos ont envoyé le brouillage. Tous les instruments ont eu le sifflet coupé.

Rajis ne s'est pas démonté : il a commencé à scander : « Monos ! Salauds ! Blanchet aura ta peau ! » et des trucs comme ça, on était morts de rire ! Je l'ai admiré, à ce moment-là, mais admiré ! *Oshi* ! Il était si colère, si cramoisi, si sexuel !

TECNIC : J'ai regardé tout ça et je me suis dit : « On va tous se faire vider. Tous ! Même les plus jeunes. » J'ai complètement flippé.

LAMONTE : J'ai vu le moment où les monos allaient sauter de leur surf et confisquer les bancs sonores, bordel ! On avait très peu de bancs sonores. J'ai vraiment flippé.

DRIME : Ça commençait à sentir franchement mauvais. Les monos étaient debout sur leur surf, nous adressant de grands signes pour nous disperser, et rajis faisait le malin avec la foule ! J'ai attendu que lamonte se décide à prendre les choses en main puisque c'était *son* idée, ce concert *en plein air*, mais il n'a rien assuré du tout, bien sûr. J'ai fait passer le mot pour que tout le monde fiche le camp.

FADO : On s'est *tous* barrés sauf rajis, qui était au bord de la scène et qui encourageait les spectateurs à insulter les monos ; il avait un banc sonore sous le bras ; lamonte est allé lui taper sur l'épaule, il lui a fauché le banc et il s'est tiré.

RAJIS : Quand la musique s'est arrêtée, je pensais que tous les spectateurs allaient partir en courant mais pas du tout. Pas du tout ! C'était incroyable ! Ils sont tous restés là, les yeux levés vers le surf ! Et ils ont chargé, ouais ! CHAAAARGEZ ! Tous ensemble !

Comme le surf était en l'air et eux par terre, évidemment, ça n'a rien donné du tout à part qu'ils se sont rentrés dedans les uns les autres, mais c'était *impressionnant* ! Impressionnant.

LAMONTE : Je les ai vus se mettre tous à courir en levant les bras vers le surf, ils ont failli renverser la scène, ils sont même montés dessus en braillant, mais le surf était en l'air et pas eux, alors ça n'a servi à rien. Les monos ont lancé les ultrasons et le public s'est dispersé. J'étais désespéré ! Je me suis dit : « On n'arrivera jamais à les atteindre. On est tous contre eux et on ne peut rien, parce qu'ils sont en l'air et pas nous. » Je me suis mis à pleurer comme un crétin, les deux pieds dans l'Herbe, les tympans détruits et l'odeur de potasse de mon masque dans le nez, avec ce sale filtre bleu au-dessus de ma tête. J'avais horreur de ce bleu, bordel ! Le ciel est jaune, pas bleu !

J'étais à trois mètres de la limite des rayons durs, à trois mètres du grand désert, je pleurais comme un conduit d'eau potable et je me disais : « Ils sont perchés trop haut pour nous. » C'était un beau résumé de notre vie.

TECNIC : En fuyant, j'ai croisé kastur qui arrivait avec un bidon de leigh-Bière. Je lui ai dit : « Pas par là ! » J'ai regardé par-dessus mon épaule et j'ai vu la scène vide, et plus personne autour. J'ai compris que c'était fini. Ils étaient *réellement* les plus forts. La rébellion dont parlait lamonte, elle n'existait pas. Elle n'avait jamais existé ! Et elle n'existerait jamais.

DRIME : Au moins, ces pitreries sous le filtre nous ont permis de nous compter sérieusement. Nous, les ruinés.

LAMONTE : Au moins, ce concert a radicalisé notre attitude.

DRIME : Cet abruti de lamonte, avec ses initiatives stupides, nous avait mis le cou sous le scalpel.

ASHTO : J'ai rattrapé leigh. Je lui ai braillé — parce que, avec leurs ultrasons, j'étais sourd comme du fibroverre, haha ! « Il te reste du Thé au Beurre ? » Un grand moment, ce Thé au Beurre.

9

La vie des Taupes

LOVA : Avant le concert sous le filtre, il y avait encore un semblant de — semblant. Il y avait un jour et une nuit, quelques cours entre deux concerts, une désinfection de temps en temps. Les ruines étaient bien ruinées mais les turnes étaient encore fréquentables. Après le concert, *madre* ! ç'a été fini. Je veux dire : on a importé les ruines dans nos turnes et définitivement lâché la médaille.

FADO : C'est devenu quelque chose, les turnes. On s'est mis à vivre les uns chez les autres, enfin pas moi parce que ça me gonflait, mais la déco y a gagné, c'est sûr — putain, c'est devenu *n'importe* quoi.

TECNIC : Jusqu'ici, la plupart des ruinés avaient gardé un peu de normalité. Cours le jour, pomat le soir, turne pour dormir de temps en temps. Mais à partir du concert sous le filtre, tout ça a craqué ! D'un coup, ça nous a semblé absurde de faire comme si on avait deux vies, une médaillée et une ruinée ; on a transformé nos turnes en ruines.

ASHTO : C'était très joli. Des fluorides partout ! Des voiles cinétiques dans tous les sens. Des bulles de parfum qui se rentraient dedans. Des hologrammes de cauchemar galopant dans les couloirs. Il y a un Chien bleu qui m'a suivi pendant trois jours, haha ! J'étais bleu de pixels jusqu'aux couilles, à force de lui flanquer des coups de pied.

LOVILI : Tout dépendait du secteur de la pension' où se situait ta turne. La mienne était dans un secteur médaillé. Quand je réussissais à me décoller de marquis, j'y allais pour manger et dormir. Une fois remise d'aplomb, je passais à la désinfection, ensuite je me pomponnais et je repartais faire la fête.

Dans l'espace commun, je croisais toujours quelques médaillés à genoux sur une natte, la tête baissée, qui nettoyaient leurs miroirs de *manipuri* un par un ! Un par un, avec juste de la buée et un revers de manche. Ils y passaient des *heures* ! Je ne comprenais pas. Je trouvais qu'ils étaient cinglés de gâcher leur vie comme ça. Ils étaient soumis aux monos à un point incroyable.

TECNIC : Je crois que nous essayions désespérément d'inventer de nouvelles manières de vivre. C'était instinctif ; notre niveau de conscience était au-dessous de tout. Il n'y avait guère que lamonte pour essayer de penser.

LAMONTE : J'avais trouvé des indications sur les *refugee* grâce au réseau de la pension'. Quelques trucs laconiques comme « bande de drogués qui vivent dans les souterrains urbains depuis 2025 », ou « dolhen : fondateur de la suburb, premier *refugee* » et « path : premier dictateur suburbain ». Je savais de quelle manière ils avaient été exécutés et j'étais vaguement au courant que la suburb n'était plus du tout une bande de drogués, mais une foutue dictature souterraine urbaine qui fichait la trouille à ceux des tours. Comment est-ce que je savais ça ? Bordel, je ne sais pas. Ce genre d'informations ne circulait pas sur le réseau interne, c'est certain. Ça faisait partie de ces choses qui flottaient dans l'air. Quelqu'un les laissait filtrer sciemment, forcément. Comme ce que nous étions réellement, et ce qui nous attendait : comment le savions-nous ? Pourquoi ? Isolés comme on l'était, ç'aurait été si facile de nous le cacher.

ASHTO : On s'est dit : « Et si on donnait un nom à notre communauté ? Les *refugee* ? Déjà pris. Les *refugee'* ? *Wao*, génial, soyons les *refugee'* ! »

Ce que je savais des *refugee* ? Que c'était un mot qui donnait des boutons aux médaillés.

FADO : Lamonte a décidé de nommer *refugee'* ceux qui partageaient ses putain d'idées rébelliqueuses, c'est dire qu'ils devaient être trois à tout casser.

ASHTO : On s'est donné des titres. Responsable de ci ou de ça. Leigh était responsable des états de conscience. Lamonte, responsable de l'information. Moi ? Euh, je sais plus. Et anana, c'était le responsable des relations sexuelles, obligé, haha ! On était tous responsables de quelque chose, c'était ridicule. On se baladait avec des jian dans le slip ! Ou des nunchak autour de la taille. Et des airs sacrément bourrus !

Je m'en suis servi une fois, de mon nunchak. Une fois, un moulinet, trois dents.

ANANA : C'était terriblement sexuel, tous ces pensionnaires qui se baladaient avec de vraies armes ! Comme s'ils allaient réellement *faire* quelque chose ! *Oshi* ! J'adorais.

DRIME : Leigh est venu me chuchoter à l'oreille que lamonte avait l'intention de faire exploser le secteur des monos. J'ai dit : « Quoi ? » et je suis allé voir tecnic. Je lui ai dit : « Sérieusement, s'il fait ça, je le tue aussi sûrement que les monos nous tueront tous ! » Elle a haussé les épaules et elle a répondu : « Il ne fera rien. »

ASHTO : Faire sauter les monos ? J'avais trouvé l'idée géniale ! Mais évidemment, il aurait fallu des explosifs. Évidemment, haha !

LEIGH : Pas mon truc, les explosifs. Beurk. Lamonte a un peu insisté mais pas trop.

FADO : Lamonte me barbait avec ses histoires de politisation, le pouvoir aux pensionnaires — je l'envoyais en orbite : quel pouvoir ? Les pensionnaires, tout ce qu'ils voulaient, c'était une belle médaille toute neuve pour la boire dans un pomat et ensuite, tirer un coup.

Il insistait : « Et les ruinés ? » Les ruinés, tout ce qu'ils voulaient, c'était une bonne prise de leigh-tamines et ensuite, tirer un coup — putain, c'était *ça*, la vérité.

LAMONTE : Je me disais que le jour où on se ferait vider, il devait être possible d'organiser quelque chose. Une résistance. Mais pour ça, il fallait un minimum de stratégie, de solidarité et d'instruments contondants, bordel !

Ça, c'est sûr que tout le monde m'a pris pour un bouffon, ouais. Pas de doute.

DRIME : Lamonte n'arrêtait pas de dire qu'il fallait trouver une Solution. Une *Solution* ! Pouah. C'était bien le genre de gars à mettre des majuscules partout.

Mais quelle Solution ? À quoi ? Une Solution à quel Problème ? Le problème, c'était nous et la solution, franchement, elle était trouvée depuis longtemps.

ASHTO : On savait pas trop ce qu'on voulait obtenir. J'imagine qu'on imaginait qu'on finirait glorieusement retranchés au fond d'une ruine : « Vous me viderez pas, salauds ! CHLAC ! CHLAC ! PRENDS ÇA DANS TA FACE DE MONO ! » Haha.

NAKA : Pendant que *stolon* et *copie* s'incendiaient d'une turne à l'autre, lova avait rallié kastur comme bassiste chez *mcgee*. Quand *stolon* et *copie* ont relevé le nez de leurs engueulades, eh bien le groupe était déjà sacrément bon ! Leigh était aux cordes et dewi au rythme, banhbaté s'est mise aux hautes et *mcgee* a sorti *ôte-toi de moi* et *rumeurs* coup sur coup. Le choc !

FADO : Avec la voix de kastur, les hautes de banhbaté et le rythme de dewi, tous les autres ont soudain eu l'air mauvais ; putain, *rumeurs* m'a carrément donné le frisson, j'avais *jamais* pensé à un dieu quelconque avant.

DRIME : Les ruinés continuaient tous à jouer comme si de rien n'était, mais le concert sous le filtre avait, comment dire ? levé notre immunité. Celle dont nous avions bénéficié vis-à-vis des monos depuis la fin d'aidime. Vis-à-vis des monos et vis-à-vis des frat', par conséquent. Les monos ont cessé de convoquer lova au rapport.

À partir de ce moment-là, la vie est devenue franchement plus difficile.

LEIGH : À un moment, on a commencé à être punis de partout. Je veux dire : avec l'administration, ça craignait. On n'avait plus le droit à rien.

Il faut savoir qu'en pension', ton sort dépendait de ton comportement. Le règlement prévoyait de fournir quoi ? Statutairement, une natte et un bol de saveur-Riz. Le reste, il fallait le mériter. Et nous, on ne méritait plus rien, alors on bouffait du saveur-Riz sur notre natte. On faisait des flocons avec le saveur-Riz, beurk, parce que ça prend plus de place dans l'estomac, et quand on avait trop faim, on allait péter la gueule d'un médaillé et on lui fauchait sa ration ! Voilà. Ça valait mieux que de manger sa natte, non ?

ASHTO : Y avait un admirateur qui me filait à manger contre des services, euh, sexuels. Il fallait que je pose. Ce taré prenait ses visuels débiles directement *dans* le trou de mon cul. Avec un capteur optique. Il s'est fait serrer, mais le mono a pas compris ce qu'il voyait. Le gars lui a expliqué qu'il montait un mémorial sur la vie des Taupes. Le maton l'a cru, haha. C'était n'importe quoi. Mais j'ai rarement mieux mangé qu'à cette époque !

FADO : Les rumeurs ont commencé, comme quoi marquis était cannibale et moi, un maniaque sexuel et qu'on avait trouvé le moyen de se faire greffer une deuxième queue, ou que je niquais mon frère et que je vendais les visuels à des pensionnaires qui se les passaient en boucle pendant des orgies dans les hautes Herbes, et même qu'un soir, on avait *mangé* un pensionnaire — mangé, putain ! Tout ça pour pas s'avouer que le type avait quitté la pension' — il s'était fait vider, oui, mais pas par nous.

En tout cas, les rumeurs étaient assez lourdes pour qu'un mono nous convoque, marquis et moi, et demande à vérifier qu'on avait bien le nombre de queues réglementaire ; on était là, tout crades dans sa turne toute propre, côte à côte, le dos au mur, et on a tombé la combi sur les genoux, et on a regardé ailleurs pour pas se marrer !

C'était à ce point.

LEIGH : On avait de plus en plus peur des frat'. Ils étaient complètement barges ! Quand ils croisaient l'un d'entre nous, ils lui tombaient dessus sans sommation. C'était devenu un sport, un devoir, un de ces foutus « concours amicaux » !

Je crois qu'ils espéraient vaguement que, s'ils se conduisaient bien, papa aurait une pensée émue pour eux. Et comme nous, on se conduisait mal, nous détruire, c'était comme bien se conduire — vous suivez ? Alors je courais tout ce que je pouvais et, en courant, je me disais : « C'est *ça*, l'élite du monde moderne ? Beurk, quelle bande de naves. »

FADO : Quand un pensionnaire d'une frat' commençait à traîner avec nous, il était exclu de sa frat' ; ça faisait pas un pli mais ça faisait des drames, parce que le type revenait vers nous, tout fier :« Hé, les mecs ! Je me suis fait virer de ma frat' parce que je vous aime ! », forcément on lui répondait : « Casse-toi ! » et le type se mettait à pleurer — on était *vraiment* mal élevés et c'était ça qui plaisait ; le ras-le-bol absolu de cette putain de bonne éducation glaireuse dans ce putain de contexte carcéral, comme un cerveau qui bloblote sur un billot.

10

Chélateurs

DRIME : Je réalise que pour les monos, nous posions un problème épineux. Ils ne pouvaient pas trop nous maltraiter, parce que le stress nuit à la santé. Ou trop nous assommer de drogues, pour la même raison. Ils avaient déjà assez à faire pour nous purger de nos propres saletés, n'est-ce pas ?

LOVA : Si les monos sont devenus de plus en plus durs avec nous, c'est aussi qu'à force de traîner sous le filtre sans combi et d'ôter le masque pour sniffer comme des crétins, *madre* ! nous commencions à avoir de sérieux problèmes de santé.

LEIGH : Phosphore, arsenic, benzène, plomb, tout ! On était farcis comme des Poissons, beurk.

ASHTO : Les monos lançaient des trucs comme : « C'est *quoi*, ce taux de dérivés halogénés d'hydrocarbures série grasse dans votre sang ? »

Ben, euh.

FADO : Le problème, c'est que des symptômes comme irritabilité, nervosité, inquiétude, ça faisait pas mal penser au loa-amer ; tremblement des mains, ça allait avec mon taux quotidien de leigh-Bière ; perte de la mémoire immédiate, ça pouvait venir du Lichen ; et avoir des angoisses, en pension', putain, rien de plus normal — mais non ! C'était le mercure.

LOVILI : Lova m'a dit un jour, de sa voix molle : « Tu pues de la gueule, tu sais ? » J'ai trouvé ça gonflé, comme réflexion ! Parce qu'elle ne sentait pas meilleur. Mais j'ai réalisé que j'avais un goût de sang dans la bouche. J'ai regardé et j'ai vu que mes gencives saignaient. Certaines de mes dents bougeaient ; surtout celles du fond. Si j'avais encore attendu, mes gencives se seraient rétractées jusqu'à l'os ! Toute ma bouche brûlait, j'avais des aphtes dans les joues, et marquis avait des sifflements d'oreille, des sortes de vertiges — on croyait que c'était à cause du boucan pendant les concerts.

DRIME : Je traînais une diarrhée chronique et comme nous vivions les uns sur les autres, force m'a été de constater que je n'étais pas le seul. Un matin, mes jambes ont refusé de me porter. Mes deux cuisses brûlaient, j'avais les mains remplies de grésillements et la vision décolorée. J'ai rampé jusque chez les monos pour me plaindre de la cuisine : ils nous ont immédiatement bourrés de chélateurs, d'alphalipoïque, de glutathion et de conseils amicaux.

Franchement, il était temps qu'ils interviennent. Nous avions tous des dépôts de métaux lourds le long des principaux nerfs. Ça nous a calmés un moment. Le temps que rajis monte son *diéthylènetriamine-penta*. Un spectacle inventif, malgré l'intitulé. Ce qui m'a le plus étonné, c'est que les spectateurs ont instantanément mémorisé ce nom à la con !

NAKA : Dans *penta*, rajis et les autres étaient intégralement couverts de peaulogrammes fluorescents jusque sur les dents, jusque sur la sclère et l'iris ! C'était bizarre. Anana était en vert ; il jouait n'importe quoi sur n'importe quel — sur n'importe quoi. Lamonte ne s'en sortait pas mal avec les cordes. Et rajis était bon, vraiment bon ! Il bougeait bien, il couvrait l'espace, il jouait avec les spectateurs. C'est là que j'ai découvert que c'était un beau garçon avec un vrai talent de danseur. Il marchait comme on nage, avec fluidité — un peu comme lamonte. Mais lamonte faisait si coquet, avec ses cheveux lisses et sa façon de se rengorger en vous regardant en coin ; il m'énervait. Rajis était plus naturel.

Rajis n'était pas comme marquis, à cracher ou à pisser sur le public, mais il avait son mouvement à lui. Il se donnait à fond mais, comme c'était un petit malin, il alternait les crises d'énergie et les crises de poésie — eh bien, ça lui permettait de se reposer. Marquis n'a jamais su s'économiser comme ça. Marquis n'était pas un petit malin.

J'étais au premier rang, et je me suis retrouvée couverte de petites gouttes de sueur orange.

ASHTO : J'étais au *penta*, bien content. La musique était bonne. On crevait de chaud. Leigh avait fait preuve de créativité, comme d'habitude. Rajis avait une énergie pas possible. Il était possédé comme un marquis ! Rien à redire, moment parfait.

Je venais de me prendre un seau de peaulogramme jaune en pleine face. Attention personnelle de rajis. Je me retourne en rigolant. Et je vois un mono. Deux monos. Un *mur* de monos ! Ils étaient là, au fond. Ils regardaient le *penta*. Tous immobiles. Tous très beaux, bien sûr. Ils souriaient amicalement. Haha ! L'horreur.

LOVA : C'était la reprise en main. *Madre* ! On a souffert.

FADO : Les monos ont attendu que le *penta* finisse et que les ruinés évacuent, ils nous ont fait asseoir, ils nous ont regardés en souriant et ils nous ont dit : « Ça vous dirait, un visuel officiel ? »
Putain, *heureusement* que j'étais assis.

LAMONTE : Ils ont dit : « C'est joli, ce que vous jouez ; très frais. On va capturer tout ça. » J'ai aussitôt rendu mes cordes à rajis. « Pas question, je lui ai dit. Il n'en est pas question ! » Et rajis m'a remplacé par cette raclure de van charis, il a mis mensing aux rythmes et il a capturé. Pour les monos, avec les monos, devant les monos.
Je n'ai jamais regretté mon geste, bordel ! Je sais maintenant que ces visuels nous ont sauvé la peau et le reste, mais sur le moment, tout ce que j'ai vu, c'est que les ruinés tendaient les reins aux monos. Pas moi.

RAJIS : Je les ai vus arriver, ces connards, avec leurs beaux visages morbides ! Ils ont posé leurs doigts sur notre musique, sûrs d'eux. Ils ont voulu la domestiquer, et elle leur a, *paow* ! PÉTÉ à la gueule. Oh *ouais* ! C'était *tellement* CERTAIN. C'était certain parce que ce n'était pas *seulement* de la musique — c'était *notre* vie sur le fil de *leur* rasoir. Ils se sont fait exploser leurs belles tronches de médaillés, BOUM ! Leurs belles mains d'assassins. J'en étais certain, je le *savais* ! Hé, comment ç'aurait pu être autrement ? Cette musique était PURE fusion.

Ils n'auraient pas dû y toucher.

DRIME : Les monos ont capturé *me fais pas rire*, le *penta* et *chants opératoires*, avec beaucoup de, disons — d'impassibilité ? Et beaucoup de professionnalisme. Ç'a été long et ils ne nous ont pas quittés un seul moment. Ce qui m'a étonné, c'est que même marquis a joué le jeu. Il avait dû se rendre compte que marc avait réellement besoin de soins, je suppose. Mais marc ne s'est jamais remis de la mort d'aidime.

Oh, et puis soyons honnêtes : pour une fois que quelqu'un faisait attention à nous, franchement, la stupéfaction nous a cloués sur place.

NAKA : Les monos nous ont écoutés, ils nous ont capturés, ils nous ont soignés, surveillés, épiés pendant des semaines. Ç'a été un très sale moment mais je me suis refait une santé. C'était ce qu'ils voulaient. Ça, et banaliser notre musique. Eh bien, la ranger parmi les disciplines tradi, en quelque sorte.

Quand ils ont lancé ces visuels bien policés sur le réseau de la pension', j'ai eu l'impression d'avaler une médaille. De travers.

ASHTO : On baisait moins. On se droguait moins. Mais *wao* ! Qu'est-ce qu'on bouffait !

LOVILI : Ils nous capturaient partout, tout le temps. Pas seulement sur scène : tout le temps.

J'ai mis longtemps à comprendre à quoi ça rimait, ce genre de capture. À quoi ça pouvait servir, à part à nous faire chier.

ANANA : Je sais ce qu'on va dire, mais ces gens étaient si beaux ! Ils étaient *faits et refaits*, et *pork* ! qu'est-ce que c'était bien fait ! Au bout de cinq minutes dans la même pièce qu'eux, je ne pouvais plus me lever ! C'était gênant. D'un autre côté, je n'avais *aucune* envie de me lever. C'était de sacrés enfoirés, mais qu'est-ce qu'ils étaient sexuels ! J'aurais pu mourir pour eux s'ils me l'avaient demandé, si ! Le problème, c'est qu'ils ne me l'ont pas demandé.

Ils ne demandaient jamais, ces salauds.

Aucun pensionnaire ne te l'avouera, mais on était tous plus ou moins raides d'un mono. On tordait l'œil à leur passage. Moi, je ne comprenais pas pourquoi aucun d'entre eux ne craquait, jamais. Pourquoi aucun mono ne prenait sauvagement une jolie ruinée debout contre un sas, ou un beau médaillé tout nu sous un module pédagogique ! Je ne connaissais pas le nanocontrôle, à l'époque. Jamais entendu parler, houhouhou !

LOVA : Il était temps qu'ils s'occupent de nous, je parie. À l'époque, j'alternais intoxications et chélateurs. Je m'injectais de la taurine directement sous le filtre, la combi sur les hanches et le masque sur l'épaule — autant vouloir sécher sous l'eau. J'avais le teint gris avec des reflets bleus, et la lunule cyan à tous les doigts. Je trouvais ça joli, en plus ! *Madre* ! Alors je crois que cette fois, avec leur sollicitude répugnante, les monos nous ont sauvé la peau. C'était leur travail, après tout.

LOVILI : Les monos nous ont lâchés un matin, le soir même marquis m'avait lâchée aussi. Je me souviens que j'avais voulu faire quelque chose pour la fin des visuels, quelque chose d'érotique, je voulais fêter ça. Je portais un truc minuscule, en fluorides, que m'avait fabriqué anana. On voyait mes seins et mes jambes, je détestais ça d'habitude mais j'avais décidé d'essayer, pour voir.

J'ai vu, c'est ça.

Peut-être que marquis a trouvé que ça sentait la médaille. Ou qu'il n'avait simplement plus envie de baiser avec moi. Ou qu'il a explosé sous la contrainte à cause des semaines de monitorat, et que j'étais sur la trajectoire ? Ça faisait un an et demi que je ne l'avais pas quitté, ça me paraissait évident d'être près de lui.

Quand il m'a dit de dégager, je lui ai demandé de répéter. Il l'a fait ! Alors je lui ai ouvert le crâne d'un coup de pistolet et je suis allée hurler de rage dans les hautes Herbes !

Ensuite, il s'est farci toute la pension'. Par ordre alphabétique, plus ou moins. J'ai été malheureuse comme une ameriste dans un salon de Thé.

DEWI : Marquis traitait ses admirateurs comme un bas de mur. Il s'en servait pour caler son dos, égoutter sa queue et des fois, se défouler à coups de pied. Je pouvais pas croire la façon dont ils se laissaient malmener ! Ils étaient toujours une bonne dizaine assis en rond autour de lui, la bouche ouverte pour pas rater un de ses précieux postillons, et lui restait posé au milieu, à faire absolument rien ! À ne rien glander du tout. À part curer tout ce qui était curable et bouffer le résultat.

Il était vachement autophage, marquis.

Et pendant ce temps, ces pauvres abrutis piaillaient : « Oh marquis ! Oh marquis ! Gueule pour nous ! » Il ouvrait la bouche et il glaviotait droit devant lui et eux, ils se poussaient même pas !

FADO : Après s'être fait jeter par lovili, marquis a couché *partout*, et puis il s'est entiché d'une petite médaillée ; on l'appelait *la rondelle* à cause de son visage, qui était rond comme une rondelle aérostatique — c'était une jolie rondelle, attention ! mais une putain de rondelle quand même ; elle avait une face expressive comme un fond de siège, quoi.

Anana disait à marquis : « Mais qu'est-ce que tu fous avec *ça* ? », parce que anana avait le sens du ridicule et qu'il était incapable de se mêler de ses affaires, moi je disais rien parce que je savais que ça pouvait pas durer — et aussi parce que je m'en foutais.

Ça a pas duré.

ANANA : *Pork* ! Marquis a couché avec cette médaillée parce qu'elle ressemblait à lovili et parce que marquis a toujours eu un goût atroce pour les choses du sexe.

ASHTO : Cette médaillée, la rondelle. Elle était toujours en bonne santé. Et toujours bien nourrie. Elle amenait de bonnes choses à manger à marquis. Nous, on attendait qu'ils commencent à baiser. On se glissait dans la turne. Et on piquait les restes, haha !

LEIGH : Les gars de *stolon* restaient assis pendant des *heures* à parler de marquis et sa rondelle.

« Ça va pas durer. Tu crois que ça va durer ? Non, ça va pas durer. Tu paries sur quoi, deux jours ? Attends, ça fait déjà une semaine ! »

À un moment, anana a dit : « Hé, quand même ! C'est beau, l'amour. »

Il y a eu un coup de silence. Fado a regardé anana et a lâché : « La quoi ? »

C'est là qu'on a commencé à comprendre qu'avec leurs visuels, les monos nous avaient fait vachement de réclame, et encore plus de mal. C'est vrai ! J'aurais dû être sur mes cordes en train de répéter avec kastur et lova, ou sur mes alambics, plutôt que de me soucier des gonades de marquis et d'écouter des propos stupides. Les monos nous avaient comme *imberbisés,* beurk.

DRIME : Les visuels des monos ont eu deux conséquences immédiates : une renommée absolument *démente* au sein de la pension', et un désir — comment dire ? une pulsion, plutôt, vers les monos. Non pas l'envie de devenir médaillés ; mais l'envie de posséder quelque chose de leur perfection. De leur *pouvoir.*

D'un autre côté, nous les haïssions depuis toujours. Dans cette discordance, les liens entre ruinés se sont tendus — certains ont craqué. Sérieusement, j'estime que les monos ont bien manœuvré.

La troisième conséquence, c'est que les frat' nous ont enfin fichu la paix. Ce qui signifie que tout ce cirque en valait la peine, j'imagine.

TECNIC : Après que les visuels officiels ont été lancés sur le réseau interne, nous avons recommencé à jouer en public, mais c'était plus compliqué qu'avant. À cause des spectateurs, qui étaient devenus si nombreux, et qui se comportaient comme des demeurés.

C'est une chose, de jouer devant cinquante ruinés défoncés. C'en est une autre, de rassembler cinq cents pensionnaires qui n'ont aucune autre distraction ! Ils venaient nous poser des questions absurdes sur nos paroles. Comme si nous avions voulu *dire* quelque chose ! Et puis, cette espèce d'adoration dans leurs yeux me faisait chier. Hé, c'était flippant !

Je leur expliquais que le sens de nos paroles, c'était qu'il ne fallait obéir à personne, et ils répondaient : « Obéir à personne ? Ah, d'accord, c'est noté. Et sinon, faut faire quoi d'autre ? » Désespérant.

Alors on a moins joué.

11

Fonds d'estomac

NAKA : Un soir, alors que les admirateurs habituels faisaient le siège habituel de nos turnes où on comatait comme d'habitude depuis la sortie des visuels officiels, kastur est arrivée, sa crinière droit sur la tête, ses yeux lançant des putain d'éclairs derrière ses lunettes d'émailleur ! Elle les avait piquées à je ne sais qui — à mon avis, elle les avait gagnées au go contre ashto. Elle s'est plantée devant lova qui bayait au plafond, elle a donné un coup de pied dans sa semelle et elle a braillé, avec sa voix de granit pulvérisé : « Tu viens jouer ? Ou je te lourde ? »

Avec leigh, ils ont réussi à mettre dewi debout. Banhbaté regardait tout ça en souriant, elle touillait un de ces Thés gras dont elle avait le secret. Elle en a servi une tasse à chaque membre de *mcgee*. « Pour nous mettre sur la même orbite », elle a dit. Tous ceux de *mcgee* sont partis répéter. Eh bien, disons qu'entre les Thés de leigh et ceux de banhbaté, *mcgee* avait un net avantage sur les autres groupes. C'est ce soir-là qu'ils ont décidé de laisser tomber *chants opératoires* et de monter un autre spectacle. *Beauté intérieure.*

Ensuite, c'est rajis qui est venu insulter anana. Il a attrapé van charis d'une main, mensing de l'autre, et *copie* est aussi allé monter un nouveau spectacle : *lâche la rondelle* — une courtoisie spéciale d'anana.

Ne restait plus que nous, les *stolon*. On s'est sentis carrément dépassés. Heureusement, drime nous a tous pourris, et on s'est remis au travail.

Eh bien, il est rapidement devenu évident que tout le monde avait retrouvé la santé, même marc, mais que marquis virait au grand malade sexuel.

ANANA : J'avais dit que marquis lâcherait sa rondelle au bout de trois semaines et il l'a lâchée au bout de trois semaines. *Oshi*, j'ai gagné !

FADO : Après la rondelle, marquis a recommencé à coucher partout : il repérait quelqu'un qui lui plaisait — en général, une fille —, il l'emmenait dans un coin — uniquement parce qu'on avait *tous* insisté sur ce point, hein ? —, il la baisait debout, il lui disait : « Casse-toi ! », il crachait par terre, il retournait à son module de compo et à ton avis, *qui* devait consoler la demoiselle ? C'était moi, bien sûr ; j'y ai passé des nuits.

Ces blanchets — elles voulaient toujours essayer les meilleures recettes de leigh et ensuite, elles étaient malades à crever et elles flippaient pour leur prochain contrôle.

Elles m'ont tout donné d'elles-mêmes, ces filles ; ça, je peux pas le nier — tout, même le fond de leur estomac. D'ailleurs je les appelais comme ça, les *fonds d'estomac.* Je sais pas pourquoi, il fallait toujours que je m'occupe d'elles ; il fallait bien que quelqu'un le fasse et c'était toujours moi.

Marquis a fini par retrouver lovili, parce qu'y avait qu'elle pour parler aussi peu que lui ; même anana était content parce que, avec lovili, marquis paraissait aller plutôt bien tandis qu'avec la rondelle, il paraissait juste ridicule.

Il a quand même fallu garder l'œil un bon moment sur la rondelle, parce qu'elle rôdait autour du groupe avec la claire intention de revenir fragmenter marquis, et devine qui s'est tapé le guet ? Putain, il s'est trouvé vingt bonnes âmes pour plaindre cette pauvre rondelle mais pour me plaindre, *moi* ? Aucune.

Certaines *fonds d'estomac* étaient de vraies médaillées qui sont revenues me voir plus tard,

avec combi en loques, cheveux roses, peau couverte de peaulogrammes, pour me dire :
« Merci, oh ! merci de m'avoir rendue moins
conne. »

Sauf une, qui s'est plantée devant moi et qui
a gueulé : « Avant, ma vie était si chiante ici
que ça me gênait pas de partir mais *maintenant* ?
Maintenant que je m'amuse, je crève de trouille
que ça finisse et c'est *ta* faute ! » Elle m'a envoyé
une de ces prises dans les parties, putain ! une
vraie cinglée.

J'ai passé un bout de temps avec, d'ailleurs.
Avant banhbaté.

RAJIS : Savoir que la majorité des pensionnaires nous connaissaient à travers les visuels des
monos, c'était — mec, pour moi, c'était *insupportable* ! Pour pas mal de raisons, mais surtout
parce que ces abrutis de pensionnaires nous
réclamaient, en concert, l'*exacte* répétition de
ces visuels ! La MÊME ! Et je voulais *vraiment*
leur faire comprendre ! Que la musique n'est
pas un objet mais un — qu'elle a plusieurs
expressions. Comme un visage ! On a décidé de
faire nous-mêmes des visuels — ce qui est DIN-
GUE, c'est que nous n'avions pas encore eu
cette idée. C'est incroyable ! Je veux dire : nous
avions déjà des visuels à nous, sûr, mais *aucun*
n'était réalisé avec le bon niveau technique. Le
niveau mono, quoi. Nous avions quelques

bouts saisis comme ci, comme ça — des bouts.
C'était une raison supplémentaire de haïr les
visuels des monos : ils étaient tellement mieux
que les nôtres. *Tellement* mieux !

On a décidé de le faire. Techniquement, il
n'y avait que tecnic, naka et lamonte qui
savaient vaguement comment. Comment prendre le truc.

LAMONTE : Rajis est venu me voir pour me
demander de refaire les visuels des monos à la
sauce ruinée. Tant de candeur et de duplicité
mélangées auraient foutu la gaule à anana, je
parie. Moi, je lui ai juste foutu mon poing dans
la gueule, bordel !

Après, on a capturé.

DEWI : Lamonte a commencé à être chiant
tout de suite : « Mettez pas si fort, faites pas ça
ensemble, faites pas ça comme ça ! » Mon cul,
ouais ! On a décidé de s'asseoir et de bouder.
Lamonte a dit : « Bon, très bien » et il est
retourné faire ce qu'il faisait avant qu'on arrive.
Des sortes d'arcs lumineux. Un truc vachement
beau, mais qu'est-ce qu'on en avait à foutre ?

Naka s'est pas découragée. Elle a essayé de
nous expliquer les techniques sonores mais ce
que je voyais, c'est que si on décomposait nos
sons, ça allait finir par se voir que je savais pas
si bien jouer que ça. Les monos nous avaient

pas tant pris la tête — ils nous avaient rien expliqué, voilà.

Finalement, c'est encore kastur qui est venue nous trouver pendant qu'on mâchait des gommes dans un coin, et elle a dit : « Le dernier debout se prend mon pied dans les couilles ! » Elle a regardé lova et banhbaté et elle a ajouté : « Clito. » Je me suis levé et j'ai joué en la regardant. Elle savait comment nous motiver, elle !

Lamonte a recommencé à gueuler que ça allait toujours pas et puis il a dit : « Et merde » et on a pu jouer comme on voulait. Tecnic nous observait, de temps en temps elle tripotait quelque chose sous sa console d'un air professionnel. En fait, elle surveillait son Lichen dans sa centrifugeuse ! Elle a passé des heures devant sa centri.

KASTUR : Lamonte est un gros con, mais c'est aussi un gros artiste.

LAMONTE : Je venais de découvrir toutes les joies de la *lumière molle*, j'étais en train de réinventer l'architecture plasmatique alors leurs caprices, bordel, qu'est-ce que ça me gavait !

DRIME : Je sais que ces visuels sont mythiques, mais j'ai toujours trouvé qu'ils étaient simplement nuls.

Lamonte a absolument voulu que les groupes capturent leurs anciens spectacles. Ça partait d'une certaine logique : les monos avaient capturé les spectacles en cours, le *penta*, le *me fais pas rire* ; il était normal de ne pas avoir envie de recommencer. Mais essayer de ressusciter *facsimilé* et surtout *gastrique massage*, sérieusement, c'était comme souffler dans les bronches d'un cadavre de trois jours. Lamonte l'a fait. J'ai toujours trouvé le résultat pestilentiel.

Par contre, quand Lamonte a tanné les musiciens pour capturer leur futur spectacle, il les a obligés à se mettre au point. *Lâche la rondelle*, *beauté intérieure* et *fond d'estomac* viennent de ces séances interminables. C'était une *excellente* idée. De tecnic, je suppose.

Ce que je veux dire, c'est qu'on ne peut pas retrouver en vase clos la force qui — oh, laissez tomber.

DEWI : C'est à ce moment-là que je suis tombé raide de kastur. Enfin, que j'ai réalisé que je l'étais ! Enfin, qu'elle m'a forcé à réaliser.

Me prenez pas pour un poupon ! Kastur a jamais eu barre sur moi. Mon cul ! Je lui ai tenu tête ! Et elle aussi. Et je lui ai fait du bien. J'espère ! Parce qu'elle m'en a fait, à moi. On baisait sur le même ton qu'on s'engueulait. Elle était incroyablement forte, physiquement.

Quand je couchais avec elle, j'avais l'impression de comprendre ce qu'avaient été les Alligators !

FADO : C'était pratiquement prévisible, que kastur et dewi allaient passer un bout de temps ensemble, parce que c'étaient les mêmes grandes gueules et surtout les mêmes soiffards ; ils tournaient à la leigh-poix, qui était quelque chose comme saloperie, et au Galanga, *carrément* imbuvable.

DRIME : Je ne voudrais pas paraître cynique, mais si j'avais su que ces histoires de fesses entreraient dans l'histoire, franchement, j'aurais tout noté. Sur le moment, j'ai juste pensé : « Tiens ? Kastur a trouvé plus alcoolique qu'elle. »

KASTUR : Je passais toute la journée allongée sur dewi. Il me plaisait pour de vrai. Il était surtout connu comme la brute de *stolon*, mais c'était un dieu du rythme. Son corps était beau, à la fois très fin et très dense. Et il était déjà marqué au visage. Il faisait plus que son âge et j'aimais ça.

La notion d'âge, en pension', c'était bizarre. On méprisait les imberbes, les haizi, tous les moins de douze ans, et on fuyait les plus de dix-sept ans parce que c'était à partir de cet âge-là qu'on quittait la pension'. Ça laissait pas beaucoup de temps entre deux.

Les plus de dix-sept ans, oui : les *sortants*. Ils nous faisaient peur. Parce qu'ils *avaient* peur. De cette mauvaise peur qui paralyse. Je m'étais jurée de jamais me laisser paralyser par cette peur-là et puis, tiens ! Le moment venu, j'ai fait comme tout le monde.

Les sortants étaient marqués. Dewi aussi était marqué, il *paraissait* marqué, même s'il était plus jeune. Il était violent, amer et très, très artiste. Il aimait la musique presque autant que moi.

DEWI : Lamonte a voulu faire quelques visuels sous le filtre, pour compléter son montage. Il fallait qu'on coure partout dans l'Herbe en beuglant ! On galopait sous ses espèces d'arcs de lumière — des gros parpaings en plasma, ce qu'il appelait la *lumière molle*. Il neigeait, c'était beau, et qu'est-ce qu'on se gelait ! On éparpillait des pigments dans la neige, on était torse nu et bleus de froid. C'était de la foutaise mais c'était marrant !

Après nous avoir bien fait gambader, lamonte a fini le montage et on en a été débarrassés, bon sang ! On a pu baiser en paix.

NAKA : C'est un fait, ça devenait un peu compliqué, avec dewi qui faisait à la fois videur de *stolon*, rythme de *mcgee* et matelas de la chanteuse de *mcgee*, tecnic qui jouait dans *stolon* et qui était avec lamonte qui supportait de moins en moins drime qui s'occupait de *stolon* et qui couchait avec anana de *copie*. Donc, le jour où j'ai vu banhbaté de *mcgee* assise sur la figure de fado de *stolon*, je me suis dit : « Eh bien, c'est pas un de plus qui va changer grand-chose ! » et j'ai sauté sur leigh.

Leigh était comme moi, plutôt pas épais, pas grande gueule, mais il était rieur, il ne disait jamais de mal de personne et il avait toujours l'air d'aller bien.

On commençait tous à se mettre en couple, voilà. C'était — je pense que c'était l'influence normative des monos.

LEIGH : Naka m'a sauté dessus, c'était une bonne idée ; je n'aurais jamais osé. Je l'appelais *Souris rose*, à cause de ses cheveux, et à cause de ses mimiques marrantes. Alors que si ça se trouve, aucune vraie Souris n'a jamais eu une seule mimique marrante.

C'est la bricole qui nous a rapprochés. Elle aimait bricoler les modules de compo, les bancs, les projecteurs, et moi les alambics, les centris et les piles. Mais ce qui m'a accroché, c'est qu'elle était incompréhensible ! Elle était marrante et angoissée, elle faisait plein de trucs sans être sûre d'elle-même, elle avait une voix

de vieux réacteur qui sortait d'une petite bouche, elle avait de l'allure et elle rasait les murs,
elle ressemblait tantôt à un garçon, tantôt à une
fille et elle couchait avec les deux sans faire la
différence.

Et puis j'adore les japonaises.

12

Vague consensualité

FADO : Drime est venu nous trouver et il a dit : « Les monos veulent que vous fassiez un concert officiel », marquis a roté, ashto a dit : « Euh », tecnic a ricané, naka a fait la grimace, putain, j'ai vidé mon verre, tu sais — et je m'en suis resservi un autre *direct*.

LAMONTE : Idéalement, il aurait fallu refuser. Mais est-ce qu'ils le pouvaient ? Je préfère dire ça que : bien fait pour leur gueule, fallait pas commencer à obéir.

TECNIC : Lamonte leur a dit de refuser. Personne n'a écouté lamonte. Tout le monde a dit que lamonte était jaloux. En réalité, tout le monde avait la trouille. Alors que face à un refus en masse, qu'auraient pu faire les monos ? La plupart d'entre nous avaient juste quinze ans. Mais il y avait la peur, et il y avait pire. Il y avait le plaisir d'être remarqués par ceux qui représentaient l'autorité, il y avait la jouissance narcissique, et plein de ces choses qu'on trouve dès qu'on gratte un peu.

DRIME : Toutes ces histoires de choix. Grotesque. En pension', les monos commandaient ; les pensionnaires obéissaient. Cette histoire de choix est grotesque ! Si nous avions eu le moindre choix, croyez-vous que nous aurions choisi d'habiter un désert empoisonné, de fumer du Champignon racorni et de boire de la Moisissure fermentée ? Soyons sérieux.

LOVILI : Ils y sont allés quand même, avec des têtes de sortants. J'étais dégoûtée.

ASHTO : Les monos avaient promis de gros moyens. Une belle scène. Une belle console. Et ils ont tenu leurs promesses, haha ! Y avait même plein de bancs sonores. J'en ai fauché quelques-uns. Ç'a été plutôt marrant, dans l'ensemble.

DEWI : On est arrivés en surf devant tous les spectateurs ! C'était la première fois que je montais là-dessus, moi. Fractales de folie, noyade plasmatique, solide mur de son, excellent ! Ça a fait des jaloux, évidemment. D'ailleurs, ça commençait à me manquer, ça,

de bons gros ennemis ! Depuis les visuels officiels, les frat' s'étaient calmées et on avait plus
que des admirateurs dévoués, quelle purge !

ANANA : Depuis un moment, il y avait un
groupe de ruinés encore plus radical que le
nôtre. Les *j'encule mon père*. Ils étaient laids, ils
étaient bêtes, même la bibine qu'ils brassaient
était dégueulasse, et ils étaient méchants.

Après le concert des monos, où il y avait seulement *stolon, copie* et *mcgee*, on a décidé de faire
un autre concert ruiné, un vrai, avec tous les
groupes ruinés. C'était histoire de montrer que
si les monos faisaient le tri, les ruinés ne le faisaient pas !

Ça se présentait bien, il y avait plein de
monde, rajis était en intégral peaulogramme et
naka en fluorides rouges, très sexuels, j'avais
pris pas mal de nitrites et j'étais plein d'affection ! C'est *gniloï* qui devait commencer. Song-
kis n'avait pas posé sa console que les *j'encule
mon père* ont déferlé : « VENDUS ! MÉDAILLES !
TRAÎTRES ! ESPIONS ! » Ils sont montés sur la
scène, ils ont coincé les musiciens et ils les ont
tabassés ; ils ont écrabouillé le matériel et ils ont
chié dessus ! *Pork* ! Chié tout debout, exactement !

Sincèrement, une bande de jeunes qui pensent tant de mal de la sodomie, qu'est-ce que
tu peux en attendre ?

FADO : Anana était gentil mais souvent malencontreux : il disait *juste* ce qu'il fallait pas.

Il s'est avancé sur un bord de la scène et il a braillé : « On est là pour la musique, pas contre les monos ! » Putain, une seconde plus tard, forcément, tout explosait.

LOVILI : De se voir soudain dans le camp des médaillés, ça a rendu marquis malade. Mais malade ! Il a foncé dans le tas et cette fois, au lieu de le ceinturer, dewi l'a suivi ! Tecnic était dans un coin, son instrument dans les bras, elle regardait ce massacre avec son petit sourire, je ne sais pas, ça m'a énervée, je lui ai dit : « Ça te fait rire ? » Elle a haussé les épaules et elle a répondu : « Comment les monos ont obtenu ce qu'ils veulent ? Quoi, tu veux que je pleure ? » Et pourquoi pas ? J'étais bien en train de pleurer, moi ! Je pleure souvent quand je suis énervée. Ça évacue l'adrénaline.

On ne peut même pas dire que tecnic était fausse. Enfin si, elle l'était, mais si on le lui avait demandé, elle aurait répondu : « Oui. » Personne ne s'est méfié.

FADO : Anana était encore en train de bredouiller sous un feu roulant de calames, putain je l'ai *chopé*, je l'ai tiré en arrière et j'ai gueulé : « COURS ! »

On a sauté de la scène et on a couru.

KASTUR : Ça a frité ! Le lendemain, j'étais bleue où j'étais pas noire ! Marquis avait les yeux comme deux trous de bite et l'air réjoui, ce qui lui arrivait pas souvent ! Les *j'encule mon père*, c'étaient des ruinés dans nos goûts, au fond — pas médaillés du tout ! Souffrir un peu, ça nous a réconciliés avec nous-mêmes. Se battre un coup, ça nous a sorti les monos de la tête ! Fin de la *période mono*, ouais.

BANHBATÉ : Quand un de ces abrutis a mis son pied dans mon Thé, je lui ai mis mon pied dans les couilles, leigh l'a achevé par-derrière et à tous les deux, on a sauvé le matériel !

ASHTO : Mensing courait dans un sens, un *j'encule mon père* au train. Van charis courait dans l'autre sens, une *j'encule ma mère* au train. Ils se sont percutés : « Tonk ! » Ils sont tombés raides en même temps. Les deux *j'enculeurs* se sont retrouvés face à face. Ils avaient l'air cons ! Ça m'a fait rigoler, haha ! C'est comme ça qu'ils m'ont repéré.

Je me suis mis à courir. Mais ils avaient pas mon entraînement à la course avec les frat' au train. Donc, ils m'ont jamais rattrapé ! Un gag de bout en bout.

ANANA : Finalement on se sort de ce merdier, on se couvre de pseudo-peau et marquis balance : « On est des culs, on a bien mérité de se faire botter. » Je n'étais pas d'accord du tout ! Je respecte infiniment les culs. Pour moi, c'est là que marquis a réellement commencé à disjoncter.

Pour être tout à fait franc, je dirais que marquis donnait cette impression un peu tout le temps. Il déraillait de son déraillement, chaque fois un peu plus. Ça ne pouvait pas durer des années. Mais tant que ça a duré, *oshi* ! ç'a été fascinant.

DRIME : Être près de marquis, c'était intéressant. Sérieusement. Comme être aux premières loges d'une catastrophe naturelle.

VAN CHARIS : C'était un des premiers *fonds d'estomac*. Marquis est arrivé sur scène presque à poil et les doigts dans le nez, quelqu'un lui a balancé une pipe, elle s'est cassée en deux sur le sol, alors marquis l'a ramassée et il a commencé à se taillader le torse avec.

Le sang *coulait* sur sa poitrine ! Il a ouvert la bouche et au lieu d'un cri, ce qui en est sorti, c'était *retour aux tours* ! C'était magique ! Les spectateurs lui jetaient des bidons et des poignées d'Herbe, c'était beau, je jure que c'était beau ! Ça a changé toute ma façon de voir la vie parce que j'ai compris que tout ce que j'avais fait jusque-là, c'était zéro. Tout ce qu'on faisait avec *copie* — intégralement de la merde.

TECNIC : Après la période mono, il y a eu tout un moment de grâce où nous avions à la fois la santé et la hargne. Nous avons beaucoup joué ; marquis était flamboyant ; même marc allait moins mal.

LEIGH : Le problème, c'est que chacun devait cuisiner sa propre drogue. Je montrais la technique mais je ne pouvais pas tout faire pour tout le monde. Et pour fabriquer de l'alcool puis l'oxyder en cétone, ou distiller de la résine en poix ou du salpêtre en nitrites, c'est toujours le même problème : il faut se concentrer quelques heures d'affilée, seulement être clair quelques heures. Et ça, marc n'en était plus capable. La suite se devine. Rétrospectivement.

JINIS : J'ai réussi à me mettre en orbite de *stolon* en fournissant du loa-amer et des nitrites à marc. À la longue, il a même fini par me confier son pistolet. Je le tenais chargé, c'est tout. Parfois, on sniffait ensemble ; la même dose, tête contre tête. Ma tête près de celle de marc. Ça reste un grand souvenir, pour moi.

Marquis n'était jamais loin. J'essayais de ne pas trop le regarder mais c'était difficile. Tous

ceux qui ont connu marquis le disent : quel que
soit le lieu, il faisait le barycentre.

DEWI : Marquis trichait pas. Il donnait tout !
Chaque fois. Sur scène, je l'ai jamais vu se répéter. Chaque fois c'était différent et chaque fois,
il sortait sa graisse et son sang. C'est pour ça
que ça parlait aux pensionnaires ! Quelqu'un
risquait quelque chose pour eux. Se faire saigner, se mutiler en pension' et en public,
merde ! *ça*, c'était du risque. Sans ça, tout ce
cirque aurait juste été une façon de plus de tuer
le temps.

JINIS : On voyait le sang miroiter sur ses bras
et on entrait en *transe*, mec. En transe ! Il nous
donnait *ça*, à nous, il le faisait pour nous, il risquait ça pour *nous* ! On valait *ça* ! Ouah, c'était
nouveau.

VAN CHARIS : Je l'ai vu marcher sur le public,
merde ! Le public lui tenait les chevilles, il marchait dessus comme — comme sur un truc sur
lequel on peut pas marcher, quoi !

LOVILI : Le jour où j'ai commencé à saigner
du cul, ça m'a mise en colère, à cause de ce
que ça voulait dire. Mais j'ai mieux regardé et
finalement, j'ai trouvé des avantages. Déjà, ça
diluait le sperme, qui m'avait toujours dégoû-

tée, surtout à cause de l'idée qu'il y a des Têtards dedans. Et le sang c'est rouge, j'aime bien le rouge. Ça sent la ferraille. J'aime bien cette odeur. Le sang, c'est coloré, on peut se grimer avec, c'est festif.

La première fois, avec marquis, on a regardé le sang couler le long de mes jambes. C'était beau. J'ai relevé le nez et j'ai vu les mêmes larmes, très longues, couler sur les joues de marc. Il était assis en face de nous, totalement amerisé, et il regardait mes jambes en pleurant.

Ma sœur est arrivée à ce moment-là, avec son petit sourire vitreux, pour me dire de sa voix molle qu'il fallait que je m'essuie. Je l'ai envoyée en orbite ! Elle est repartie du même pas mou.

Cela dit, elle avait raison parce que, en séchant, le sang pue encore plus que le sperme. Lova avait souvent raison et ça m'agaçait.

Quand je me suis retournée, marquis essuyait les yeux de marc. Ensuite, il a essuyé mes cuisses.

J'ai longtemps gardé l'habitude de saigner sous moi. Banhbaté faisait pareil mais elle, c'est parce qu'elle s'en foutait. Tecnic trouvait ça gênant — tecnic aurait voulu être de glace ou de métal. Naka se faisait des peintures corporelles avec, naka *savait* se donner de l'allure. Et leigh lui en piquait pour se peindre le visage — j'en étais où ? Oui. C'est ce soir-là que marquis a commencé à se faire saigner sur scène. À chaque concert, il s'acharnait contre lui-même.

Il y avait sûrement des choses, là-dedans — trouvez-les tout seul. Ou demandez à drime ! Il vous regardera de ses grands yeux blancs sous ses petits cheveux blancs, il fera des mouvements avec ses longues mains et il vous dira des choses intelligentes. *Sérieusement.*

FADO : Marquis s'automutilait, putain, tu sais ce que ça *signifiait* ? C'était pire que tout, en pension' ! Pire que la drogue, la baise, la feignantise, la révolte, la musique, pire que tout !

Une fois, il s'est aussi branlé sur scène et il a tout lâché sur la console ! D'accord, c'était de l'énergie pure, mais c'était aussi du grand n'importe quoi ! Tout le monde était fasciné et moi, je me frottais les yeux en me demandant où il allait et surtout, combien de temps ça allait prendre — et bien sûr, quand marquis attrapait un spectateur par les cheveux et commençait à le gifler ou à le baiser sur la scène, *qui* intervenait pour que ça aille pas trop loin ? On passait toujours à un cheveu de la catastrophe.

Les prestations scéniques de marquis sur *fond d'estomac*, c'était un genre, c'est certain.

DRIME : Est-ce que marquis s'autopunissait parce que s'il avait été une belle fille au lieu d'un garçon très laid, marc l'aurait aimé comme il avait aimé aidime et se serait laissé sauver ? Mais quelle histoire tordue ! Que voulez-vous que j'en sache ? Marquis tenait à son frère, je n'en sais pas plus.

ASHTO : Même aidime aurait pas pu sauver marc. Pas de lui-même. En fait, surtout pas aidime, haha !

LEIGH : Prenez le cerveau le plus équilibré de toutes les stations orbitales, infusez-lui autant de loa-amer que ce qu'a pris marc, beurk, et vous obtiendrez une psyché obscurcie et plaintive. La seule vraie question est : pourquoi autant de loa-amer ? À partir d'une certaine dose, c'est une question qui se mord la queue.

FADO : Avec le cirque jusqu'au-boutiste de marquis, on s'est retrouvés comme au début, à attirer tout ce que la pension' comptait comme tarés ; ceux dont les frat' voulaient pas, ceux dont les ruines voulaient pas, ceux qui étaient trop laids, ceux qui étaient trop chiants, ceux qui étaient trop cons — les sacs à problèmes ; et un sac sur un sac sur un sac, ça finit par faire un putain de *mur* d'emmerdes !

Marquis voulait casser la vague consensualité, l'espèce de respectabilité que nous avaient

accordée les monos, il voulait faire oublier la
période mono ; il a réussi remarquablement vite,
ce germe.

13

Doux-loa ? Haha

LAMONTE : Avec sa manie de pisser le sang devant tout le monde, marquis commençait enfin à réellement s'opposer aux monos ; j'étais content. Je me demandais quelle serait leur réaction ? Ils avaient essayé de nous faire peur et ils avaient échoué. Ils avaient essayé de nous médailler, même résultat. Je me posais la question, parce qu'il ne me paraissait pas possible que les monos se résignent. La réponse était simple : puisque nous nous défendions bien contre l'extérieur, il fallait faire appel à ce qui était en nous. Retourner une de nos *propres* armes contre nous, bordel ! Et d'armes, nous n'en avions qu'une : notre cerveau.

ANANA : Les ruinés canalisaient tous les mécontentements de la pension'. À la limite, c'était un avantage, pour les monos ! Un point de fixation. Si nous étions restés cantonnés au

Lichen et aux partouzes, les monos nous auraient fichu la paix. Mais que je sache, *oshi* ! les ruinés n'ont jamais amené plus de solutions qu'ils n'ont posé de problèmes.

LOVILI : Marquis *était* un problème, pour les monos. Il était bien déterminé à en être un !

ASHTO : Je sais pas si c'est un coup des monos. Ce que je sais, c'est que c'était crevant. Les concerts étaient crevants. La vie en communauté était crevante. Toute cette vie ruinée était crevante. Et moi, euh, je suis une grosse feignasse. Juste un glandeur qui fait du rythme dans un groupe.

LEIGH : Pour nous remercier de notre complaisance, beurk, les monos nous ont fait des cadeaux. Un gros cadeau à chacun ! Lamonte voulait qu'on le leur renvoie à la gueule, marquis a pissé sur le sien mais moi, j'étais bien content. Parce que mon cadeau, c'était un bloc de synthèse biomoléculaire, *you* ! Je ne comprenais rien à ce qui se passait dedans mais c'était plein de bidules et de machins et quand on mettait quelque chose à un bout, il en sortait tout autre chose à l'autre bout ! Quasiment le truc le plus fascinant que m'ait apporté la musique.

Naka a reçu un module de compo. Elle non plus, elle n'a pas voulu détruire son jouet. On s'est trouvé une planquette pour les utiliser en gloussant comme des cons.

FADO : Marquis, marc et lovili restaient tout le temps ensemble, au milieu d'un triple cercle d'admirateurs ; putain, on les appelait *la belle, la Bête et la flaque* ; l'ambiance était assez chiante alors ashto et moi, on a commencé à aller voir ailleurs. Chez leigh.

ASHTO : Dans ma turne, c'était plein de gens. En plus, je les connaissais même pas. J'ai suivi mon frère chez leigh.

NAKA : Leigh et moi, on a monté une ruine discrètement, pour pouvoir jouer avec nos cadeaux sans se faire pourrir par les autres. Banhbaté passait pour touiller son Thé et lova pour travailler ses basses. Fado et ashto venaient parfois traîner, ils disaient : « On peut rester un peu ? C'est trop bizarre chez nous, tu sais. » Eh bien, on en avait tous marre de tout faire tout le temps avec tout le monde.

LEIGH : Un jour, tecnic nous a apporté plein de doses d'acide dipicolinique, un alcaloïde chélateur des métaux lourds. Un chélateur — paraît qu'il lui en restait — alcaloïde — oui, vous entrevoyez le problème.

À partir de là, il m'a fallu vingt-quatre heures pour trouver le — ce composé qu'on a appelé *doux-loa*.

ANANA : Marc avait toujours été un excellent joueur de sarod. Il bossait dessus comme si sa vie en dépendait — sur le sarod d'aidime. Mais quand il a replongé dans le loa-amer, après la période mono, il y est allé si fort qu'il n'arrivait même plus à jouer ! Il ne quittait plus ses admirateurs parce que c'est eux qui le fournissaient, ils lui en fournissaient autant qu'il voulait parce qu'ils étaient devenus super-nombreux et lui, il en voulait toujours plus. Ça inquiétait marquis, qui ne le lâchait pas d'une semelle. Avec rajis, on a commencé à trouver tout ça assez triste. Marc, c'était quand même un sacré vortex de déprime ! Très mauvais pour le teint, ce garçon.

Rajis et moi, on est allés voir ailleurs, du côté de ceux qui rigolaient encore. Du côté de chez leigh. Il nous a fait goûter le doux-loa. *Oshi* ! la première fois, je voyais à travers les murs, et je pouvais *voler* tout le long de mon regard. Quel pied !

TECNIC : J'étais venue voir naka pour travailler, elle a sorti de sa bouche une membrane étanche pleine de cette poudre marronnasse. J'ai demandé : « C'est du loa-amer ? » Elle m'a répondu : « Oh non, c'est du doux. Tu veux essayer ? » « Pourquoi pas ? » j'ai répondu. J'aurais pu répondre « Pourquoi ? » si j'avais été intelligente.

Après ça, je me souviens que je me sentais constipée mais sinon, bien. Je causais à mes boyaux et ils me répondaient, je trouvais ça tout simple ; ensuite, j'ai entamé la conversation avec d'autres organes. Ça m'a pris pas mal d'heures pour réussir à chier, mais je me sentais vraiment bien.

C'est comme ça que ça a commencé.

NAKA : Les premières fois, le doux-loa, c'est fabuleux. Je voyais mes cheveux pousser, zzzzz, et en poussant ils changeaient de couleur ! Ils devenaient orange, et leigh aussi devenait orange et à un moment, il s'est mis à vieillir ! Je lui ai dit « Mais *arrête* ! » Il a arrêté. Et il est devenu tout bleu. C'était marrant ! Ensuite, je me suis envolée et j'ai croisé une fontaine à Bière, je suis entrée en communication télépathique avec elle parce que j'étais persuadée qu'elle était en liaison cosmique avec un lac naturel de Bière.

Eh bien, il me paraîtrait pas raisonnable d'inventer quelque chose de plus fort que le doux-loa.

DEWI : Doux-loa ! Mon cul, oui ! Jamais rien vu de doux là-dedans. Ça affûte les nerfs au laser ! Il suffit qu'un orteil bouge dans les parages et tu te sens complètement concerné. T'en as la moelle qui vibre ! Fabuleux, d'accord. Mais un peu fatigant.

DRIME : Doux-loa était notre premier psycho-dysleptique, voilà toute la merveille.

LEIGH : Le doux-loa avait cet effet secondaire farfelu : il éclaircissait les yeux. Je ne sais pas si c'était très bon signe.

RAJIS : Je ne sais pas si c'est à cause du doux-loa — je ne sais pas pourquoi du tout, c'est juste qu'à partir de cette époque, nos chansons se sont mises à refléter autre chose. Jusque-là, on parlait toujours des tours, des parents, de notre avenir, ouin, ouin, bla, bla. Et ça a changé — ça a TOTALEMENT changé. Sans qu'on se concerte du tout, non non ! On s'est mis à s'intéresser à ce qui se passait *réellement*, au jour le jour. À dire comment vivre en pension', c'était assommant, et comment on nous traitait tous — TOUS, médaillés comme ruinés. Tous les jours. Un côté « On est tous de la viande, alors laisse tomber ».

Ouais, c'est à partir de ce moment-là qu'on a sorti des morceaux comme *saveur-natte*, qui est de leigh, *la vie des Taupes* d'ashto, *peau bleue* ou *pédagogique-moi*. Sans se concerter, hein ? Le doux-loa rend lucide, ça doit être ça. Entre deux comas.

ASHTO : Si marc a aimé le doux-loa ? Haha.

DRIME : Si l'un d'entre nous prétend n'avoir pas craqué pour le doux-loa, riez. Nous avons tous craqué. Parce que le doux-loa est le roi de la descente et que nous étions tous atrocement perchés, chacun selon ses goûts.

LOVA : Drime n'aimait pas beaucoup le doux-loa, marquis non plus : doux-loa est si suave, et eux, *madre* ! ils n'étaient pas suaves. Il y avait une opposition culturelle, mettons. Ce qui ne les a pas empêchés de s'en remplir jusqu'aux yeux, parce que doux-loa ne demandait son avis à personne, voyez-vous ? Et la musique s'est arrêtée.

FADO : Je les voyais arriver, les anciens forts en gueule, ramollis jusqu'au fond du slip, « Putain, mec ! Pourquoi te prendre la tête ? Doux-loa est là », je te jure, ça m'a fichu la *trouille* — pour le coup, j'ai commencé à écouter lamonte et ses jérémiades, comme quoi les monos cherchaient à nous décérébrer.

LAMONTE : Seul leigh pouvait fabriquer le doux-loa. Autant dire qu'il y a gagné beaucoup de pouvoir et autant d'emmerdes. Ce petit épisode m'a permis de comprendre certains rouages sociaux. Ça m'a beaucoup servi par la suite, merci, mais sur le moment, bordel, je n'aurais pas aimé être à la place de leigh. Et lui non plus, il n'était pas trop content de s'y voir — pendant les rares moments où il avait les yeux en face des trous.

LOVILI : Doux-loa, ça va un temps, et puis les jolies couleurs se transforment en migraines.

ANANA : Côté défonce, doux-loa m'a calmé. *Oshi* ! Une telle montagne de sensations — j'étais com-plè-te-ment impressionné ! C'était trop fort pour moi.

DEWI : Doux-loa était mille fois meilleur que tout ce qu'on avait essayé jusqu'ici. Mais ça, c'est le gros problème de la défonce, quelle qu'elle soit ! Le gros problème de la défonce, c'est pas que c'est mauvais, sinon y aurait pas de problème. Le problème, c'est que c'est bon et très bon, mais que le prix à payer est exactement un peu au-dessus de l'exorbitant. Toujours un ongle au-dessus de ce qu'on est capable de raquer.

L'autre problème, c'est que ça rend très, très con ! Mais ça, ouais — c'est annexe.

LAMONTE : J'ai dit à leigh : « Ne raffine pas ce truc, ne rend pas ce truc-là injectable, bordel, ne fais pas ça, non ! » Mais doux-loa était bien plus fort que moi.

ANANA : J'ai demandé à marc : « *Pork* ! C'est pas du doux-loa, dans ton pistolet ? » « Si », il m'a fait. Je lui ai dit : « Oh non, garçon, tu peux pas faire ça ! » « Si », il m'a fait.

LOVILI : Il y avait deux clans : ceux qui s'injectaient le doux-loa et les autres. Pris directement dans une artère, doux-loa est comme une bombe ! Dix secondes de bonheur, dix heures de coma. Marc a sauté là-dedans, bien sûr. Ce qui m'a horrifiée, c'est que marquis l'a suivi ! Van charis a suivi marquis, comme toujours, et ashto a suivi ses potes parce qu'il trouvait ça marrant. Mais celui qui nous a le plus étonnés, c'est leigh ! Le grand mixeur en chef était celui qui se contrôlait le mieux, jusque-là. Mais même lui n'a pas réussi à contrôler doux-loa.

Ils faisaient ça dans la turne de marc. Ils passaient des heures accroupis, à farfouiller avec leur scanstyle pour trouver une veine praticable sous leurs aisselles ou entre leurs doigts de pied, à se tripoter le dessous de la langue ou la raie du cul, ou l'arrière de l'oreille ou de la couille. C'était lamentable. On aurait dit une partouze de drones de fret ! Si j'avais été lamonte, j'aurais capturé tout ça parce que l'ambiance était particulière, mais j'étais juste trop écœurée.

Au bout d'un moment, je me suis fait jeter parce que les *doucistes* sont encore plus sectaires que les ameristes, et qu'il était *hors de question* que je me mette à ressembler à un Crapaud en train de chier.

14

Une poignée d'Herbe

LAMONTE : On a dit que c'est tecnic qui a
vendu la recette du doux-loa à d'autres pensionnaires parce qu'on lui met tout sur le dos,
mais en réalité, on a été quelques-uns à tramer
l'affaire. Quelques-uns, et surtout moi ! Je flip-
pais pour leigh ! Il avait de plus en plus de pression sur le dos et de moins en moins de force
pour résister, vu qu'il était le seul à pouvoir
fabriquer du doux et un de ceux qui en
consommaient le plus. Il *fallait* diversifier les
sources. Alors la recette, on a été quelques-uns
à la répandre, bordel ! Mais c'est tecnic qui a
distribué le matériel qu'il fallait, exact. Tecnic
et lova. La recette a échappé à leigh, en tout
cas ; et il ne pouvait rien lui arriver de mieux.
Tout s'était mis à tourner autour du doux, à
cause de sa rareté.

FADO : Y a eu un *marché*, je te jure ! Avec des prix, des arnaques, des embrouilles, des bastons, n'importe quoi ; y a eu tout ça simplement parce que doux-loa était *foutrement* plus addictif que toutes les autres drogues — putain, c'était moche.

LEIGH : J'avais filé une boulette de doux à van charis. Il avait un plan pour la refiler contre de la médaille. Avec ça, on pouvait en racheter le double à marquis. J'aurais bien traité ça moi-même mais je ne tenais pas complètement debout.

Quand j'ai émergé, van charis comatait à côté de moi. Je l'ai secoué, il a ouvert un œil tout blanc : ce germe venait de s'envoyer toute la boulette ! Il s'est péniblement assis sur son cul, il a regardé une barrette de galipan arrangé qui traînait sur la natte. Il m'a dit, sur un ton super-définitif : « Le temps est un cylindre en forme de ricanement », il a chopé la barrette et il l'a bouffée ! Je me suis barré en courant. Près de la turne, j'ai croisé jinis : « Y a plus de doux, mec, je lui ai dit. Et y a plus de médaille. »

Je me rappelle qu'après, je vomissais dans les Herbes en récitant le *vrai classique du vide parfait*. Banhbaté m'a ramassé. Je ne suis *jamais* retourné dans cette turne. Les yeux blancs de van charis en train de mâchouiller du galipan — oh beurk ! C'était trop pour moi.

NAKA : Le doux-loa était très bien mais le manque du doux-loa, c'était la poisse. En fait, doux-loa était un excellent produit de descente pour toutes les autres drogues. C'était comme l'eau sur la soif ! Et puis l'eau se changeait en sel. Eh bien, c'est souvent comme ça.

DRIME : Le doux-loa était un tas de merde. Et être l'organisateur d'un groupe sous doux-loa était tout simplement l'enfer. Pendant que les autres groupes réglaient leurs bancs et leurs consoles comme de vrais musiciens, il fallait que j'aille à la chasse au douciste dans les coins les plus improbables. On me parle parfois de cette période comme d'un âge d'or musical. Sérieusement, courir derrière un chanteur qui se prend pour un satellite d'attaque, trouver le rythme endormi le nez dans son entrecuisse et voir le sarod passer tout le concert à tripoter son dixième abcès de la couille au lieu de jouer, vous appelez ça un âge d'or ? C'était l'enfer, tout simplement.

FADO : Le doux-loa a tout détruit, tu saisis ? La moitié de mon groupe était dedans, je passais mon temps à donner des claques à marquis et à marc pour qu'ils pensent à respirer, et à regarder mon frère se trouilloter la peau en me disant : « Putain, j'y crois pas ! Je ne *peux pas* ressembler à ça. »

Est-ce qu'ils s'éclataient ? Ah, mais totalement.

ANANA : Les seules fois où j'ai entendu marc articuler plus de trois mots à la suite, c'était : « Salopard de scanstyle qui trouve pas l'artère ! » ou des choses comme ça. *Pork*, il était devenu loquace, cet affreux ! En plus de poreux.

FADO : Le doux-loa portait sur le foie, marquis avait plus besoin d'émétique pour vomir sur scène, il faisait plus que ça, d'ailleurs : monter sur scène, bafouiller « Prime bis, prime bis » et vomir — ça faisait rire *tout le monde*, y en avait qui se vantaient : « Putain ! Y m'a eu à l'épaule » ; ça leur faisait plaisir.

ASHTO : Marquis aimait donner du plaisir à son public.

ANANA : Il m'a vomi au-dessus de la tête avec une grande précision, *oshi* ! J'avoue que je me suis un peu baissé. La rondelle était derrière moi, en train de hurler : « Gerbe ! Mais gerbe ! Dégueule-nous dessus ! » Elle s'est tout pris pleine face. Très technique, vraiment.

LOVILI : Marquis a d'abord essayé de faire ça discrètement, derrière les bancs sonores, mais il débordait un peu dessus et drime l'a engueulé.

Alors il a essayé de faire croire à un jeu de scène, il braillait : «Vous me rendez malade !» et il vomissait sur ses pieds. Mais après, il glissait dedans et il tombait ! C'est fado qui le relevait. Du coup, il s'est mis à vomir sur le public, et les pensionnaires riaient de lui. C'était tellement lamentable...

FADO : J'étais là, à coller des claques aux uns et aux autres, à supporter les petits cris de rage de drime, à patiner dans la gerbe, quand ma belle *ruan-basse* a disparu.

Aidime avait mis ses lèvres partout dessus, sur cette ruan-basse ; sa jolie bouche couverte de pigments bleus — et je l'avais vernie —, ils me l'ont piquée, ils l'ont échangée contre du doux-loa, je le sais, ashto me l'a avoué à la fin de la pension'.

Ça, putain, ça m'a *brisé* le cœur — et j'ai baissé les bras.

DRIME : Leigh n'était plus en état de synthétiser quoi que ce soit, et les admirateurs se raréfiaient. Donc ces abrutis ont voulu échanger nos précieuses consoles contre du doux-loa et, en les chargeant sur une base antigravitons, ils ont tout fracassé. Tout ! Les bancs, les consoles, les mridangams, les gathams, les modules, les projecteurs, l'écran, tout — tout.

Ils m'ont appelé — sérieusement, ils ont eu le culot de m'appeler à la rescousse.

« Oh, drime ! Qu'est-ce que tu vas faire ? »

Ce que j'ai fait ? Retourner me rouler en boule sur ma natte, voilà ce que j'ai fait.

ASHTO : Drime gardait le matériel de *stolon* dans une turne à part. Sous code. Ça m'a énervé.

« Qu'est-ce qu'il croit ? j'ai dit. Qu'on va l'échanger contre du doux ? »

On s'est tous regardés. Et on est allés droit à la turne.

Le matériel était lourd. On a fauché un soubassement de sphère d'oxygène. Mais une sphère d'oxygène, c'est *très* lourd. On a chargé une console sur le soubassement. On l'a enclenché. Le soubassement est allé écrabouiller la console contre le plafond, sprouatch ! On a trouvé ça marrant, haha ! Marc répétait : « Sprouatch ! » Marquis se tenait les côtes. Vous imaginez la suite ? Eh.

RAJIS : Après avoir ruiné *tout* leur matériel, ils se sont enfermés dans la turne de marc et ils ont décidé : « On ne sort plus ! » On les entendait gueuler : « PLUTÔT MORTS QUE DEHORS », vous voyez le style ? Ils avaient des jians avec eux, et des shuriken, des calames, des — des armes, oui ! On entendait le « tchic ! tchic ! » des shur-

iken qui labouraient le mur ! Personne n'avait
envie d'entrer, du coup.

Et puis on a entendu quelque chose comme :
« Dans la viande, ça fait quel bruit ? » et un
grand « AÏE ! ». Ils sont sortis en disant des gros
mots. La cuisse de marquis *pissait* le sang !
Anana et moi, on se tordait de rire, oh ouais !
Fado faisait la tronche, par contre. Et drime
avait une tête de sortant. Hé, c'était si — si
TORDANT, bon sang ! Je n'avais pas encore
compris, à ce moment. Pas réalisé. Qu'on arrivait au bout, quoi. *C'était la fin, mon ami.*

FADO : En sortant de sa turne, marc a fait le
tour de ses admirateurs pour avoir du doux ; il
en a eu, c'est sûr ; pas beaucoup, c'est sûr
aussi ; et il a peut-être croisé un éclair de luci-
dité en chemin, une putain de petite voix qui
lui a murmuré que leigh n'était plus dans le
coup, que drime ne voulait plus entendre parler
de lui, que le sarod d'aidime était en miettes,
que sans matériel, *stolon* était fini, que ses
anciens fournisseurs collaient au train de *copie*,
de *mcgee*, de *jembel* ; qu'il était incapable de synthétiser du doux tout seul, incapable de dégoter
une médaille tout seul, incapable de quoi que
ce soit tout seul — que tout ce qui l'attendait,
c'était le manque et pas dans un mois : dans
quatre heures.

Qu'il était fini.

LEIGH : S'il me l'avait demandé, je lui en aurais sorti, du doux. Mais il aurait fallu qu'il attende un peu que je récupère mon cerveau.

LOVILI : Marquis est venu me voir dans ma turne, en traînant la cuisse. On s'est dit des trucs — bah, peu importe. Au bout d'une heure, les monos nous sont tombés dessus. Ils nous ont attrapés par le cou et jetés dehors ! Je les ai insultés. Mais marquis n'a rien dit ; il ne s'est même pas débattu ; il est devenu tout pâle. Il savait. Je ne sais pas comment.

ANANA : Le pire, c'est que je l'ai vu partir vers la ruine haut perchée — ça m'a longtemps poursuivi. Je le revois encore partir, tout seul avec sa petite houppette et ses larmes aux yeux, comme d'habitude — et ses yeux tout blancs. J'aurais dû réagir ! Il marchait dans les hautes Herbes, tout seul, avec sa drôle de démarche à ressort ; j'ai eu envie d'aller lui passer le bras autour des épaules et de lui dire : « Tu sais quoi ? On en trouvera d'autres, des défonces. Tu veux venir jouer avec nous ? Van charis est encore en orbite et toi, t'es le meilleur quand tu veux. » J'aurais dû lui dire quelque chose comme ça ! Ça me rend malheureux, rien que d'y penser. Je ne l'ai pas fait.

KASTUR : Personne aimait marc. Marc était comme un irradié. Souffrant et contagieux. Pénible à regarder, dangereux à aider. C'est de ça qu'il a crevé. La défonce l'a un peu soulagé, un temps. Elle l'a un peu prolongé, c'est tout.

TECNIC : Je me suis souvent demandé comment marc avait fait pour tenir si longtemps. Comment son père avait pu *endurer* une existence entière avec le cerveau qui était le sien. Comment il avait pu ne serait-ce *qu'envisager* de se prolonger ! Aucune idée.

ASHTO : On me pose toujours cette foutue question. La réponse est simple. Marc savait, marquis savait pas. Voilà pourquoi, avec la même cervelle, marc était si triste alors que marquis était juste imbuvable. Rien de génétique là-dedans, haha.

RAJIS : Le suicide de marc ? Je n'y ai pas cru. J'étais certain qu'il s'était fait vider. Eh ! je ne sais pas encore quoi croire, même aujourd'hui ! Je n'ai pas vu le corps — on commençait à avoir seize ans, ça faisait un peu jeune mais — mais marc était un prime, il était en première ligne et — je n'y ai pas cru. Il faut demander à dewi. Demandez à dewi ! Marc AIMAIT la musique — c'était le plus doué de nous tous, ouais !

Avec un talent comme ça, moi, je ne me fous pas en l'air. JAMAIS !

DEWI : J'ai vu le corps au pied de la tour. Les angles que faisaient les coudes et les genoux, j'aurais préféré pas voir ça, mec.

DRIME : Toute la pension' a perdu la parole. Les monos ont établi une discipline stricte et ils nous ont remplis de gaba. Les turnes ont été mises au propre, le matériel confisqué, enfin je vous laisse imaginer. Personne n'a protesté. Nous nous sommes tous sentis coupables, je suppose.

Pour une fois que l'un d'entre nous mourait d'une autre main que de celle de son géniteur, nous n'avons même pas eu l'idée d'en être fiers ! Sauf lamonte, bien sûr.

LAMONTE : Marc est allé plus loin que marquis. Je n'attendais pas ça de lui. Après sa mort, je me suis souvent posé la question — celle que les monos ne voulaient pas qu'on se pose. Est-ce que je veux faire comme lui ? Est-ce que je le *ferai* ? Est-ce que j'aurai le courage de sauter ? Pour faire chier papa ? Pour qu'on ne puisse récupérer sur moi que des os brisés, des organes blastés et les dents ? Seulement pour faire *chier*, bordel !

LEIGH : Marc était attendrissant, quand il jouait sur son sarod en penchant sa grosse tête sur le côté. Il chantait ces espèces de *ballades pour aidime*, avec des paroles bidon comme « tout ce que je veux, tou-out ce dont j'ai besoin est dans tes bras-wa » — tout bidon.

LOVILI : Marc, c'est le tout premier que j'ai vu, à l'*agua*, quand j'étais encore une haizi. Je l'avais trouvé vraiment vilain.

LOVA : Marc avait coécrit *marche tout droit, pension' scansion, tous vidés,* et beaucoup d'autres. Le sarod de marc, c'était l'épine dorsale de *stolon*. Le talent de ce type triste et moche était énorme, *madre* ! Purement énorme. Pauvre marc — pauvre musique.

ANANA : On a été malheureux, mais malheureux comme des Tigres ! *Pork* ! On avait vécu tout ça ensemble, tant de choses, les ruines, les concerts, les pomat, les visuels, tout ça ! Marc était un vrai gentil — pas très expansif mais c'était un gentil, et c'était un des nôtres ! On a tous été horriblement malheureux.

LOVILI : J'ai ramené une poignée d'Herbe à marquis. Avec un peu de sang dessus. Il fallait bien garder quelque chose.

JINIS : J'ai chialé, chialé, chialé pendant des jours, en écoutant van charis radoter que tout était ma faute. Et mensing en rajoutait. C'est anana qui les a envoyés se faire foutre. Je lui ai dit : « J'oserais plus jamais regarder marquis en face. » Il m'a dit : « Mais si, garçon. Allez viens, on va le voir. » Et c'est là qu'on a appris qu'il avait disparu.

15

Prime bis

ANANA : La veille du jour où marquis a disparu, il y a eu *la* grande discussion. Il y avait
naka, tecnic, drime, dewi et moi. Et fado aussi,
je pense. Franchement, j'ai encore l'impression
d'avoir rêvé !

D'un seul coup, au beau milieu de la conversation, nous avons tous compris que marquis
ne savait pas. Jamais, jamais je n'aurais imaginé
ça ! Que qui que ce soit, en pension', ne sache
pas.

NAKA : Eh bien, nous étions une demi-dou-
zaine dans un espace commun, agenouillés sur
nos nattes. Nous nous sentions tous le corps
comme du plasma, à cause du gaba, et l'âme
pesante — et ténébreuse et effondrée, comme
un trou noir. Nous étions privés de musique,
de drogue, de liberté et de marc, avec la seule
satisfaction de faire quelque chose d'interdit,

puisqu'une des nouvelles idées des monos, c'était qu'on ne devait pas se réunir à plus de trois.

Marquis ne disait rien, comme d'habitude. Il avait le regard mort sous ses cheveux, il ressemblait à tecnic. Lamonte est arrivé pour lui dire qu'il fallait qu'il se cache ; que marc était inutilisable ; qu'il risquait de se faire vider très vite. Marquis avait l'air de ne rien comprendre, lamonte a dit un truc comme : « Marquis, réveille-toi ! Papa va venir te chercher ! » et là, marquis s'est mis en colère. Il s'est mis à éructer : « Notre salopard de père a jamais fait un signe, pourquoi tu veux qu'il se décide maintenant ? » Il était rouge de rage ! Ça nous a séchés. Ça a même carrément mis cinq minutes à me monter au cerveau : il croyait *réellement* avoir un père !

DEWI : Les yeux m'en sont tombés ! Sur les genoux ! Marquis savait pas. Mon cul, ouais ! Y aurait pas eu la mort de marc, comment on se serait foutu de sa gueule !

TECNIC : Je me suis sentie partir en orbite ! Lamonte avait la bouche grande ouverte, et ça lui a pris la demi-heure pour la refermer ! Mais pas drime. Drime a compris tout de suite. Le problème, et l'ampleur du problème. Il a expliqué à marquis. Sans rire, ni lever la voix ; il a été clair et dur, comme toujours. Bien fait pour la gueule de ce con.

ANANA : C'est drime qui lui a expliqué, avec ses petites phrases, en appuyant bien sur les mots. Tu imagines ce massacre ? *Oshi* ! Je te le fais. C'est un pur discours « Sortie de pouponnière », mais sans les gants.

« Cher marquis, tu es appelé *marquis* parce que tu es le clone *bis* d'un géniteur nommé *mark*, et marc était officiellement nommé *markime* parce qu'il était le *prime* de ce *mark*. Le *prime* : le premier *clone*. L'aîné des clones encore en vie, plus exactement. »

Et en disant ça, il comptait sur ses doigts.

« Je m'appelle *drime* pour la même raison. »

Ça a été terrible.

DRIME : Sérieusement, j'aurais dû faire un dessin. Ce pauvre marquis me regardait comme un scan d'iris face à un trou de balle, tout à fait.

NAKA : Vous vous rendez compte ? Ça faisait quinze ans que marquis attendait un signe de son père ! Toute sa haine, c'était ça : que son père ne prenne pas de ses nouvelles ! Il se sentait abandonné. Et il a pris tout le paquet d'un coup ! C'était plutôt horrible.

DRIME : J'ai dû tout lui expliquer : que nous étions des greffones, des assemblages d'auto-greffes bla-bla, que l'administration ne nous reconnaissait aucune existence légale et bla, et que d'ailleurs, notre nom n'était pas un patronyme mais une simple dénomination technique. Une étiquette sur un bocal ? C'est exactement ça.

Je lui ai dit que notre raison d'être, c'était d'amener des organes à maturité.

ANANA : J'étais horrifié. Mais horrifié ! Je voyais ce pauvre marquis se décomposer encore un peu plus sur sa natte tandis que drime lui expliquait le sens de l'expression « se faire vider ».

Mais qu'est-ce que marquis avait bien pu imaginer, bon sang ? Que les sortants grassement médaillés allaient rejoindre leur famille au sommet des tours ? Dans une grande scène de liesse familiale ? Et que les mauvais élèves, une fois vidés — hm, virés de la pension', étaient balancés dans la suburb par des parents déçus ? *Pork*, un truc stupide comme ça, plus ou moins. Je ne sais pas, vraiment !

Tout le monde savait ce qui nous attendait. Mais je ne sais pas comment, c'est vrai. Est-ce qu'on en parlait entre nous ? Disons : c'était implicite. Quand est-ce que tu as appris qu'il y a une lune dans le ciel, toi ? Moi, je ne me rappelle pas.

TECNIC : Franchement, qu'il ait pu chanter tout ça, *oh non pas l'œil ! tous vidés* ou *mes tes leurs nos rognons* sans rien y comprendre pendant des années, je n'arrive pas à m'y faire. Ou *maintenant j'ai plus qu'un seul pied*, merde ! Et *prime bis* ! C'est même lui qui avait trouvé le nom du groupe ! *Stolon*. Le rhizome qui crève une fois que la plante mère a réussi à se replanter. Et c'était très bien trouvé, en plus !

LEIGH : Bof. Passer d'un père qui ne vous aime pas à un père qui s'en fout, elle était où, la putain de différence ? L'ambiance était la même, en tout cas. Marquis croyait qu'il allait finir par se faire découper dans la suburb et non, il allait se faire découper au bloc. Beurk. C'était juste un peu plus, quoi ? hygiénique, comme perspective.

DRIME : Marquis ne pensait pas de travers, marquis n'avait pas une pensée limitée : marquis ne pensait pas, voilà tout. Il sentait. Et il avait tout senti — toute la vérité. Que nous étions uniquement de la viande, d'une façon ou d'une autre. Et ensuite, il avait tout transformé en termes sentimentaux. Ou sensationnels. Enfin, je suppose.

TECNIC : Et *blanchet* ? Avant de signifier « clone de pension' », ça voulait dire « consommable permettant la reproduction d'une œuvre », quand même ! Et *blanchet* est la première chanson de marquis. Et des noms comme *beauté intérieure*, *chants opératoires* ? Et *copie*, et *fac-similé* ? Il croyait qu'on avait choisi ça parce que ça sonnait joli ? Ça ne lui avait pas mis le mouchard à l'oreille ? Eh non. Incroyable.

FADO : J'ai même pas essayé de retaper le moral de marquis : j'avais pas assez de mains, tu saisis ? De ce moment-là, j'ai plus *jamais* entendu le son de sa voix — il est juste devenu blanc, on l'a vu se recroqueviller sur lui-même, on avait les yeux ronds comme des bols et puis d'un coup, il s'est jeté sur drime ! Qui l'a collé au mur d'un revers parce que le doux, ça muscle pas ; marquis s'est relevé, il s'est torché le visage de la main et il a quitté la pièce — et ma vie, par la même occasion.

S'il m'a manqué ? Ah putain, tu peux pas savoir...

TECNIC : Ce soir-là, j'ai cru que j'allais le claquer. Marquis, ce héros de la révolte des clones, n'était qu'un foutu haizi sans aucune conscience ! Du sok plein le crâne ! Il haïssait son sort ? Moi aussi ! Mais lui, il pouvait le dire ! Il pouvait même le gueuler ! Il nous a tous

insultés avant de sortir ! Alors que moi, il fallait
que je la ferme, comme d'habitude !

J'étais *dundee* depuis des années. Dundee, un
ancien bateau de pêche. Quoi de plus inutile
qu'un bateau de pêche ? De pêche aux Poissons ! Est-ce qu'il reste un *seul* Poisson ? Dundee, c'est comme ça que m'appelaient les
monos. J'étais bien la seule qu'ils osaient sauter.
Parce que marquis n'avait peut-être qu'un géniteur au lieu d'un père mais moi, je n'avais
même plus ça ! Les monos avaient été clairs : en
vidant ecnime, ma prime, ma génitrice y était
passée. Accident opératoire. Ce vieux moteur à
pétrole avait craché sa dernière bielle sous le
laser et je ne servais plus à rien ! Je n'existais
même plus — je n'avais jamais existé mais là, je
n'étais même plus personne ! Et une place en
pension', ça coûtait cher. C'est dans ces termes
exacts que les monos m'ont appris qu'ecnime
était morte. J'étais encore une haizi. C'était ma
sœur, elle me donnait des baffes mais elle était
plutôt marrante...

Pour rester en vie, il fallait que je serve à
quelque chose. Il fallait que j'obéisse. Que
j'espionne. Que je cafte. Que je sabote. Et que
je suce. J'ai tout fait. Et je n'ai aucun remords !

C'étaient mes potes, oui ; ils me faisaient de
la peine, ils me faisaient envie aussi, ils me faisaient sentir moins seule et très seule en même
temps, mais ce soir-là, marquis m'a trop gon-

flée ! Un mono m'a demandé de l'amener au surf ; je l'ai amené au surf.

LAMONTE : Pour moi, pour nous tous, maintenant que marc était mort, marquis devait automatiquement se faire vider dans la foulée. Façon de mettre au frais la seule version encore utilisable de son géniteur, et tant pis si ses organes étaient encore un peu verts — il avait pile quinze ans. C'est pour ça que sa disparition n'a étonné personne. Et de toute façon, nous n'avions aucun moyen de nous y opposer. Personne n'avait pris aucune disposition, bordel ! J'avais essayé d'en imaginer quelques-unes avec les *refugee'*, mais on n'avait rien mené à bout. On était de vrais guignols. C'est comme ça.

ANANA : C'était une période écrasante. *Pork* ! Le poids du chagrin, c'était comme un astéroïde sur nos crânes.

LOVA : Fin de la musique. Les monos ne nous ont plus lâchés. Nous étions devenus des sortants avant l'heure, tous. *Madre* ! Trois ans de gaba. Ma sœur, surtout, n'a pas ouvert la bouche plus de deux fois en trois ans. Et moi, je me suis remise au rangoli.

DRIME : J'ai repris la course de fond. Vous ai-je dit à quel point la course de fond est ennuyeuse ?

ASHTO : Et dire que pendant ce temps-là, marquis faisait une foire à tout casser à shanghai, haha !

II

Des Rats et des acteurs

1

Niveau zéro

DELANGE : Vous venez des tours, hein ? Vous avez le reflet jaune du ciel sur la peau. Faut être des tours, pour voir le ciel.

Et vous, vous venez de la suburb, c'est ça ? Votre peau. Marquée au gène de Méduse fluorescente, hein ? Vous brillez dans le noir, c'est ça ? Décoratif mais redoutablement con.

Vous deux, vous avez les tendons comme de la gomme, les os étirés — vous vivez en pesanteur allégée, tous les deux. J'ai pas raison ?

NOUNA : Mes géniteurs avaient envie d'un enfant, mais leurs gènes étaient *tellement* mités ! Ils ont décidé d'externaliser. C'était très à la mode à l'époque, dans la suburb. Au lieu de faire réparer son adn, on achetait des gamètes bien propres, on leur infusait quelques gènes personnels pour que le petit ait le nez du grand-père, et on faisait pousser. Mais finalement, je

ne leur ai pas plu. « Tu n'es pas de notre sang »,
ils disaient. Hou ! ce que j'ai pu l'entendre,
celle-là ! Enfin, ils m'ont abandonnée.

DELANGE : Moi aussi, je vis en pesanteur allégée. Sur la deuxième station orbitale, *robbayat*.
Ça vous étonne, hein ? Moi aussi, je suis
devenu grand et mou. Avec les os comme du
sucre et l'oreille interne en vrac. Comme vous.

Mais moi, je viens des *caves*. Je suis né là-bas,
j'ai grandi là-bas, je ne mourrai pas là-bas. Je
ne mourrai jamais, comme vous.

Et marquis est mon sauveur.

NOUNA : Quand mes parents m'ont foutue
dehors, j'étais une fille, je crois. Je le suis toujours ! Depuis trois semaines. Laissez-moi réfléchir. Non ! J'étais un garçon. Et à douze ans,
j'ai attrapé une érection, c'est ça. Mes parents
ont dit que c'était une tare, qu'ils s'étaient fait
refiler des gamètes avariés, bref ils m'ont fichue
dehors. Je venais de la suburb et je me suis
retrouvée dans les caves, pouvez-vous vous imaginer ça ? Quelque part entre jinling donglu et
waibaidu. Moi et mon érection.

IVE : « Au-dessus, les tours. Des dieux dans
des boîtes ! Avec leurs serviteurs, et leurs para-
sites.

Au-dessous, la suburb. Des démons dans des caissons. Les mêmes !

Deux tyrans superposés, roulés dans les mêmes vagues de corruption et d'illusion.

Au milieu, les caves.

Les caves leur font peur. Les caves sont dangereuses. Les caves touchent le sol ! L'atmosphère ! Germes et toxines ! Et le terrible soleil.

Ils nous appellent « les Rats ».

Oui, je veux bien qu'on m'appelle : le Rat. »

C'est de moi.

NOUNA : Hou, vous savez, shanghai est un très ancien emplacement urbain. Pendant des millénaires, les shanghaiens ont construit shanghai sur les ruines de shanghai. C'est pour ça que les caves de shanghai sont un véritable labyrinthe. Il suffit d'ouvrir des brèches à l'explosif et vous passez d'un ancien temple à un ancien centre de retraitement, d'une ancienne prison à une ancienne nécropole. C'est là que j'ai rencontré les Rats et les acteurs.

Les Rats, c'était une bande de fous velus. Ils coupaient leurs cheveux en petits tronçons qu'ils collaient sur leur combi, partout partout ! C'était de la combi bas de gamme, mal aérée, tss. Leur épiderme, là-dessous, était rongé par les chancres. Mais ils s'en foutaient complètement. On ne peut *pas* être dans les caves et en bonne santé.

DELANGE : Quand on a pas de quoi vivre dans une tour, on vit dessous, hein ? On dégringole dans la suburb. Et quand on est vraiment rien, on est expulsé de la suburb. On remonte à la surface, *blop* ! comme une merde dans un seau, quoi. On finit dans les caves — l'horizon ultime de la dégringolade. Près de la surface. Près du niveau zéro. La gueule dans les poisons atmosphériques. Je viens de là.

NOUNA : À côté des Rats, il y avait les acteurs. Hou, on présente toujours les Rats comme d'affreux germes, et les acteurs comme de gentils Pollens tourbillonnant au milieu de leur plasma coloré, je sais. Mais en vérité, nous étions *tous* pareils. Simplement, je ne me voyais pas du tout passer mon temps à me coller des cheveux sur le nez ! Alors, je suis devenue actrice.

Mais j'avais des chancres comme tout le monde, bien sûr. J'en ai gardé. Vous voulez voir ?

IVE : « Nous défrichons les caves. Nous arrachons ces paysages maudits à leur désolation ! Nous nous approprions les gravats des siècles, et nous leur redonnons un sens ! J'ai vu le béton primitif pleurer de gratitude.

Écoutez, écoutez-moi ! Qui n'a pas erré dans les caves ne connaît ni l'errance ni la grandeur !

Les arches des vieux gazoducs se bousculent au bord d'anciennes colonnes d'aération profondes comme des gouffres ! Des tyrans rouillés montent comme des faisceaux de bites à l'assaut de façades de verre

encore pucelles ! J'ai vu des vagues d'ordures coagulées rouler au pied d'usines étripées ! »

C'est de moi.

NOUNA : Les Rats et les acteurs étaient *si* affreux, à cause des tares génétiques. La plupart d'entre eux avaient des organes en trop. Alors on ne savait jamais si ce truc sur la joue, c'était un tatouage, un abcès ou une dent qui sortait à l'horizontal, houhouhou !

DELANGE : Les acteurs défrichent les caves, *bom* ! À l'explosif. Ensuite, ils sécurisent. Ce sont d'excellents poseurs de pièges. Dites, si vous voulez que je vous apprenne quelques-uns de leurs trucs, va falloir me payer un peu mieux, hein ? Les Rats ramènent de quoi vivre aux acteurs, les acteurs les hébergent. C'est comme ça que ça marche, quoi.

NOUNA : J'ai commencé à traîner là. Pour moi, les acteurs et les Rats, mais c'était, mais — des légendes ! De pures légendes ! Presque autant que path. D'ailleurs, ils n'arrêtaient pas d'en parler : et path par-ci, et path par-là, et on est les vrais héritiers de path, houhou ! Pas moyen de leur faire entendre que path était *juste* le fondateur de la dictature suburb qui les avait crachés comme les vilains pathogènes qu'ils étaient. Et quand ils avaient fini de délirer sur path, ils partaient sur dolhen. Hou, dolhen ! Le grand-ancêtre des suburbains ! Ils en avaient plein la bouche, de dolhen. Moi, dolhen, je l'ai toujours trouvé *trop* moche. Tss.

IVE : Dolhen, dolhen ! L'homme à la face d'explosif.

NOUNA : Quand je suis arrivée dans les caves, j'ai commencé par avoir un franc succès parce que, par rapport à eux tous, j'étais *terriblement* bien foutue. Deux bras, deux jambes, deux yeux, un nez ! Et puis à cause de cette *énorme* érection. J'en ai eu marre, je me la suis enlevée. Et j'ai eu un succès encore plus énorme, je peux vous dire !

DELANGE : Les Rats trafiquent des artefacts du niveau zéro. Ils vont zoner en surface, dans l'atmosphère, sous le terrible soleil. Ils en ramènent des merdes dessiquées — des antiquités. Décontaminé, ça se vend bien aux suburbains. Ils les échangent contre de l'oxygène, de l'eau, de la lumière. Ils volent tout ce qu'ils peuvent, aussi — pavés de vitamines, briques de calories, patchs uv. C'est pour ça que les pièges des acteurs à l'entrée des zones sécurisées sont — bienvenus, quoi. Contre les représailles des chasseurs de Rat. Ces bâtards de chasseurs sont tous *faits et refaits*. Génétiquement rectifiés. Pas dans votre genre, ça non. Ils brillent pas dans le noir, putain que non !

NOUNA : Je l'ai toujours, vous savez ? Je l'ai mise en stase et je la garde dans mon pochon. Comme ça, quand ça me prend, je la regreffe. Évidemment, avec le temps, elle est un peu mitée mais j'y suis *tellement* attachée. Vous voulez la voir ?

Son nom est nanou, houhou [1].

DELANGE : J'ai vu des suburbains qui étaient de vrais nyctalopes. J'ai vu des types qui entendaient les infrasons et les ultrasons. J'en ai même vu un qui avait un toucher de muqueuse. Il *sentait* un pas à dix tubulures au-dessus. Évidemment, chaque fois qu'il se grattait, ça devait lui sonner jusque dans les gencives. *Faits et refaits*, tous. Ça aide, pour traquer le Rat dans le noir des caves, hein ? Mais les Rats sont plus durs. Les plus durs de tous. Ils affrontent — nous affrontions le terrible soleil.

---

1. N.d.T. : jeu de mots mandarin entre *nan* (l'homme), *nu* (la femme) et le syndrome génétique *noonan*.

2

Théâtre mou

NOUNA : Ils vous diront tous le contraire —
ils diront tous : « C'est moi, c'est moi ! » — mais
le *théâtre mou*, c'est *moi*. Quand je suis arrivée,
les acteurs se contentaient de poser des pièges
et de coder des décors par-dessus. Je n'avais
rien à dire au sujet des pièges, c'était très bien
fait, mais au sujet des décors, les acteurs étaient
des autocatastrophes. Ce qu'ils faisaient était
hi-deux ! Surtout des panoramas bidons, avec
des musiques nulles et des odeurs, houlala !
Vous n'imaginez pas. Je venais de la suburb
alors les décors plasmatiques, toute l'esthétique
de la lumière molle, je connaissais. J'ai dit aux
acteurs : « Mais mettez un peu de plasma ! »

Ils m'ont répondu : « Mais ça va se voir ! »

J'ai ri ! Je leur ai dit : « Bien sûr, que ça va
se voir ! Et ça va cacher plein, plein de choses
derrière. Des pièges, pour commencer. »

On s'est lancés dans le plasma.

DELANGE : Il y avait cet acteur complètement monstrueux qui disait qu'il avait un troisième œil. Il disait que les dieux lui avaient joué un sale tour. Que son troisième œil avait bien poussé à l'arrière de son crâne mais vers *l'intérieur*. Il disait que quand il l'ouvrait, il voyait seulement du noir — l'obscurité de son cerveau, quoi. Ce type est mort d'un tir sonique. Je lui ai ouvert la boîte crânienne. Et c'était vrai. Il avait un globe oculaire entre l'os et la dure-mère. Avec la paupière et tout, hein ? C'était vrai.

NOUNA : On a mis du plasma partout. Comme les acteurs ne savaient pas encore y faire, ça a surtout été de gros blocs monocolores, au début. De gros pavés rouges, et bleus, et orange — il a fallu que je leur touche deux mots concernant les primaires et les complémentaires. On naviguait en rappel dans ces structures lumineuses, c'était un *tel* plaisir ! Je leur ai appris à râper le plasma pour obtenir des étincelles et je m'en fourrais plein — partout. Quand je riais, ça me sortait par la bouche et le nez, et quand je baisais, hou ! c'était *vraiment* beau.

Des suburbains sont venus, attirés par la lumière comme de stupides mouchards. Un bloc de plasma, un mile de chute libre par-dessous et hop ! un emmerdeur de moins.

DELANGE : On avait pas que des ennemis, chez les suburbains. On avait aussi des receleurs, des gros pleins d'eau — des gens comme vous, quoi. Ces types trempés — si j'avais pu les tuer, je l'aurais fait.

Il y avait capside, centimorgan. Ils m'ont fait bosser. Moches boulots, belles paies. Jusqu'à cette fois où on m'a contacté. « Niveau zéro, telles coordonnées, tu vas trouver un surf planté. Dans le surf, tu vas trouver un garçon. Tu te payes avec l'un, tu nous ramènes l'autre. »

NOUNA : Haï-delange passait son *temps* sous le terrible soleil. Hm, ça doit expliquer tous ces nichons.

DELANGE : Le surf, tu parles, toutes les commandes étaient cramées. Et y avait personne dedans. J'ai touché à rien. Je me suis barré, bredouille et pas content. Finalement j'ai trouvé ce garçon, à deux tas de ruines de là. Il avait rampé. À voir l'état de ses bras, m'est avis qu'il avait détruit les commandes du surf lui-même — une crise de nerfs. Je l'ai descendu à l'abri.

Nan, je sais pas qui a payé qui, ni rien. Le rapt de clones, c'était pas rare ni original. J'ai caché ce gus dans les caves. S'il le voulait, capside avait qu'à me payer mieux. Ou venir le chercher lui-même, hein ? Je l'attendais. Chez les acteurs.

IVE : « La vie n'est rien !
Simple recherche de ressources élémentaires
pour
combler des besoins élémentaires.
Respirer, boire, voir.
Le reste est THÉÂTRE.
Le reste est magie délivrée du
mensonge d'être vraie.
Un décor en dur est aussi mensonger qu'un
complément calorique en forme de Steak.
Personne n'a besoin de
donner une meilleure gueule à la réalité.
Il faut *fuir* la réalité. »

DELANGE : Ive, c'était un scanseur. Une
vieille technique des débuts des caves. Quand
la seule façon de savoir si on venait d'ouvrir sur
un caveau ou une caverne, c'était de gueuler un
coup et d'écouter la taille de l'écho. Je vous
donne le truc gratuitement — quand vous pro-
gressez dans un conduit noir, parlez. Scandez,
quoi. Un son, un silence. Écoutez le retour. Ça
vous évitera des ennuis. Retour long ? Gouffre
devant. Retour court ? Paroi devant. Pas de
retour ? Masse vivante embusquée devant.

NOUNA : Hou, les Rats avaient un *peu* de mal
avec le langage articulé.

DELANGE : La base de la scansion, c'est la structure du glucagon. *Nh2 his ser gly*, vous voyez le genre. Bon, on se fatigue du glucagon, alors les acteurs scandaient d'autres sons. Surtout ceux d'ive — dans les caves, on se fout du sens.

Avec le plasma, les acteurs se sont mis aux scansions synesthésiques. Le *théâtre mou*. Les mots leur sortaient de la bouche en plasma. PPP orange, PRR passage au rouge. C'était pas mal fait, même si ça voulait toujours rien dire, hein ?

NOUNA : Ça m'a fait un *tel* bien, toutes ces couleurs ! Toute cette lumière ! Parce qu'il n'y a pas de lumière dans les caves, vous savez ? Houlala, c'est noir comme dans un cul. Enfin, pas dans le mien, parce que j'ai fait retapisser mon velours souterrain de photo-implants. Vous voulez voir ?

DELANGE : La plupart des Rats ont des spots dans les dents. On allume et on éteint d'un mouvement de mâchoires. En plus, ça permet de retrouver facilement les morts dans le noir. Parce que les cadavres bâillent, quoi.

NOUNA : Cette obscurité à l'intérieur de moi, elle me fout les chocottes, hou !

IVE : Nh2 his ser gly phe ser asp tyr ser lys tyr leu asp ser arg ala asp phe val leu met cooh. Chant du glucagon.

NOUNA : J'ai eu envie de donner une direction à notre travail plasmatique. J'ai imaginé une scansion, *traces de frein expérimentales*. La première pièce de *théâtre mou*, ouiii ! Ive a imaginé une chorégraphie chromatique — hou, ce gars a *tellement* de talent.

IVE : *Traces de frein expérimentales* est de nouna. Nouna a une approche réaliste du théâtre. Une approche concrète. Je dis : une approche qui n'a rien de théâtral.

Dans *traces de frein expérimentales*, moi ! moi ! j'ai rajouté des trous noirs et des variations hygrométriques.

KLINE : Mouais. Pour moi, nouna, ive, orange, miller, tous ces acteurs du *théâtre mou* représentaient le sommet du bizarre. Ils étaient pas volontairement parfaits comme capside, ni volontairement à gerber comme les Rats ; on savait pas bien ce qu'ils étaient.

Ils réglaient leurs problèmes tératologiques au laser, ils foutaient une couche de lumière molle par-dessus leurs plaies, ils s'envoyaient une giclée d'hypoalgésique et ils allaient faire la bagarre tout suintants, la poche digestive sur l'épaule et des étincelles sur la langue.

Ils étaient bruyants, ils étaient marrants, ils avaient les cheveux jaunes, la bouche rouge, les dents noires, la peau bleue, ils puaient comme des navettes spatiales et là-dessus, ils codaient des odeurs de Géranium. C'était ni beau ni laid : c'était bizarre.

NOUNA : Je me suis toujours demandé à quoi ça pouvait bien ressembler, un Géranium. Un genre de Radis ?

KLINE : Nouna avait ouvert une nécropole à l'explosif et son truc, c'était de récupérer les habits des morts, ouarf. Nouna les raccommodaient d'un coup de fixatif et les acteurs se baladaient là-dedans en rappel, roulant du cul, se tapant dessus avec des omoplates jaunies et semant des boutons d'Ivoire qui valaient chacun un an d'oxygène. C'était ça, les acteurs : des linceuls qui rigolent.

Derrière, celui qui ramassait les boutons sans en rater un seul, c'était ce salaud delange, bien sûr.

Moi, j'étais juste le beau gars un peu baveux avec de grosses paluches. Ça m'évitait bien des emmerdements, mouarf.

Celui qui avait du génie, c'était ive, mais celui qui s'en croyait, c'était fukuyama.

Incroyable qu'un type aussi chiant ait vécu
aussi longtemps.

NOUNA : C'est de *moi* que fukuyama s'est
inspiré pour le personnage de troudodu dans
sens mon doigt.

DELANGE : Fukuyama a réussi à s'incruster
parce qu'il apportait l'iféine des tours, la psychotine de suburb, toutes ces merdes pour se
défoncer, quoi. Et parfois, des accès au Parallèle. Ça, ça m'intéressait — quand je pouvais
me le payer, hein ? S'immerger dans le Réseau
des tours, c'était impossible. Mais se connecter
au Parallèle de la suburb, c'était jouable de
temps en temps. Et ça m'a donné des idées.
    J'en étais à fukuyama. Fukuyama s'est
incrusté comme ça chez les acteurs, à la défonce
et au Parallèle. Quel connard.

NOUNA : Oui, oui, fukuyama et les acteurs,
c'était cris et hurlements sans arrêt, mais on
aimait ça ! Il nous bottait le cul, houlala ! Au
moins, avec lui, on ne s'ennuyait pas. Tandis
qu'ive était *si* intellectuel ! Il boudait tout le
temps parce qu'on était *tellement* au-dessous de
lui.

3

Oxygène sonore

DELANGE : Après avoir récupéré marquis sous le terrible soleil, je l'ai installé dans une alvéole au plancher pas trop troué. Je lui ai filé une combi et un masque un peu moins miteux que les siens, qui étaient de la blague. Je lui ai expliqué deux trois trucs. Et d'abord, qu'il pouvait pas boire et pleurer autant. Parce que ça gâche de l'eau, quoi. Et puis — bon, je suis allé faire mes affaires, hein ?

NOUNA : Haï-delange nous a présenté ce petit machin qui suintait comme un condensateur. Bien. Haï-delange m'a dit : « Oh, nouna ! Entre gènes normaux, vous pouvez vous entendre, non ? » Il a posé son petit machin à côté de moi et il a fichu le camp ! Merci du cadeau.

J'étais avec miller qui me fatiguait, mais qui me fatiguait ! Il s'était collé des tuyaux dans les cheveux et il répétait : « Tu trouves pas que je

ressemble à ekbat di shebat ? » Moi, je comprenais mal qu'on veuille ressembler à ekbat di
shebat, n'est-ce pas ? Tss. Du coup, j'ai essayé
d'engager la conversation avec le petit machin.
Il pleurait toujours. Je lui ai présenté silverussel,
mon fils. Il est là, là — je le porte à l'oreille. Il
est en stase, tout à fait ! Un fœtus de six semaines parfaitement viable. Il m'a coûté très cher !
Il est pas mignon ? C'est un garçon. Silverussel,
vilain garçon, tu coûtes très cher à maman ! Je
le ferai peut-être pousser un jour, qui sait ?

KLINE : Le sommet du bizarre, mouarf.

NOUNA : Malgré tout, le petit machin ne voulait pas arrêter de pleurer. Alors j'ai commencé
à taper sur miller à coups de pied, houhou !
Petit machin aurait pu en profiter pour rire mais
rien du tout ! Il a suinté de plus belle. Toute
cette eau ! Alors j'ai gravé un message sur un
pavé, avec une épingle. Ça disait : « Je viens de
rencontrer un garçon qui me plaît beaucoup et
je voudrais être son amie. »
     Je le lui ai tendu. Pour le lire, il a été *obligé*
d'arrêter de pleurer. La magie de l'écrit !

DELANGE : Ce mec était pas gênant. Il était
pas aidant non plus, hein ? Il avait des idées
débiles, comme enlever son masque. Ou toucher les objets à mains nues, ou faire son claus-

trophobe. Il parlait une langue bizarre. Un
mandarin vieillot mélangé d'anglique. Et d'un
coup, il me sort un truc de sa poche — une
vieille mémoire.

NOUNA : Le petit n'aimait pas les bagarres, il
restait quoi ? Le *théâtre mou* ! Il a a-do-ré. Il a
demandé le nom de la pièce et quand j'ai dit
sens mon doigt, pour la première fois, il a *souri*.
Houlala ! Il a sorti une vieille mémoire de sa
poche et il a dit : « Ma musique. »

DELANGE : D'un coup, il sort ça — la musique des dieux ! De l'oxygène sonore, quoi.

KLINE : Nouna m'a dit : « Marquis a une voix
spéciale, viens écouter. » J'y suis allé avec miller
et je sais plus qui. J'ai vu ce gosse sur une corniche, qui grattait un vieil instrument et qui marmonnait. Ma première impression ? « Merde,
c'est d'un chiant. » Mouais, j'étais déçu.

DELANGE : Il a fallu que j'apprenne à marquis
comment coder des sonorités sur une mire
musicale. Il savait même pas utiliser une mire,
juré.

Franchement, sur le moment, je me creusais
la tête pour deviner de quel endroit pourri il
venait. Lui, il disait seulement : « D'une
prison. »

Intellectuellement, il avait pas de psycho-affections graves. Il savait même à peu près lire.

Physiquement, on voyait qu'il avait été bien oxygéné. Quelques métaux lourds mais pas de carences. De vraies dents habituées à mâcher. De bons yeux habitués aux lux. Les réflexes de quelqu'un qui a grandi avec beaucoup d'espace autour. Pareil pour l'eau et les vitamines. C'était un gouffre. Je lui ai d'abord donné la dose habituelle des caves et il a commencé un scorbut, ce con. J'ai dû doubler sa ration. Il puait les hauteurs, quoi. Mais il avait pas été *fait et refait*. Rien. Ceux des tours l'auraient balancé dans une colonne de déchets.

NOUNA : J'ai tout appris à marquis. Je lui ai *tout* montré. Le plasma, les fards intelligents, donner un coup de poing en s'assurant avec l'autre, se faire des balafres au laser pour avoir cet air un peu Rat qui évite de se faire voler ses organes, maquiller la couleur de ses yeux, se mettre des trucs marrants dans le cortex, tout !

DELANGE : Marquis avait cette allure pas nette — j'ai compris qu'après. Il avait été élevé *à plat*. Des muscles de marcheur à plat, droit debout. Alors que dans les caves, on marche courbé. Et on se déplace à la verticale, en étirement. Il ressemblait pas à un suburbain non plus. Encore moins à un des tours ! Ceux-là, c'est des colloïdes. Une musculature bidon, sculptée au choc électrique. De l'adipocire, quoi. Hé, c'est comme ça, quand on passe son temps en immersion dans le Réseau, hein ? Les muscles fondent.

Je comprenais pas d'où il venait. Et les paroles de ses chansons étaient de la bouillie. Alors j'ai bien observé les visuels. Et j'ai vu — j'ai vu de l'Herbe.

J'ai compris d'un coup ce qu'il était. J'ai compris que j'avais donné asile à la copie conforme d'un maître des tours ! Ouep. Pas moins. Doublé d'un génie musical ! Et étiqueté « À vider avant le 12/01/2330 ». Grosse migraine.

NOUNA : Le problème avec marquis, c'est qu'il était *très* intègre. Pas question de lui ajouter des appendices rigolos ou de lui en enlever, houlala ! Pourtant, avec un peu de nez en moins, il aurait été beaucoup mieux. Pff. Rien à faire. Alors qu'il pouvait très bien le mettre en culture sous l'oreille, son bout de nez ! Au cas où il regretterait. J'y mets bien mon clitoris ! Vous voulez voir ?

DELANGE : Marquis avait des idées stupides. Par exemple, il trouvait que les caves étaient noires. Je lui disais de mettre son masque en infrarouge. Il répondait : « Mais ça, c'est une lumière qui vient de moi. Y a pas de lumière qui vient *à moi*. »

En plus, il arrêtait pas de déranger les autres au mauvais moment. Il a fallu que je lui explique, hein ? « Quand quelqu'un est immobile, semblant rien faire, c'est qu'il est sûrement immergé dans sa bulle perso ou dans le Parallèle, à mater un truc quelconque. Même s'il bouge pas les doigts pour coder. » Mais marquis s'en rendait pas compte. Je lui disais que ça se repérait aux mouvements des pupilles mais il avait du mal avec ça.

Il avait aucun sens du virtuel, quoi. Il percevait que la réalité matérielle — il était très paumé.

Il m'énervait.

NOUNA : Haï-delange a dit à marquis : « Tu mets tes cheveux en rouge », et il l'a fait ! Ça lui a donné un style path com-plè-te-ment passe-partout, pff. Marquis filait doux avec haï-delange, houlala.

DELANGE : Marquis était tellement con que quand il est arrivé dans les caves, il a même pas pensé à prendre un autre nom. Juré, hein ? Je croyais que celui qu'il m'avait donné était un pseudo mais non — même pas.

NOUNA : Je lui ai trouvé un rôle dans *25 anta-gonistes de l'histamine*, pour l'occuper. Il était sur une échelle et il avait juste à faire : « Oh ! Ah ! C5h9n3 ! » Il s'en tirait très bien.

En dessous de lui, sur l'échelle, il y avait orange qui sortait ses seins et qui les agitait. Hou, ça mettait fukuyama en rage, mais elle recommençait à *chaque* fois, tss. Du coup, pour la troisième répétition, fukuyama a scié un barreau sur deux. Ça arrivait souvent, des trucs comme ça ; c'était juste la façon d'être de fukuyama, et celle d'orange ! Mais marquis n'a ja-mais voulu remonter sur cette échelle. Il manquait d'humour, on va dire.

KLINE : Fukuyama avait jamais jeté un regard à marquis. Jusqu'à ce moment, on était en limite des caves, au *bain de soleil*, une ancienne cuve de phosphates que les acteurs avaient sécurisée pour jouer leurs nouvelles synesthé-sies. Ils étaient en pleine répétition avec ive, j'étais sur une corniche à côté de marquis qui grattait sa mire musicale, il essayait de recoder un de ses anciens morceaux, ce salaud delange arrêtait pas de lui dire que c'était ce qu'il devait faire parce que sa musique était si géniale, ouais ouais. Moi, je pensais juste que ça pouvait pas lui faire de mal tant qu'il gardait ça pour ses oreilles. Fukuyama est venu s'asseoir entre nous deux, il puait du tonnerre et il avait l'air de

mauvaise humeur. Il s'est tourné vers moi, il a
désigné marquis du pouce et il a dit :

— Il est mignon, non ? Il ressemble à silverussel.

— Non, oh non ! j'ai dit.

— Si, si, il lui ressemble ! Il est ratatiné
comme lui, tu trouves pas ?

— Oh non, j'ai dit. Marquis ressemble pas
au fœtus de nouna, pas du tout.

J'étais gêné pour marquis, qui faisait semblant de pas entendre. Fukuyama a posé la
main sur la cuisse de marquis et il lui a
demandé :

— T'es un fœtus, pas vrai ?

Marquis a bredouillé :

— Pas tellement, non.

Fukuyama a insisté :

— Mais si ! Tu es le fœtus chéri de delange.
Je t'ai vu avec lui. Mais lui, c'est un Rat ! Il est
poilu comme un Rat, qu'est-ce que tu fous avec
un Rat ? Ça te dirait, de devenir mon fœtus à
moi ?

Fukuyama s'est mis à respirer fort.

— Je te porterai dans mes bras, tu sais ? Je te
donnerai la tétée. Ça te dirait ?

— Euh, pas tellement, non, a répondu
marquis.

— Ça te plairait pas, que je te donne la
tétée ?

Fukuyama devenait carrément congestionné :

— Tu me ferais caca dans les mains et pipi sur les pieds, ça te plairait ?

— Ben pas tellement, non.

Fukuyama a fait la grimace, il m'a regardé et il a dit :

— Putain, les gosses d'aujourd'hui !

Il a donné une baffe méchamment vicieuse sur la tête de marquis et il a dévissé de la corniche. Il avait l'air vexé, ouarf ! Ce salaud delange est arrivé à ce moment-là, il a dit :

— Ça se passe plutôt bien avec fukuyama, j'ai l'impression.

Et marquis a répondu :

— Pas tellement, non.

IVE : Quand le porteur d'organes que vous nommez marquis m'a donné à percevoir son univers musical, ma troisième oreille s'est ouverte.

Les chants d'une viande en révolte.

KLINE : On dira ce qu'on voudra d'ive, mais il a vu marquis qui merdait sur sa mire, il a pris ses mémoires en main et il a recodé ça en un tour d'écrou. À partir de là, j'ai mieux compris ce que voulait dire ce salaud delange. J'étais même vexé de pas avoir compris avant. Cette musique était primitive, ouais ouais, mais elle avait du voltage.

NOUNA : Ils vous diront tous le contraire mais au début, tout le monde se fichait de la musique de marquis sauf *moi*. On allait dans mon alvéole, une ancienne lame de mémoire déguisée en aquarium, on lançait ses pistes et on dansait. Les visuels étaient émouvants — tous ces jolis gènes normaux même pas pubères, hou ! Mais personne n'a imaginé une *seule* seconde qu'ils avaient été tournés à l'intérieur d'une pension'. On imaginait les pensions'comme des endroits bien plus, houlala — *bien plus* dans le genre des tours ! Plus luxueux, je ne sais pas — pas ce ramassis de gamins avec des instruments matériels. Et les paroles ? Tss, franchement, qui se soucie du sens des mots ?

4

Grosse empathie

DELANGE : Quand marquis a eu l'air de s'être un peu intégré, je lui ai dit qu'il était temps pour lui de se mettre au tapin. Quoi ? J'allais pas l'abreuver indéfiniment, hein ? Et le cul génétiquement normal, ça se vend bien. Tant mieux pour lui, parce que capside et les autres me confiaient plus de mission, j'étais tricard, alors j'étais raide. Et je voyais mal marquis devenir un Rat — ni un acteur. Sa musique valait encore rien. Il était temps qu'il aille gagner son oxygène et il avait aucune compétence.

KLINE : Ce salaud delange m'a demandé de montrer à marquis comment isoler sa queue et ces choses-là, parce que, avant de trafiquer la psychotine, j'avais pas mal bu et respiré grâce à mon cul. Je lui ai dit que marquis avait qu'à passer dans ma planque — j'avais tendu un filet au-dessus d'un gouffre et j'avais lâché dans le vide un rotor de vieille laque anticollision fluo, les parois étaient couvertes de constellations, c'était rural ! Marquis a débarqué dans mon filet, il était tout pâle, je l'ai rassuré et on a baisé comme ça, au milieu des étoiles.

Mouais, ça allait, il était plus ignorant de nulle part, ce garçon.

NOUNA : Avant de me rencontrer, hou ! marquis suçait comme une fraiseuse.

KLINE : J'ai expliqué à marquis les arnaques, et surtout qu'il fallait jamais consommer un paiement avant de le tester, surtout l'oxygène parce qu'il y avait tellement d'arnaque à l'azote.

Je lui ai montré le métier. Mais il était encore bizarre et plus tard, il s'est mis à pleurer. Je crois que c'était à cause de ce salaud delange. Ce salopard avait sauvé marquis du terrible soleil, il s'était occupé de lui, il l'avait mouché, abreuvé, marquis s'était imaginé je sais quelle connerie qui allait pas avec le fait que ce salaud delange le vendait.

Ou c'était à cause de ce sens de l'intégrité physique que marquis avait, et qui était complètement en orbite, ouarf.

NOUNA : Marquis pouvait être odieux mais à cette époque, je n'ai connu que ses bons côtés.

Il venait me voir pour m'offrir des morceaux de mica qu'il trouvait dans les vieilles mines, ou n'importe quoi pourvu que ça brille, il était adorable. Il nattait mes cheveux, parce que je m'étais fait poser une touffe façon blanc mousseux et il aimait bien les tripoter. Il me disait, l'œil suintant, que ça lui rappelait le soleil, haha ! Mais venant de lui, c'était un compliment, donc je ne me fâchais pas.

Je n'ai connu de lui que ses côtés très, *très* gentils. Qu'il n'a plus *du tout* quand je le croise aujourd'hui, houlala ! Ça me déprime.

KLINE : Marquis supportait pas de devoir faire ce que ses clients lui demandaient. Obéir, c'était pas son genre. Il se sentait humilié, il me demandait si je me sentais pas humilié moi aussi — ce qu'il voulait dire, c'est qu'il avait du mal à bander et parfois, il est nécessaire de bander. Je lui disais que non, j'avais pas ce problème, parce que je demandais toujours le paiement *avant*. Je le plaçais devant moi et quand je me sentais mollir, je le regardais en me disant que ce serait *chiant* de perdre un si beau paiement. Ça semble bizarre, ouais ouais, mais c'est souverain contre la débandade, de penser au paiement.

Mouais, pour être sincère, le plus souvent, mes clients se contrefoutaient de ma bandaison.

NOUNA : Marquis me parlait souvent de haï-delange. Quand il parlait, c'était de lui. Enfin, d'elle, vu qu'haï-delange était androgyne mais que marquis ne voyait que sa chatte. Je ne comprenais pas ce que marquis trouvait à ce petit Rat, à part qu'il était moins difforme qu'atrésie des choanes, pas de doute, hou! Une gueule vicieuse de chinois, la peau jaune pisse de foie malade, un visage en triangle, trois cheveux sur la tête et six mamelons, pss, *franchement*, il lui trouvait quoi? Il en parlait tout le temps. Où il parlait. Ce qui ne faisait pas lourd.

DELANGE : Marquis était pas un bon tapin, hein? Il a mordu un Rat, un con que j'ai dû dévisser parce qu'il faisait un scandale. Un con qui cherchait un prétexte pour piquer son intestin grêle à marquis, quoi. Je l'ai dévissé, et j'ai envoyé marquis bosser ailleurs.

NOUNA : Marquis a fini par prendre du champ vis-à-vis de haï-delange, ouf! Je lui ai dégotté un boulot dans les caves. Il triait les vitamines des silices chez un receleur de pavés. Ça lui suffisait à *peine* pour respirer. Heureusement que sa musique a marché, houlala.

DELANGE : Les tendances naissent dans les tours, descendent à la suburb et finissent dans les caves, quoi? six mois plus tard. La lumière molle, c'est devenu tendance dans les caves avant que marquis me tombe du ciel. Autant dire qu'au même instant, tout ce foutoir au plasma, c'était déjà du passé dans les tours. Et donc dans la suburb. La suburb faisait un sacré complexe par rapport aux tours, vous vous rappelez ? Les suburbains étaient toujours à courir pour rattraper la dernière tendance.

NOUNA : Les suburbains se prenaient pour des snobinards mais tss ! ce n'étaient que-des-pro-duc-tifs.

DELANGE : C'est à cause de ce retournement de tendance que la musique de marquis a marché. De la musique jouée par des mains avec des mots chantés par une bouche, quoi. Retour au manufacturé. C'est toujours comme ça, les tendances, hein ? Cycliques. Marquis est arrivé au bon moment, avec ses chansons dégoulinantes de sentiments, ses visuels *réalité matérielle* — et ses sons d'accident de surf.

KLINE : Ive a modernisé le format de la musique de marquis et ensuite, j'ai essayé de remonter tout ça de façon plus serrée, mais ce salaud delange était chiant comme une carie ! Pour lui, marquis était *son* antiquité, *sa* prise, et la musique de marquis était à lui comme la queue et le cul de marquis. Il m'a fait chier pour la mise en forme, il voulait un montage par citations brèves et un montage par citations longues, il voulait une meilleure définition des paroles, il voulait un chargement itératif sur le Parallèle, il m'a fait chier, ouais ouais.

À la fin, je lui ai dit : « Hé ! si tu sais faire mieux que moi, surtout te gêne pas ! » et je lui ai balancé la mémoire dans la gueule. Ce qui fait que j'ai jamais touché un yuan sur mon travail, ouarf. Bien joué.

NOUNA : Fukuyama s'était mis en tête de ne se torcher qu'avec du Papier. Tss. Tout le monde — enfin, tout le monde qui avait un anus, se torchait avec ce qu'il trouvait. Avec de la limaille, avec des gravats, avec les doigts. Certains avaient même des torcheuses à ultrasons, même si personne n'avait ces trucs des tours, ces *merveilleux* nanomerdophages qui traquent le caca jusque dans les plis. Mais fukuyama voulait — houlala, il *voulait* se torcher avec du Papier. On trouvait parfois du Papier sous le terrible soleil. C'est comme ça que haï-delange a acheté ses accès au Parallèle à fukuyama et qu'il a chargé la musique de marquis dessus. Son pote double-brin a actionné ses réseaux promotionnels dans la suburb, ils ont monté tous les deux une société de droits et ça a marché !

KLINE : Ce salaud delange a créé une société de droits en secteur suburb — où il était seul des caves en nom, tu saisis ? C'est-à-dire, sans marquis, ni moi, ni aucun des caves, ouais ouais.

DELANGE : D'abord, j'ai lancé sur le Parallèle des morceaux pas très explicites. *Va pisser, désir sadistique* ou *rumeurs*, avec des visuels fouillis. Tout le monde a demandé : « Mais qui c'est, ce type ? Qui sont ces gens ? » Ça a bien plu. On a commencé à parler de marquis un peu partout. Dans les caves mais aussi dans la suburb.

NOUNA : Ça a asphyxié pas mal de monde, oh oui ! qu'une épave des caves devienne quelqu'un de célèbre.
Mais que marquis devienne célèbre à ce point, ça, *personne* ne le prévoyait. Pas même haï-delange, qui a pourtant toujours eu un ego large comme mon vagin.

KLINE : Quand marquis a chanté pour la première fois *en vrai*, au *bain de soleil*, sur les pistes sonores que j'avais retapées, fukuyama a fait une présentation, genre : « Il tapinait dans les caves, les acteurs l'ont pris sous leur protection et maintenant, il est la *voix* des caves », et ça a pas mal mis les nerfs à marquis, mouarf ! À moi aussi, ça m'aurait mis les nerfs, si j'étais arrivé devant un public comme artiste, et qu'on m'avait présenté comme un suceur de moignons.

MILLER : Marquis est un vrai artiste ! Vous l'avez déjà croisé, non ? Alors vous savez qu'il est totalement répugnant. Il est laid. Il a les cheveux comme de la fibre optique. C'est un amas d'organes au naturel. Marquis est la preuve que la nature naturelle est un pur cauchemar. Marquis est l'argument ultime pour se faire *faire et refaire* ! Et puis il est renfrogné. Il est maladroit. Il est triste. Il est larmoyant. Marquis est répugnant, et c'est un génie ! Quels yeux ! Quelle façon de bouger ! Quelle musique ! Marquis est un affreux pathogène — marquis est un vrai artiste. Citez-moi un seul vrai artiste qui ne soit pas répugnant.

IVE : Marquis est suintant.
« Tiens, aujourd'hui je n'ai plus de foie, papa avait si soif que ça ? »
MAIS QUE LA HAINE SOIT !
Les mots de marquis sont suintants.
Marquis est au-dessous de son art comme ses mots sont au-dessous de sa musique !
Car sa musique est HAINE.
Marquis n'a jamais compris la force salvatrice de sa HAINE !

KLINE : Dès que les gens ont commencé à s'intéresser à lui, marquis s'est entouré des pires rebuts des caves, ouais ouais. Il devait se dire : « Oh ! je suis un renégat, je suis un amas d'organes, je suis vivant alors que je devrais être mort, donc je vais m'entourer de tout un tas d'imbéciles, comme ça je serai très malheureux et ça me fera les pieds. »

NOUNA : Marquis a rencontré cette deletion, hou ! Une exencéphale. Il lui manquait la moitié de la boîte crânienne, on voyait son cortex faire des bulles à travers une coque de fibroverre, berk !

DELETION : J'ai entendu marquis chanter avant de le rencontrer. Pour moi, il incarnait un mélange spécial de nature naturelle — il n'était même pas *fait et refait* — et de virtualité pure — il ne ressemblait à rien. On ne comprenait rien à ce qu'il chantait, ce qu'il faisait ne rappelait rien de connu, il venait de nulle part — et il était comme ça *en vrai*. Ni Rat ni *fait et refait*, mais il levait vers vous ce regard étrange sous ses cheveux rouges — il y avait un trou noir dans chaque orbite.

Je me suis approchée de lui et je lui ai dit : « Tu me fais penser à dolhen, tu sais ? »

Il m'a répondu : « Ah bon ? »

— Ouais, j'ai dit. J'imagine que tu admires dolhen ? Comme tout le monde ici.

— Ah bon ? » il a dit.

C'était un gros ignare, ce garçon, n'est-ce pas ? Ne pas connaître dolhen dans les caves, ça ressemblait à quoi ? À rien.

KLINE : Marquis a commencé à prendre de l'assurance quand il chantait. Parfois, il se souvenait plus des paroles, il disait : « Et merde, j'ai encore oublié ces putain de paroles. Mais vous vous en foutez, non ? Qu'est-ce qu'on en a à foutre, des paroles ? » et je retrouvais celui qu'on voyait sur les visuels qu'il avait apportés avec lui. Laid, lascif et rageur. Mouarf ! Une Bête, c'est certain.

DELANGE : Ensuite j'ai balancé sur le Parallèle des chansons plus explicites. *Pension' scansion, mes tes leurs nos rognons* et surtout *oh non pas l'œil !* Avec des visuels où on voyait l'Herbe. Là, d'un coup, tout le monde a compris qui était marquis. Qu'il était un clone, un de ces pensionnaires dont on savait rien à part qu'ils existaient. Un mythe, une espèce de lien entre les hauteurs des tours et la misère des caves. Là, ça a été du délire. Marquis était une victime des tours, il gueulait sa rage et il faisait ça bien. Grosse empathie suburbaine, franc succès.

Comme si les maîtres de la suburb élevaient pas leurs propres clones, hein ?

Les tours ont dû être au courant au même instant — les tours ont toujours espionné la suburb.

J'ai fourré marquis dans une alvéole pour le mettre à l'abri. Je jouais très serré, quoi.

KLINE : Non, j'avais rien compris avant. D'où venaient les gens qu'on rencontrait dans les caves ? Tu crois qu'on se posait ce genre de questions ? Mouarf. La vraie question, c'était plutôt : « D'où vient mon iféine ? » Beaucoup plus vitale, comme question.

NOUNA : Oh, moi, je pense que je m'en doutais mais que je m'en fichais. Ce que je savais *parfaitement*, c'est que marquis était comme moi : un gamin mis au rebut par des géniteurs — hou, je n'ai pas de mots, des géniteurs à recycler en fumure à Champignons, c'est tout !

Mais je prenais ça avec beaucoup plus d'humour que lui, c'est sûr.

5

Crépinette de cervelle

DELANGE : Apinic est entrée en contact avec moi. Apinic, pour moi, c'était comme les pensionnaires : une blague. Jusqu'à ce que je la voie *en vrai* : c'était une masse. Elle m'a impressionné.

APINIC : Au-delà de ce qu'il a fait, delange est une personne profondément rationnelle.

DELANGE : Je connaissais les problèmes de la suburb avec son université — cet état dans l'état, quasi en sécession. *Jiao tongji.* La subuniversité, les scientifiques contre les politiques. « Encore des connards qui se gargarisent de path », je me disais. Le foutu côté intègre, « Non à la tyrannie », « La science au service de l'humanité ». Je pensais que c'était une bouffée d'azote, tout ça. C'était ça, d'ailleurs. Mais apinic y croyait, quoi. Et elle a eu les tripes de

venir me trouver dans les caves. C'est pas capside qui l'aurait fait, hein ?

APINIC : Je suis allée voir delange dans les
caves. Ça ne me changeait pas tellement de
dixia yixia. De toute façon, n'importe où sous
terre, c'est la même merde. Et au-dessus, quoi
qu'on dise, ce n'est pas mieux. Toute la suburb
fantasmait sur les tours mais c'est un mouroir
à drogués. Des types qui mort-vivent dans le
Réseau, des types qui se sont mis sous perfusion
pour ne plus avoir à sortir d'immersion. Pour
ne plus jamais être obligés d'émerger dans le
réel. Pour ne plus voir *en vrai*, par leur fenêtre,
le ciel jaune et le terrible soleil.

Delange, lui, est capable de regarder autour
de lui et de dire : « Ah ouais, c'est comme ça ?
On va faire avec », mais pas eux. Et pas moi.
Moi, ça me met en rogne. À *chaque* seconde.
C'est le prix que doivent payer ceux qui savent.
Comment c'est arrivé, *comment* c'était avant et
ce que ça aurait pu être.

DELANGE : Au fond de l'alvéole où je l'avais
planqué, marquis s'est mis à avoir une opinion.
Il s'est vu important et ça lui a donné des idées.
Il voulait se servir de sa notoriété pour, hé ! *aler-
ter l'opinion publique*. Sur le sort des clones,
quoi. Ha. L'opinion publique, hein ? Elle était
alertée, l'opinion, puisqu'elle écoutait ses chan-

sons. Sa réaction, à l'opinion publique ? Trémousser du cul.

APINIC : J'ai vu delange et je lui ai dit : « On va te proposer beaucoup pour marquis. Il y en a au moins un dans les tours qui veut le récupérer pour le vider, et il a énormément de pouvoir. Il y en a d'autres au même endroit qui veulent le récupérer pour le jeter dans une colonne de déchets, et ils ont autant de pouvoir. Il y a tous ceux de la suburb qui en ont déjà fait un symbole contre les tours. Et tous ceux de la suburb qui veulent le vendre aux tours. Auprès de tous ceux-là, tu obtiendras du fric, et un tir sonique dans le dos. Moi, je n'ai pas tant de fric, mais j'ai une idée. Je te propose de venir à jiao tongji, et de te montrer. »

DELANGE : Je lui ai dit, à marquis : « De toute façon, le vieux salopard qui fait pousser son clone, il en a quoi à foutre, de l'opinion publique, hein ? »

APINIC : Cette année-là, les tours touchaient presque à leur but. Le *transfert*. C'était un sacré progrès. On ne s'en rend plus compte aujourd'hui mais sur le moment, ça m'a vraiment cassé le moral.

DELANGE : Je lui ai dit, à marquis : « Tes copains seront sauvés quand on piquera le pouvoir aux salopards des tours. À ce moment-là, on en reparle. »

APINIC : Vous savez où était le vrai problème, dans le transfert ? À part la plasticité synaptique, dont ces connards des tours n'avaient que foutre ? La névroglie. Les neurones sont de braves soldats mais leur tissu porteur vieillit mal. Transférer un vieux cerveau pourri dans un corps jeune, ça foirait systématiquement. Quand les tours ont fini par piger comment contrôler la névroglie, ils ont pu transférer les cerveaux. Ils auraient dû appeler ça « crépinette de cervelle ». Mais ça sonne moins bien que transfert.

Quand j'ai appris que ces bicentenaires pleins de fric pouvaient retrouver la fraîcheur de leurs vingt ans sans rien perdre de l'égoïsme de leur étage, j'ai eu un vrai moment de blanc. Les *mêmes* mecs qui avaient détruit la planète pendant deux siècles se retrouvaient en position de finir le travail !

DELANGE : Le pire, c'est que ce moment-là est venu — grâce à marquis. Il l'a fait, quoi. À la fin. Sauver ses copains.

APINIC : J'ai expliqué à delange : « Nous, à l'université de jiao tongji, si on a les moyens financiers, on peut contrôler les télomères. Nous, à jiao tongji, on peut faire que *tout le monde* vive éternellement [N.d.T. : yongyuan]. En utilisant la télomérase, qui rend les cellules immortelles. Pour le moment, les seules cellules immortelles qu'on arrive à fabriquer, ce sont des cellules cancéreuses. Parce qu'on manque de moyens. Dès qu'on les aura, on réglera ce problème. On en est tout près. Ce qui nous manque, c'est marquis. C'est toi. Pour qu'il n'y ait pas que les assassins des tours à vivre éternellement. Pour que *tout le monde* soit aussi immortel qu'eux. Pour que tout le monde ait intérêt à ce que la planète s'en sorte. Et parce que *yongyuan* sera LA découverte de la suburb. Ceux des tours descendront *jusqu'ici* pour nous supplier de leur donner yongyuan. Nous retournerons à la surface sans qu'ils osent tirer à vue, et nous ferons ce qu'il faut faire. Nous ferons ce qu'ils *refusent* de faire depuis des siècles : Nous rendrons la vie à notre planète. Et les tours accepteront. En échange de l'immortalité. »

J'y croyais, c'est clair ? J'y crois encore.

DELANGE : Elle m'a plu, apinic. De toute façon, y a qu'elle qui avait vraiment l'intention de parvenir à un accord avec moi. Les autres voulaient juste parvenir à me faire sortir de ma planque à coups de promesses. Les autres, envoyés de la suburb et des tours — ils pouvaient pas me donner de garantie valable. C'est comme ça, quand on est trop pourri, hein ?

Bien fait pour leur gueule, quoi.

APINIC : J'ai contracté un engagement avec delange pour qu'il soit parmi les premiers à bénéficier de yongyuan. Et il m'a suivie à jiao tongji.

NOUNA : Peu de temps après notre départ pour jiao tongji, il y a eu un lâcher de gaz rongeants dans nos caves, *pile* entre waibaidu et jinling donglu. Fukuyama a dû se payer des mains et ive, des yeux — mais orange a été dissoute.

Personne ne durait très longtemps, dans les caves, je suis la première au courant, mais les gaz rongeants, houlala — c'est pire qu'une nuée ardente. Vous avez déjà vu ça, une attaque par gaz rongeant ? Vous avez vu votre ventouse fondre soudain sous votre nez, comme de la glace ? Bande d'enfoirés.

6

Dixia yixia

LINERION : Quand j'ai appris que marquis était descendu à dixia yixia, j'ai dit à vite-vite : « Oué, ce type est génial ! Allons le voir et lui parler. » Ça s'est fait comme ça.

VITE-VITE : Quand j'ai vu marquis pour la première fois, il était assis dans un labo avec d'autres gus et ils parlaient de bites. De grosses bites, de petites bites, de multibites. Je me suis dit : « Booon ! Il n'est pas si bizarre que ça, ce garçon. »

DELANGE : Dixia yixia était mieux que ce que j'avais imaginé. Ça croulait pas sous l'eau mais c'était respirable. Et éclairé. Le dessous de la suburb craignait moins que son dessus, quoi.

C'était un campus. Ses habitants étaient plus ou moins censés étudier une chose ou une autre — mais beaucoup étudiaient surtout la psychotine.

VITE-VITE : Marquis est arrivé à dixia yixia avec un Rat, deux grands monstres à cheveux jaunes et un petit sans scalp : le groupe de marquis. Haï-delange, nouna, kline et deletion, tous dégoulinants de germes, d'étincelles et d'iféine, ce succèèès !

DELANGE : Apinic avait toujours un œil sur dixia yixia. Pour elle, dixia yixia était plus que la cité universitaire de jiao tongji. C'était un refuge pour génies miséreux. Là-dedans, on devait tous être solidaires. Pas forcément productifs, mais on devait au moins réussir à vivre ensemble. Sans que ça tourne au chaos des caves, ou à la dictature de la suburb. Apinic y croyait. C'était de la foutaise mais dès qu'un habitant de dixia yixia se la jouait pas trop solidaire, apinic en personne allait le voir. Alors évidemment, ça fonctionnait. Et du coup, apinic était persuadée que la solidarité était possible. C'est bête, hein ?

LINERION : C'est moi qui ai interrogé marquis, waha ! Dans ce labo. Je n'étais pas au courant que marquis ne parlait jamais donc je l'ai fait parler. La *seule* capture de marquis à dixia yixia ! On s'est posés devant quelques-uns de ses vieux visuels et il a lâché ces commentaires sur sa pension'. Quel honneur, mec !

VITE-VITE : Son truc, à marquis — ses chansons, ça ne se faisait plus du tout ! Jouer soi-même en parlant de sa vie *en vrai*, c'était complètement antique.

Mais ça a réuni les gens et là ! là, ben ils ont commencé à s'amuser. Ça avait un côté complè-tement réel !

LINERION : En plus, quand j'ai demandé à marquis si je pouvais lui capturer quelques mots, c'était seulement un vieux prétexte pour l'aborder, oué ! Je n'en avais rien à foutre, en fait.

NOUNA : Ne croyez pas que tout était air pur, à dixia yixia. Ces gens-là étaient extrêmement coincés, pff. C'est sûr que les habitants étaient moins monstrueux et l'air plus respirable que dans les caves, mais quel ennui ! Ma multi-sexualité était très mal vue, là-bas. Mes plaques de tissu glandulaire, pareil. Silverussel, hou ! j'en parle même pas. Ma poche gastrique, houlala !

KLINE : Mouarf, à dixia yixia, nouna a commencé à en faire trop direct. Dix minutes après notre arrivée, à peu près.

NOUNA : Dixia yixia, c'était *juste* le coin où les chercheurs de jiao tongji venaient se défon-

cer entre deux découvertes et où les cancres se
cachaient pour mourir. Ces intellectuels passaient leur *temps* immergés dans le Parallèle ! Et
ceux qui n'en avaient pas les moyens codaient
autour d'eux une *jolie* petite bulle perso avec de
jolies couleurs, de *jolies* musiques, tout le tralala,
et allaient se défoncer à la psychotine, hou !
Comme ça, ils étaient sûrs d'être à l'abri de
toute rencontre *en vrai*. Des rêveurs, tous !
Dixia yixia, c'était un rêve endormi.

TIOURÉE : À dixia yixia, il y avait un complexe scientifique, le *faxian-dixin*, avec des labo-
ratoires vides, et on s'y rencontrait *en vrai* pour
faire des échanges de vitamines ou autres. Dans
un des labos au zénith, qu'on appelait le *cabaret*
parce qu'il y avait une fontaine à boissons, on
se retrouvait pour faire de la scansion, cnafet y
était souvent. Dans un autre labo, c'était plutôt
des trucs de groupe, partouze ou tui shou.

NOUNA : Les gens du faxian-dixin avaient
quand même un petit côté, hm, chaleureux ?

TIOURÉE : Le faxian-dixin était globalement
moche et ça sentait la potasse, mais on y allait
parce qu'il y avait des échanges réels — même
si c'est plus fatigant que les échanges virtuels
du Parallèle parce que tu ne peux pas te barrer
comme ça, et aussi tu communiques avec telle-

ment moins de monde en même temps, mais c'est plus excitant, d'une certaine manière — et ça coûtait moins cher.

C'était un lieu particulier, tu y allais pour faire ton truc, et puis tu t'attardais pour parler ou autre chose — il fallait bien rester quelque part, n'est-ce pas ?

LINERION : Marquis s'est posé au faxian-dixin et il s'est tout de suite fait des ennemis ! Marquis était sauvage, et il n'était pas poli. Il gueulait : « Hé, bande de plasmides ! Vous pouvez pas lâcher vos bulles pour écouter l'air ambiant ? » Il comprenait mal qu'on se déplace chacun dans notre petit monde. Moi, c'était bien la première fois qu'on m'expliquait que j'étais dans mon petit monde et qu'il y en avait un autre plus grand tout autour ! Je croyais que c'était juste l'inverse, wahaha !

NANOU : Je me souviens que linerion m'a demandé, de son petit ton de lettré : « Ta coiffure, elle est, hm — mais à la fin, *qui* s'occupe de tes cheveux ?

— Marquis », j'ai répondu.

C'était la limpide vérité.

LINERION : Marquis était si fabuleux qu'à le regarder jouer, on croyait que c'était facile. Il nous a tous décomplexés ! Au fond, on rêvait

de sortir de notre bulle et d'être admirés *en vrai*.
Qu'on nous arrache notre combi *en vrai*, avec
de vraies mains, oué ! Et tant pis pour les germes et la pudeur, mec !

VITE-VITE : Marquis était un vrai gros crado,
aha ouiiii !

LINERION : Marquis touchait sa peau en
public, il pétait, il mettait une odeur de cave
dans le campus, je peux vous dire ! Et même
s'il n'y pensait pas du tout, il avait quelque
chose de path dans l'esprit. Et quelque chose de
dolhen. Pas ces espèces d'images de moralistes
tyranniques qu'on en a fait, mais le vrai dolhen,
et le vrai path. La sale gueule de dolhen, et les
hurlements de haine de path en train de crever
lentement dans son cercueil de fibrociment,
sous le regard des tours !

DELANGE : Linerion voulait être marquis,
hein ? Et linerion n'a jamais réussi à être marquis parce que linerion était un ostéoporeux de
la suburb alors que marquis était un sac à foutre
des caves, c'est tout.

LINERION : On s'est retrouvés autour de la
fontaine à calories du faxian-dixin avec marquis, haï-delange et kline. On a parlé musique
et instruments de musique matériels et j'ai dit

que ouais, oh ouais ! je savais jouer des basses.
C'était pas que faux ! Ça faisait au moins six
heures que je m'entraînais. Haï-delange a dit à
marquis : « Bon, eh bien voilà tes basses. » Je
n'avais même pas pigé que j'entrais dans le
groupe de marquis, waha ! J'étais si stupéfait
que je n'ai pas réussi à dire non. J'allais le dire
mais c'est pas sorti !

VITE-VITE : J'ai joué une ligne de haute et j'ai
cru que marquis allait me cracher dessus mais
pas du tout, en fait. Enfin si : il a dit : « Oaaah,
ça ira », et il a craché sur mes pompes.

LINERION : Marquis a écouté comment je
jouais des basses et il m'a dit : « Casse-toi. »
J'ai quitté le faxian-dixin, j'ai appuyé ma tête
contre un mur et j'ai pleuré pendant une
demi-heure !

VITE-VITE : Quand j'ai décroché le job, nouna
m'a sauté dessus, m'a empoigné le cul et m'a
sauvagement embrassé sur la bouche ! J'ai levé
le genou pour lui exploser les organes, genre
réflexe, et puis non. J'ai redescendu mon genou
dou-oucement. Je ne savais pas trop ce qui
aurait explosé, c'est ça.
On est tous allés se biturer au *cabaret* et j'étais
entre nouna et kline. Kline a commencé à me
caresser la cuisse en rigolant et je me suis dit :

« Super ! J'en ai deux sur le dos, maintenant. Un pour chaque fesse. »

NOUNA : Linerion est un petit snobinard mais vite-vite est malin comme un juriste.

LINERION : Après avoir bien pleuré, je suis allé m'entraîner aux basses. Parce que j'étais quand même certain d'une chose : j'étais peut-être nul, mais personne n'était moins mauvais que moi sur cent miles de diamètre ! Les lignes de basse à la main, ça ne se pratiquait plus tellement !

Et finalement, c'est ce qui s'est passé. Marquis m'a recontacté.

DELANGE : Je me suis posé au faxian-dixin et j'ai attendu qu'apinic fasse signe à marquis. Ça a été bref — petite séance d'identification.

Mettre la main sur le clone d'un maître des tours, c'est comme dégoter la clef de son compte en banque. En plus compliqué puisque l'identification, à ce niveau-là, se fait pas que sur l'adn, hein ? Elle est aussi palmaire, oculaire, posturale et autres machins. Mais l'adn, c'est fondamental. Et l'équipe d'apinic était pas manchote, quoi.

J'imagine que le géniteur de marquis avait prévu le coup, alors apinic a pas eu accès à tout. Mais elle a réussi à détourner ce qu'elle voulait

— un gros flux d'argent bancaire. Pas nos vul-
gaires yuans. Des lignes *bancaires*. L'argent des
riches. Assez pour se payer le matériel dont elle
avait besoin. Un pisteur d'attrition télomérique.

Ensuite, ça a été rapide. Deux ans pour mettre au point yongyuan.

7

Stolon-bis

LINERION : Marquis a monté son groupe et on a commencé à répéter. On a commencé à jouer, et certains disaient que c'était encore plus fabuleux que les visuels de la pension', oué ! D'autres disaient que c'était de la merde, tout était normal.

Et on a commencé à se défoncer plus qu'avant, parce que marquis était un vrai drain à défonce ! Tout le monde lui en filait, et de la bonne. Le petit jikken des rythmes, il n'avait pas tant l'habitude que ça. Il a mélangé la psychotine et l'iféine et quand son nanocontrôle a cherché à neutraliser le mélange, il l'a shunté ! Par là-dessus, il a bu comme un puits.

VITE-VITE : Ni marquis, ni nouna, ni aucun de ceux-là n'avaient de nanocontrôle médical. Ça, quand je l'ai appris, ça m'a clou-é ! Tu te rends compte ? Ils se défonçaient au jugé, ils se soignaient au ressenti !

LINERION : Nouna m'a contacté. Il m'a réveillé. Il m'a dit : « Le petit jikken est au faxian-dixin. Viens. » Je ne voyais pas l'urgence. Le faxian-dixin, je venais d'y passer douze heures et je ne me souvenais pas précisément des dix dernières ! Mais j'y suis allé, à cause du ton du message. Il manquait des trucs comme « Ma prothèse », ou « Remue ta queue ». Le ton était trop sérieux pour nouna, voilà !

Je suis allé au faxian-dixin et on m'a appris que jikken était mort. On l'avait trouvé raide mort *en vrai*.

NOUNA : Le petit jikken était un Singe, un Cochon, une gorgée d'eau potable. Il était si *adorable* !

VITE-VITE : Jikken est le premier mec de dixia yixia avec qui je me suis frité. J'étais descendu là à douze ans, avec un certificat comme quoi j'étais salement abandonné et pas trooop con, mes géniteurs étaient morts dans une mine de tantale — un raid dongxiang. J'étais sur le quai du descenseur avec mon paquet et jikken était là. Il m'a demandé de l'eau, j'ai dit que j'en avais pas, et vu qu'il parlait une espèce de wu moisi et moi, un mandarin pas très pur, il a mal compris. Il m'a sauté à la gueule. Comme ce crétin avait deux ans de moins que moi, je l'ai étendu et on est devenus potes. Il est resté le même, jikken, tout le temps de sa vie : toujours prêt à sauter sur plus costaud que lui !

KLINE : J'étais au *cimadur*, une fontaine à boissons, cette conne de deletion m'a contacté : « Hé ! devine qui vient de mourir ? »

Ouarf. Tu as déjà entendu une question aussi conne, toi ?

VITE-VITE : Il a fallu que j'annonce la nouvelle à chibi, la petite sœur de jikken. Je n'ai jamais entendu quelqu'un huuurler si fort — même marquis.

LINERION : Étouffé par son propre vomi. À l'antique, oué ! J'arrivais pas y croire.

TIOURÉE : Marquis est allé voir chibi, la sœur de jikken, qui hurlait et qui hurlait ! Il a foncé sur elle, il l'a prise dans ses bras sans sommation et il l'a serrée fort ; j'étais un peu choquée mais j'étais émue. Il l'a balancée dans ses bras, comme ça, il pleurait avec elle, ses cheveux rouges collaient sur ses joues, ça m'a vraiment excitée.

VITE-VITE : Marquis a mené le deuil avec chibi, on l'aurait cru de la famille ! C'était touchant — paaas très normal mais touchant.

CHANG : J'ai pris la place de jikken. À cette époque-là, je faisais la manche en jonglant avec des lasers et je me faisais vachement mal avec ça. J'avais été jeté de mon labo et j'étais désespéré et j'étais complètement raide, du coup je bouffais ces trucs publicitaires et personne voulait de moi nulle part parce que mon estomac passait des pubs hyper-bruyantes.

NOUNA : Chang ? Houlala. Une autocatastrophe.

CHANG : Quand je suis arrivé devant marquis, j'avais du mal à rassembler mes couilles. J'avais les mains qui collaient tellement j'avais peur que marquis veuille pas de moi. Oh ouais, c'était pathétique ! C'était tellement mon rêve, ce groupe.

À la fin, marquis a regardé kline qui a fait oui de la tête, et ça y était : j'étais du groupe de marquis !

Haï-delange menait les affaires du groupe mais niveau musique, le vrai organisateur, c'était kline. Il a l'air un peu irradié comme ça, avec ses grandes paluches et son menton baveux, mais il tenait tout le truc.

SUZA : Quand je suis allé écouter le groupe de marquis à l'amphithéâtre du faxian-dixin, j'ai d'abord vu plein de monde en plein délire.

Dès le hall, c'était rempli de gens défoncés et couverts de fluorides ; ça hurlait en lançant des étincelles dans tous les sens. J'ai cherché le groupe et j'ai mis mille ans à le trouver parce qu'il était au milieu de la foule. C'étaient les mêmes. L'amphithéâtre faisait comme un rotor tapissé de fêtards et au centre, parmi ceux qui se tortillaient en rythme, il y avait marquis et son groupe. Un fêtard, un musicien, un avatar à deux têtes, un fêtard, un Acarien plasmatique, un musicien, un fêtard.

Au début j'ai eu du mal, parce que chacun était très près de l'autre et j'avais l'habitude qu'on respecte ma bulle. J'avais besoin d'une distance de sécurité. Je venais de la suburb politique, renmin ribao, quartier politique dur. Un policier tous les deux pas et pas n'importe lequel : un *refugee*, police politique de pointe.

NOUNA : Suza ? Hou ! Un tyran dans le cul.

SUZA : Je venais de là, la suburb politique, alors j'étais très, très parano. Et au faxian-dixin, on était si proches des autres qu'on *sentait* carrément leurs odeurs corporelles. Comme si c'était normal, comme si les germes n'existaient pas, comme si les radiations n'existaient pas, comme si les mouchards et les tueurs n'existaient pas. J'ai eu peur, au début.

Heureusement, au bout de quelques minutes, l'énergie a tout défoncé et je suis entré dans la vraie vie.

C'est pour ça que le groupe de marquis est resté *le groupe de marquis*. Il aurait pu s'appeler *stolon-bis* ou je ne sais quoi, mais c'était juste le groupe de marquis. C'était marquis et tous ceux qui se regroupaient autour de lui, tous ceux qu'il entraînait.

KLINE : Marquis était de plus en plus bruyant et sa musique se répandait dans l'espace sonore de tout dixia yixia. Des juristes ont commencé à demander des comptes à ce salaud delange sur l'air de : « Mouais, vous troublez le repos de mon client machin laoshi, il estime le manque à gagner à tant. » Ce salaud delange avait un truc : il leur racontait ce qu'on faisait aux mouchards dans les caves. Tu connais ce salaud delange ? Mouais, il leur parlait comme ça. Machin laoshi se calmait un moment. D'un autre côté, tu connais les juristes ? Ouais ouais, au bout d'un moment, il a bien fallu trouver une solution.

DELETION : Un juriste, vous savez, c'est capable de vous obtenir en moins de deux heures une *prise de corps pour cause réelle et suffisante*, surtout sur quelqu'un — sur quelque chose comme marquis, qui n'avait pas de cohésion légale. À partir de là, n'est-ce pas, marquis n'aurait plus été que du matériel à conciliation, négociée par on ne sait qui avec on ne sait qui.

DELANGE : Apinic avait du cran mais les autres subuniversitaires étaient décalcifiés, quoi. Ils voulaient bien de marquis mais en virtuel, hein ? On a commencé à leur faire peur avec notre bruit, alors ils nous ont enfermés au faxian-dixin.

8

Confortablement enterré

VITE-VITE : Marquis a mal avalé d'être confiné au faxian-dixin. Il était déjà raide en permanence mais là, ça s'est encore aggravé. Je l'ai vu remonter toute la rampe d'accès à quatre pattes, c'était pa-thé-tique ! Je l'ai remis debout un sacré nombre de fois. À ma grande honte, c'est vrai qu'au bout de ce sacré nombre de fois, j'ai fini par faire comme les autres : je le laissais à quatre pattes et je me foutais de sa gueule !

LINERION : Marquis a commencé un truc étrange : il a commencé à se mutiler sur scène. Pas au laser ! Au matériau inerte. Du coup, ça pissait le sang ! On trouvait tous ça si *étrange* ! Oué, se tailler la viande, qu'est-ce que ça avait de scénique ? On faisait ça tout le temps ! En laissant moins de marques, c'est sûr.

NOUNA : Je passais mon *temps* à le suturer, ce petit. Et pas question de pseudo-peau ! Ça lui faisait des tas de cicatrices et en fait — hou, c'était pas mal sexuel, vous savez ?

KLINE : Marquis était à quatre pattes une fois de plus, il avait des bosses et des plaies, et cette fille s'est mise à genoux à côté de lui. Elle s'est mise à s'occuper de lui, mouarf ! Elle était du genre qui te tapote le front.

La nouveauté, c'est que marquis lui a pas roté à la gueule.

NOUNA : C'était ce style *fait et refait* qui se balade en kimono blanc avec un slogan « J'aime les hanbok à pois », tss. Un style contrariant. Une vraie beauté, je dois admettre.

SUCRE : Marquis s'est écroulé dans mon alvéole, je crois qu'il avait simplement besoin de faire une pause. Je pensais qu'il allait me sauter dessus mais à la place, il a bu toute mon eau, dévoré toutes mes calories et il s'est endormi. Il a dormi trente heures ! Et quand il s'est réveillé, il a essayé tous mes vêtements !

Ce qui est étrange, c'est qu'il a absolument voulu couper tous les flux dans mon alvéole. Tous les sons, tous les visuels ! Ça ne m'a même pas énervée, de décrocher quelques heures du Parallèle. Simplement, ça m'a fait drôle ! Ces parois inertes, cet horizon bref, cet air vide. Marquis était vraiment tout seul, il vivait dans le silence et l'immobilité, lui qui faisait tant de bruit avec tant de gens !

KLINE : Pour une fois que quelqu'un réussissait à neutraliser marquis plus de dix minutes, mouarf ! J'en ai profité pour me cuiter à mort.

SUCRE : Il était là, à tripoter mes affaires, à ne rien dire, à ne pas se soucier de moi plus que d'un filtre, ni « Merde » ni « Merci ». Ensuite on a mangé des saveur-Bœuf et on s'est immergés dans *la faille d'astarté*. Sexuellement, j'étais dans tous mes états, mais il ne m'est pas arrivé grand-chose. De toute façon, marquis n'avait pas grand-chose à sa disposition. Et il n'a fait appel à rien pour se mettre — se mettre en forme et se mettre des formes. J'ai pris ça pour une sorte de — je ne sais pas, une forme d'intégrité ? L'impuissance, c'est rare, pas vrai ? Les petites queues, pareil.

NOUNA : La première fois que marquis m'a montré sa bite, je lui ai dit : « Houlala, tout va bien, mon chéri, tout va bien. Tu peux en changer quand tu veux, tu sais ? » Il m'a regardée et il m'a demandé : « Qu'est-ce qu'elle a ? Elle est trop petite, c'est ça ? » Je ne dis pas que je n'avais jamais vu un truc *aussi* minuscule, mais c'est juste qu'elle était naturelle !

VITE-VITE : Nouna a toujours été un homme qui veut être une femme qui serait un homme mais moi, j'ai toujours été multi ! Linerion itou ! On est tous deux nés avec une chatte et on a mis une bite devant, normal ! Je serais né avec une bite, je me serais fait poser une chatte derrière, oui ? Pourquoi se priver ? Il n'y a qu'au sujet des seins que ça se discute. Question de goût. Personnellement, je trouve ça encombrant. Linerion adooore en avoir une petite paire sous la main, pour les tripoter. Il s'est même fait poser des couilles ! Là, ça devient du vice.

LINERION : J'ai des couilles pour avoir quelque chose à gratter au réveil, oué ! C'est mon petit plaisir du lever.

TIOURÉE : La vérité, c'est que la queue de marquis était minuscule, enfin quoi, c'est vrai ! On en a tous des énormes, au moins de temps en temps, et lui traînait ce petit machin authentique.

Cela dit, elle était, je ne sais pas, excitante — c'était la sienne depuis longtemps, alors il savait s'en servir.

KLINE : Marquis a toujours refusé toute rectification. Mouais, il avait des blocages, soyons réalistes.

NOUNA : Les clones ne peuvent *pas* se faire opérer, en pension'. À cause de cette mauvaise habitude, marquis se balade toujours aussi petitement membré qu'il est né, houhouhou !

LINERION : J'ai vu marquis *bleu* de froid. Il avait oublié sa bulle isotherme. Il était à température ambiante, waha ! Il soufflait de la buée et ça ne le gênait pas ! Il n'y pensait même pas. Alors ces histoires de taille de bite, laissez tomber.

KLINE : Après quelques relations un peu zen avec quelques personnes un peu cohérentes comme sucre, marquis a arrêté de faire n'importe quoi et il a recommencé à composer. Pour bien faire, il a sorti *confortablement enterré*. Ouais ouais, marquis était un grand artiste mais, par-dessus tout, il avait l'art de se faire des ennemis !

VITE-VITE : « Je me suis laissé enterreeer
Mais la psychotine allège
Le poids de la terre où je dooors. »
Ouééé ! Quand j'ai entendu ça, j'ai compris que c'était parti. Marquis était redevenu un génie !

9

Les bétonneuses

KLINE : Y en a un autre qui faisait presque autant chier que marquis ; c'était chang. Enfin, pas exactement chang : les copines de chang. Mouais, marquis avait le coup pour dénicher des coups trop classes pour lui, mais chang, il avait le talent inverse.

VITE-VITE : Quand chang a ramené cette nana, ru, je me suis dit qu'on avait dû rouvrir l'usine des clones cintrés. Chang dénichait toujours le même genre de gonzesses ! Où qu'il soit, il réussissait à tomber sur un grand machin avec une voix d'alarme, un rire de descenseur en chute libre, un cul de surf, des seins en dura-glace et du mou dans les lobes frontaux ! Il devait y avoir une mine quelque part.

LINERION : Ru, c'était une extrudeuse avec des tifs ! Caractère assorti.

« Salut, ru !

— Je m'appelle pas salut, salaud ! BLAM ! »

Ou alors : « Haha, salut linerion ! BLAM ! »

Ru faisait tout à coups de baffes. Chang aimait ça. Waha, j'espère !

KLINE : Y avait pas que ru ! Y avait ji, yu, ti, wo, et elles étaient toutes monstrueuses, et elles étaient toutes cinglées, ouais ouais. Elles s'agenouillaient au milieu du hall du faxian-dixin et elles jouaient à la Prune ou au Cheval de Bois, comme des gamines. Quand tu mesures deux mètres, c'est un spectacle pitoyable.

Le reste du temps, elles tapinaient.

DELANGE : Dixia yixia était le garde-boue de jiao tongji. Ça ramassait tout ce qui giclait de la machine universitaire — ceux dont le cerveau était pas rentable, quoi. Quand tu peux plus bouffer en vendant ta puissance cérébrale, il faut vendre autre chose, hein ? Ta force musculaire, un rein ou deux fesses.

La moitié de dixia yixia vendait ses plaquettes, son plasma, ses leucocytes, ses neurotransmetteurs, ses neuromédiateurs, ses hormones, sa moelle, ses gamètes, son humeur vitrée, ses totipotentes et son cul.

NOUNA : Ru et les autres bétonneuses faisaient dans l'infantile pour se donner une personnalité mais la vérité, tss, c'est qu'elles étaient tout bonnement timbrées. Le problème est que, dans un endroit clos comme dixia yixia, une fois qu'on est entre les cuisses d'un engin *aussi* braque, ce n'est pas si facile d'en sortir. Je l'ai dit à chang, quand il a voulu rompre avec ru : « Hou, reste plus qu'à l'égorger. Ou à la laisser t'égorger. Et encore ! C'est même pas sûr qu'elle te lâche après. »

VITE-VITE : Après que ru a essayé de le poignarder, chang s'est retrouvé en unité de soin. Il m'a envoyé un message : « Aaargh ! »

LINERION : Oué, c'est certain, les admiratrices de dixia yixia n'étaient pas très classes.

TIOURÉE : Quand chang est sorti de soin, c'est ru qui est venue le chercher ; tu crois que chang lui aurait flanqué une claque ?

VITE-VITE : On le lui a dit, à chang ; on le lui a diiit et répété : « NON, tu ne peux pas te remettre avec elle. NON, même pas tu y penses. »
Il avait l'air tout étonné.

DELANGE : À dixia yixia, on réglait nos problèmes entre nous, quoi. Faire appel aux milices, aux juristes ou autre instance subuniversitaire aurait été — une *très* mauvaise idée, hein ?

C'est moi qui suis allé expliquer la vraie vie à ru.

WO : Chang et moi, on s'est rencontrés à *l'Araignée*, un bar près du faxian-dixin où y avait une vraie Araignée dans la fontaine à boissons — une Araignée-stase. C'est tout ce que je me rappelle, vu l'état que j'étais. De ça, et d'une connasse nommée ru qui m'est tombée dessus en braillant : « Touche pas à ce mec ! »

D'un autre côté, comparé aux bastons que j'ai eues avec ru quand on est toutes les deux sorties avec daplop, c'était de la gnognotte, ce coup-là.

DELETION : Wo et chang se promenaient main dans la main en se disant des choses :

« T'es un gros déchet.

— Et toi, t'es qu'une fumure ! »

C'était leur façon d'être, n'est-ce pas ?

WO : Chang m'a fait : « T'as un beau cul, en fait je te trouve bien, en fait je t'aime bien, en fait je t'aime, passons notre vie ensemble. » Ensuite, il a commencé à me cogner.

Au début, je l'ai laissé faire parce qu'il me plaisait. J'ai même arrêté le tapin. Quelle déchéance ! Moi qui avais le coup de langue le plus efficace de dixia yixia, tomber si bas.

DELANGE : Quand chang a commencé à s'engueuler avec tout le monde sous prétexte que tout le monde avait couché avec wo, je l'ai accroché au bout de ma main. Je lui ai dit que tout le monde avait couché avec tout le monde. Mais qu'il était tout seul à faire chier tout le monde, hein ? Comme c'est pas par la peau du dos qu'il était accroché, il a dit : « T'as raison. » Il est allé faire une cure de sommeil.

WO : Chang a essayé de me tuer trois ou quatre fois. À la quatrième, je me suis dit qu'il était temps que je rentre chez moi.

10

Le rauque et l'intimiste

SUZA : Quand marquis a disparu de la circulation pour cuver et composer, j'ai cru crever d'ennui. J'aurais pu m'immerger. Mais avec tiourée, on a préféré boire comme des trous, baiser une fois par heure et faire la fête. On ne faisait que ça, alors on est devenus les seigneurs de la *réelle fête*. Où qu'on aille, ça devenait l'endroit où on s'amusait *en vrai* — moins bien que l'immersion mais moins cher. Et on est allés dans les bars derrière le faxian-dixin. Les bars arrière.

OCTOPUCE : J'étais à *l'Araignée,* un bar arrière. Je vois passer un type, je me renseigne, on me dit que c'est suza. « Minute ! je me dis. Suza ? Celui qui connaît marquis et son groupe ? Génial ! » Marquis avait arrêté de jouer depuis peu et je mournais de l'avoir manqué — à ce moment-là, je terminais juste de foirer mon concours pour jiao tongji. J'ai abordé suza dans ce bar, je lui ai payé à boire.

CHANG : Les bars arrière, c'étaient des endroits ringards. Y avait cnafet qui jouait du xiaoluo avec sa queue.

OCTOPUCE : J'ai commencé à poser des questions à suza sur marquis et son groupe.
« Et linerion, il est sympa ?
— C'est un nase.
— Et, euh — vite-vite ? Comment est vite-vite ?
— Vite-vite ? Un gros nase.
— Et chang ? Il a l'air zen, chang.
— Chang ? C'est un épouvantable nase. »
J'étais trop déçu. Sur le moment, je me suis demandé s'il ne valait pas mieux que je me fasse seppuku, là, tout de suite. Suza a dû le sentir. Il m'a dit : « Ne me regarde pas comme ça, je n'y peux rien : ce sont tous des crétins. Impudiques, amoraux, arrogants, déjantés, raisonnent comme des Moisissures. C'est la célébrité qui rend comme ça, que veux-tu ? »
Je n'ai jamais osé lui demander de me parler de marquis, du coup. Il aurait cassé mon rêve, ce blasé.

DELETION : L'annexion des bars derrière le faxian-dixin par le groupe de marquis est probablement ce que j'ai vu de plus proche d'une invasion de Criquets.

VITE-VITE : Quand il a débarqué dans les bars arrière, ces espèces d'alvéoles creusées à même la roche, marquis s'est mis à la mesure de l'espace : il s'est lancé dans le rauque et l'intimiste. Rien que le dire, ça me met la gau-aule ! Il avait tous les talents, nom d'une bite en zinc.

TIOURÉE : Ces concerts en petit espace, derrière le faxian-dixin — c'est là que marquis a crevé tous les plafonds. Il se dopait moins, il était tellement fatigué, mais il restait quand même là, au milieu de ses musiciens, debout face aux gens — jusqu'à ce qu'ils se taisent. Il s'essuyait le front parce qu'il pissait la sueur — je n'ai jamais vu personne moins contrôlé que marquis, une honte. Ses cheveux collaient sur son front, ses bras brillaient d'eau, il était presque nu, on voyait sa poitrine, il avait les yeux fous et il bafouillait : « J'ai chaud — j'ai tellement chaud — et vous, vous avez chaud ? » On avait l'impression qu'il allait s'évanouir ou mourir debout — une telle impression de fragilité, j'avais du mal à tenir assise, vraiment !

VITE-VITE : Après un concert de marquis, tu touchais le coude d'un spectateur, il jouissait, ouiiii !

TIOURÉE : D'autres fois, marquis mettait ces espèces de fringues coupantes, un arc de gloire, une traînée stroboscopique, il se balançait d'une jambe sur l'autre et il nous snobait, « Alors, vous voulez votre propre petite personnelle sociale revanche ? *Combien* pour un clone des tours ? » et on avait tous envie de le tuer ! Il se caressait la peau en nous regardant, il disait qu'on ne l'aurait pas, que personne ne l'aurait : « Vous avez envie de me toucher, avouez. Mais avouez ! DITES-LE ! », et on gueulait : « NOOO-OON ! », tandis que c'était évidemment : « SIIIII ! » Oh, j'étais au sommet ! Marquis nous offrait la haine comme un plaisir de plus, ce type était si fantastique ! Mais ce n'était pas que lui qui avait du génie, c'était lui *et* nous.

SUZA : Pour les suburbains, passer sa vie *en vrai*, hors du Parallèle, c'était la honte — la soif, l'obscurité, le froid, le silence, les gravats et l'oxyde de carbone. Marquis en a fait quelque chose de bandant. C'est tout.

TIOURÉE : D'autres fois, marquis était seulement sexuel, il émettait des phéromones par paquets et ce n'était pas du rut de synthèse ! Il se grattait, il crachait, il miaulait — il savait ce qu'il faisait. Il avait des poils sous les aisselles et il était évident pour *tout le monde* que c'était des vrais.

Je veux ta peau, je veux ta bouche,
Je veux ton foie et tes cornées

Il pouvait rester là, sans bouger, trempé, la tête rejetée en arrière, les yeux fermés, juste à grogner, dans cette espèce de lumière rouge sang, on voyait ses muscles trembler, ses mâchoires se contracter, on voyait ses dents et la fureur montait devant lui, du public, sans qu'il bouge du tout, les gens vrombissaient — non, j'ai vu des scènes incroyables ! Ses hanches vibraient, il baisait *littéralement* avec tout le public en même temps !

Incroyable.

KLINE : Y en a qui arrivent à faire gueuler *tout le monde* dans le public, ouais ouais. Mais lui faire fermer sa gueule, j'en ai rencontré qu'un.

TIOURÉE : J'ai vachement réfléchi à tout ça, à son succès — au public — à moi en fait.

C'est certain que vivre dans la suburb était moins pénible pour moi que pour ceux d'avant. On a tous un ancêtre qui est mort d'asphyxie ou de soif, ou dans un éboulement, un coup de gaz — c'était plus facile pour moi, oui. Cette facilité, ça faisait de moi, de nous tous en fait, des gens différents. Même avant yongyuan ou les stations orbitales, on sentait les mentalités changer. Je ne veux pas dire que nous nous sentions comme découpés en morceaux, mais que nous nous sentions *nés* en morceaux et que nous avions besoin d'une glue qui nous recolle. Tu vois, à force de tout dissocier — je veux dire, baiser, c'est faire un enfant en prenant du plaisir au niveau du sexe, un autre plaisir à travers la peau, et encore un autre grâce au lien social, et un autre avec le lien affectif. Si on dissocie, ça donne : gamètes rectifiés, grossesse externe, orgasme par stimulation du thalamus ventral latéral postérieur droit, haha ! Lien social via le Parallèle plus une dose d'ocytocine pour la plénitude affective, c'est clair qu'on se sentait éparpillés et, surtout, contrôlés. Pas contrôlés par l'extérieur comme dans les quartiers politiques, mais par — par nous-mêmes, par le confort que donnaient cet éparpillement et ce contrôle.

OCTOPUCE : En miettes. On se sentait en miettes, en granulés, microbroyés. On se sentait comme ça.

TIOURÉE : Marquis réussissait à rassembler tout ça en un gros tas de — en une seule pièce qui voulait tout, enfanter en baisant, baiser en jouissant, jouir en touchant un autre corps, toucher un autre corps pour accéder à un autre esprit, et prendre des risques ! Mais pas « Oh ! je risque de mourir ! », plutôt « Oh ! je risque de découvrir des trucs excitants ! » Marquis, c'était ça qu'il nous donnait. Un coup de colle. Il nous donnait un exemple de densité.

Marquis, c'était du lourd.

OCTOPUCE : La suburb, c'était le confort de la science *plus* la rigueur morale. C'est ce que pensaient nos ancêtres. Ils étaient fiers de ça. Mais nous, ce qu'on voyait, c'est qu'on était coincés entre une bande de trafiquants métaboliques et une bande de tueurs politiques et qu'au milieu, on n'était pas fiers. En miettes et pas fiers. Génial.

NOUNA : Les politiques, c'étaient seulement des assassins, mais les scientifiques, hou ! ces scientifiques. Ils avaient une sorte de niveau moral — un niveau plein de bulles. Ils avaient une telle idée de ce que le monde aurait dû être ! Une idée de la justice qui ne correspondait à rien ! Qui n'avait aucune, *aucune* réalité et qui n'en avait sûrement jamais eu aucune. Ils parlaient d'*Havant*, quand l'air était gratuit, des histoires de soleil pas terrible et d'eau comme ça — à volonté ! Tombant du ciel, houhouhou ! Ils parlaient de ça comme si ça aurait dû être normal ! Écoutez, je suis nulle en vieilles histoires, mais je suis *certaine* d'une chose : les gens d'autrefois qui vivaient au soleil au bord d'un cours d'eau, ils devaient être comme aujourd'hui : cernés par des hordes de connards bien décidés à piquer leur place et pisser dans leur rivière !

11

Soul

OCTOPUCE : Suza m'a emmené dans un bar, il y avait marquis, il était superbe ! Des cheveux rouges, la peau Ivoire, ces yeux de fou, couvert de vraie sueur, les cicatrices — magnifique ! Je me suis dit : « Oh, ça va être génial ! Ça va être le plus beau moment de ma vie ! » Je suis sorti des coulisses, je me suis installé dans la salle, j'ai bien manœuvré ma rondelle, j'ai même éteint ma bulle perso tellement j'avais confiance, et j'ai attendu le groupe de marquis — et je l'ai attendu, et puis je l'ai attendu.

Marquis avait pris un truc de trop, laisse tomber.

UHLAN : La première fois que j'aurais dû voir marquis, j'ai rencontré ce con de suza dans le bar, il m'a craché dessus. « Mon iféine ! » qu'il a beuglé. « Va te faire foutre ! » j'ai répondu. Mais comme, en effet, je lui en devais et qu'en plus, j'avais tout goinfré, je me suis cassé.

Ah, il paraît que je n'ai rien raté.

TRAGALUZ : Octopuce, uhlan et moi, on faisait partie de la même cargaison de ratés des
concours de jiao tongji, et on tapinait à yixia
dixia. C'est très facile quand tu as des gènes
normaux. Au début, je suçais un ou deux
clients et après, je cherchais un coin d'alvéole
pour dormir, sans trop me faire mettre, si possible. Kline m'a accueilli chez lui, c'est ça.
Merci, kline !

KLINE : Des clones de marquis avaient envahi
le faxian-dixin, certains essayaient même de
jouer. Un de ces drones s'appelait octopuce. Il
a cherché quelqu'un qui soit très mauvais en
basses, daplop s'est présenté mais il était un peu
trop bon, déjà. Manque de manque de talent,
mouarf. Octopuce a préféré embaucher uhlan.

OCTOPUCE : Uhlan était si pitoyable, au
début ! Je lui disais : « Non, mais il faut bouger
tes doigts ! » Il n'y arrivait pas. Il regardait ce
que je faisais, il reportait son regard sur ses
mains et dans l'intervalle, il avait déjà tout
oublié. Génial. Je l'ai embauché. Si tu embau-
ches un bon, d'abord il t'engueule, ensuite il te
bouffe sur la tête et à la fin, il se barre avec
ta psychotine.

C'est ce qu'a fait uhlan, exact. Mais ça, c'est uniquement parce que c'est un enfoiré.

UHLAN : La psychotine, c'est la défonce des tours : le plus beau rêve du monde. « Ni mort ni vivant », comme on dit. Ni éveillé ni endormi, en fait. L'iféine, c'est de la défonce de suburbain : je te hais, je me hais et j'aime ça. On sent que c'est de la défonce pour un environnement moins sécure.

Le mélange des deux ? Le mélange des deux, ah. Ben il est plus marrant que la nanopsychodysleptie, en tout cas.

NOUNA : Uhlan était un défoncé, octopuce un baveux et tragaluz, un baiseur fou. Mais ils étaient beaux, oh oui ! Hou, de ces *peaux* ! Des peaux de scientifiques. C'était des scientifiques.

UHLAN : Comme tragaluz et octopuce, j'ai grandi dans la suburb côté scientifique. Ah ! je détestais tout ça. Tout ce côté érudit, prétentieux et terrifié. Ça me gonflait. Tout ce côté : faut toujours se mesurer aux autres. Putain ! J'en avais rien à foutre, des autres ! Je préférais me mesurer à moi.

Quand j'ai découvert la musique de marquis, j'aurais franchement donné ma vie pour — je ne sais pas, le rencontrer. Être lui.

KLINE : Uhlan cherchait à percuter ses propres limites, octopuce cherchait la gloire et tragaluz cherchait juste de quoi baiser, mouais. Y avait qu'uhlan qui avait un peu conscience du vrai monde. Octopuce avait une mentalité d'immergé ! Et tragaluz était simplement détraqué.

NOUNA : Tragaluz a couché avec tout le monde, à dixia yixia. Houlala, je crois qu'il a couché avec *encore* plus de monde que marquis !

TRAGALUZ : Vers cinq ans, j'ai flanqué le feu à je sais pas quoi. Les politiques ont pris ce prétexte pour faire une descente dans le quartier. Ils me sont tombés dessus, et ça s'est enclenché : bannissement familial, section *refugee*, reprogrammation morale, en caisson. La mort vivante, c'est ça. Les politiques tuaient facilement les gens moraux mais les autres, ils les gardaient en vie le plus longtemps possible. C'est pour ça que je suis toujours vivant !

NOUNA : Tragaluz ne se sent exister que sa peau contre une autre, houlala ! Ça explique.

TRAGALUZ : Avant de m'envoyer vers jiao tongji, les politiques m'ont niqué la mémoire immédiate. Comme ça, ils étaient sûrs que je me planterais au concours. Ils étaient sûrs de me récupérer. «La torture de l'espoir», ils appelaient ça. Ils avaient pas prévu que je rencontrerais apinic, et qu'elle me trouverait une place à yixia dixia. J'ai fait partie des engueulades entre les scientifiques et les politiques, et ça me rendait très fier de moi, ça ! Hahahaha !

Hé, quand je vois quelqu'un tout en noir ou tout en rouge avec cette espèce de raideur dans la nuque, quand je vois quelqu'un qui ressemble à un *refugee* ou à un responsable politique, je me sens — je me sens encore devenir tout lisse, comme dans mon caisson. Mais intégralement lisse, sans yeux, sans bouche ! Tout lisse, c'est ça. Cancelé.

DELANGE : M'est arrivé de penser à ça — l'éventualité d'une descente *refugee* à dixia yixia. Apinic tenait la position avant des scientifiques dans le flanc des politiques. Une sale position. Ses chers collègues pouvaient la lâcher à tout moment.

J'ai commencé à étudier des positions de repli. Pour moi et marquis. Parce qu'il fallait plus compter sur les caves de waibaidu, hein ? Les gaz avaient tout détruit. Me fallait des contacts ailleurs, quoi.

J'en ai pris. C'était mon boulot.

KLINE : Mon boulot, c'était de faire bosser les autres, ouais ouais. Uhlan et octopuce se détestaient, tragaluz regardait ça en se marrant et moi, je les envoyais tous les trois pour tester de nouveaux bars arrière. Si l'acoustique était bonne, j'y envoyais marquis.

NOUNA : Linerion a vu passer octopuce et il a dit : « Je le veux ! Chope-moi ça. » Tss. Je me suis fait un *plaisir* de passer avant.

UHLAN : Quand octopuce s'est mis avec linerion, ah ! j'ai vu ses mollets gonfler encore. Une singularité.

DELETION : J'ai vu octopuce se laver les mains à l'eau, n'est-ce pas. Est-ce que c'était de la bêtise, ou est-ce que c'était seulement un aperçu de la distance entre un universitaire et un Rat de caves ? Merde, personne de sensé ne nettoie ses mains à l'*eau* !

NOUNA : Quand marquis est venu voir jouer *soul*, le groupe d'uhlan octopuce et tragaluz, il a lancé la mode du *coupez là*. Il portait ce slogan en travers de la poitrine, un peaulogramme *coupez là*, avec des pointillés partout longeant les muscles, houlala !
J'adorais ce garçon, *vraiment*.

UHLAN : *Coupez là*. Ah. Ouais. Je l'ai porté, celui-là. Pas longtemps.

OCTOPUCE : Il y a eu des incidents, avec ce *coupez là*. J'avais décidé d'attendre avant de le porter, pour voir, et puis non, finalement.

TRAGALUZ : Hahahaha ! Non, j'ai jamais trimballé un *coupez là*. Je suis fou, je suis pas con !

NOUNA : Je n'ai porté *que* ça pendant un an ! J'adorais !

12

Ek

TRAGALUZ : Je tapinais au nadir du descenseur de yixia dixia, on allait tous là, c'est là que j'ai rencontré daplop la première fois, bon, ben, pas besoin de demander ce qu'il y faisait.

DAPLOP : Quand j'ai commencé à me distribuer, je savais même pas qu'il fallait demander de l'oxygène ou autre chose. Pas qu'il fallait demander avant, ni combien ; juste qu'il fallait demander. Je venais d'un quartier politique alors je savais pas qu'on pouvait parler aux gens. C'est un pote qui m'a expliqué le but de la manœuvre.

Je branlais, c'est tout. Le reste ? Nope. Pas moyen.

TRAGALUZ : Je récupérais ceux qui voulaient baiser après que daplop les avait envoyés chier et je les baisais, hahaha ! Je les baisais bien et ensuite, j'avais plein d'eau et j'invitais daplop !

DAPLOP : C'était toujours : « Je te suce et tu me mets, ça te va ? » Je répondais : « Non. Tu me suces et je ferme les yeux, c'est mieux. » C'est pour ça que mes chansons sont plus réalistes que celles de marquis. Marquis a tapiné pareil mais lui, il en a toujours eu honte.

NOUNA : Oui, il y avait le discours moral suburbain sur les putes, mais je parie bien qu'il a *toujours* existé, celui-là. Toujours, partout. Comme les putes ! Je parie qu'il est aussi vieux que le tapin, pff. Le tapin, le tapin — c'est le cache-sexe de la misère, houhou !

TRAGALUZ : Daplop était bizarre : il avait des relations affectives avec son géniteur.

Ça se passait *hyper* mal.

La famille, c'était bien vu chez les politiques, parce que ça facilitait les délations. Dans la suburb, fallait pas être malin pour tenir à quelqu'un. À cause des tortures des *refugee*, c'est ça.

Ouais, enfin, bref, daplop détestait son père.

DAPLOP : Je tapinais, je suis tombé sur mon père.

Tu parles.

On était censés être des politiques tellement purs que l'amour de la pureté nous tenait lieu d'oxygène. Pendant toute mon enfance, on buvait pas, on voyait rien, on s'envoyait du dix-sept pour cent d'oxygène dans les poumons, la vraie misère — la vraie suburb. Ce connard — mon père — ce connard y croyait. Et il était violent. Je me suis barré au tapin et je l'ai revu là. Il faisait client. Il m'a tabassé à coups de picobloc.

TRAGALUZ : Le géniteur de daplop lui reprochait de pas être resté femme, alors qu'en fait lui aussi était né xx, et qu'il avait carrément fait raser une jambe de son x ! Parce qu'y en a qui se vantent de leur pureté morale mais dès qu'il s'agit de se reproduire, ils choisissent tous de lancer un mâle et les rares femelles qui poussent, dès qu'elles peuvent, elles se payent le plein de testostérone. Parce que ça fait venir les muscles ! Aucun mystère là-dedans, aucun ! Toutes celles qui se baladent avec de beaux seins et des petites chattes roses qui tirent la langue, lancez-les dans une baston, et tu verras comment elles sortiront de sous leur joli hanbok de gros biscotos, hahahahaha ! Je dis pas que la féminité, c'est pas sympa à vivre. Mais les biscotos, ça aide mieux à survivre, hahahahaha ! Daplop avait fait comme son géniteur.

DAPIP : Avec daplop, le plus souvent, on restait assis sur nos talons au nadir, à glavioter et à insulter les passants, mouaha.

DAPLOP : Dapip était soi-disant conductrice de surf collectif. Déjà, il aurait fallu qu'elle se concentre assez pour trouver l'avant du truc.

On a voulu voler un surf, mais dapip s'est endormie sur les commandes.

DAPIP : Quand on pouvait, avec daplop, on faisait des connexions pirates au Parallèle, de quoi se carboniser le cortex, mouah ! Mais le plus souvent, on foutait pas grand-chose.

DAPLOP : Dapip faisait des sculptures avec des gravats, des poignées de rouille, des vieilles briques de calories qui retournaient aux Champignons — c'était bien. C'était de la matière. Y en avait marre du plasma, des bulles, de toutes ces merdes molles.

Elle leur donnait des noms — genre, *cimetière hurlant*. Des noms violents. Et puis elle fracassait tout, avec un coup de mise à la terre. Ça fondait.

Elle se débrouillait bien, avec la matière.

DAPIP : À un moment, daplop et moi on venait de faire connaissance, j'ai manqué de jugeote. Je me suis dit que ça serait marrant de m'habiller en *refugee*. Et daplop, il s'est habillé en responsable de section politique. Moi en noir, avec le mollard blanc dans le dos, et lui en rouge, avec les gants conducteurs, mouahaha !

C'était seulement pour se marrer. Ça nous rappelait notre enfance.

On est allés au nadir comme ça.

DAPLOP : Des connards nous baladaient en surf, des fois. J'aimais bien me faire sucer dans les hauteurs.

Mais quand dapip et moi, on s'est fringués politiques, ils nous ont emmenés là-haut et ils nous ont jetés en bas. Des violents.

On m'a recollé et on m'a fourré une ruanbasse entre les mains, pour rééduquer mon cortex moteur. Voilà, c'est pour ça. Que je sais jouer.

DAPIP : Daplop et tragaluz traînaient pas ensemble pour jouer, mais pour se fourrer de la fumée plein le nez. Je me suis jamais mise làdedans comme eux. Eux, ils faisaient cramer n'importe quoi, ils respiraient et ensuite, ils écoutaient les parois, mouahaha. Les vibrations des générateurs, des recycleurs. Moi, je regardais le feu. Putain, pour une réaction chimique, c'est beau. Oxydation démesurée. Avec des langues — *schlip schlip*.

DAPLOP : Dapip avait les cartilages qui poussaient. Ils s'étaient pas arrêtés alors elle poussait, poussait. Elle était vraiment très grande et en plus très maigre parce que d'où elle venait, ça se faisait pas d'ingérer — ils étaient plutôt perfusion, par-là. Du coup, elle voulait plus entendre parler de perfusion mais elle avait pas trop pris le coup pour mâcher, non plus. Elle a appris à chanter pour muscler sa mâchoire.

C'est devenu une chanteuse bien violente.

TRAGALUZ : Dapip balançant son grand corps en ouvrant sa grande bouche, c'était un phénomène étrange, c'est ça. Ça avait plutôt à voir avec la tectonique des plaques, hahahahaha !

NOUNA : Dès qu'elle s'est fait poser des dents, j'ai réussi à la regarder. Brr.

TIOURÉE : Dapip, ce balancement, avec ses grands bras, ses grands cheveux, sa grande bouche, son grand tronc — elle était Végétale comme marquis était Animal, c'était follement excitant ! Et quel coffre ! Un avent. Et la voix ! Du roc.

CHANG : Je regarde dapip, j'ai envie de gerber. Sais pas d'où ça vient. Cette espèce de rythme — l'oreille interne ?

VITE-VITE : Dapip n'essayait *pas* d'imiter marquis. *Ça,* c'était du génie !

DAPLOP : Quand j'ai découvert le groupe de marquis, j'ai ressorti ma ruan-basse et dapip a bricolé un vieux saranghi. J'ai pris les basses, dapip a pris les cordes. Mais elle voulait chanter. Elle chantait mieux qu'elle jouait et surtout, dès qu'elle commençait à chanter, elle arrêtait de jouer parce qu'il faut pouvoir se concentrer pour faire les deux en même temps.

Je lui ai dit de laisser tomber les cordes.

DAPIP : Je veux dire : on n'était pas *censés* avoir un cerveau. Chez nous, c'était vraiment l'organe de trop.

DAPLOP : Je trouvais qu'un rythme humain, c'était bien. Plus violent qu'un module. J'ai demandé à dapip de laisser tomber le chant et de faire les rythmes, à cause de ses grands bras, et j'ai pris les cordes parce que c'est un peu comme la basse et jum a pris le chant parce qu'il savait rien faire mais ça allait pas. Alors j'ai essayé le chant et dapip a récupéré les cordes vu qu'elle avait déjà un peu bossé dessus et jum a pris les rythmes mais non. Ça allait pas.

Bon, finalement, on a viré jum, foutu sihui aux cordes et loué un module.

SIHUI : Les débuts ont été pas mal laborieux. Dapip a composé *c'est quoi ça ?* et daplop *qu'est-*

ce que tu dis ? C'était laborieux. Je connaissais qu'un seul accord, déjà.

DAPIP : *Tuez les bébés*, ça m'est venu comme ça. D'où je sortais, les gosses étaient si chiants que tu avais envie de les frapper à mort, mouahaha.

TIOURÉE : Je crois qu'on n'a jamais su faire avec les enfants, dans la suburb. Il y avait toutes ces contradictions, « La famille c'est primordial, il faut faire des enfants », mais « L'oxygène c'est primordial, il faut l'économiser », et il y avait tout ce côté traditionnel, « L'enfant doit obéir », mais aussi tout ce côté terrifié, parce que les enfants étaient d'affreux petits délateurs — il y avait toutes ces contradictions.

Peut-être que ça se passait mieux avant, avec les gosses — enfin, on décide de fusionner deux gamètes, le fœtus pousse en poche, on le sort quand il est mûr vers quatorze mois, il dépend d'un géniteur ou d'un autre, ou d'un contrat ou d'une communauté, ça manquait de cohérence — je crois qu'on n'a jamais su y faire, avec les gosses.

TRAGALUZ : J'ai grandi en trois temps, c'est ça. Je totalise vingt-quatre ans de gel ! En vrai, je suis hyper-vieux, tu sais ?

TIOURÉE : Il y avait ces campagnes natalistes morales et deux ans après, une usine à calories prenait un coup de contamination, grosse famine, du coup on recongelait les bébés par containers ! Dans ces conditions-là, ça devient difficile de s'attacher, pour tout le monde. J'ai vu des enfants qui étaient écrasés, vraiment ; qui se tordaient les doigts comme des adultes, avec des expressions d'adulte sur de tout petits visages. Tristes, tristes, tristes.

Moi, je viens d'une cellule familiale plutôt zen — des mycoremédiateurs avec une cohérence mentale. Alors que des gens comme tragaluz ou daplop ont été esquintés par leur enfance, ils n'ont pas de socle au fond de — au fond. C'est tout fuyard, là-dedans.

Je ne parle pas de marquis, bien sûr.

DAPLOP : Avec tragaluz, on a cherché des noms pour nos groupes. Tragaluz a choisi *soul* pour le sien, parce que ça veut dire pas mal de trucs en pas mal de langues, et ça veut dire *picole* en coréen et le coréen, ça faisait violemment chier les *refugee*.

DAPIP : Pour le groupe, on a choisi de l'appeler *ek*, parce que c'est facile à retenir, mouahaha. En plus, c'est du népali et ça, ça faisait chier les politiques.

TIOURÉE : Le premier concert d'*ek* a été fabuleux ! Dapip avait une poussée de cartilages, elle se désarticulait sur scène !

LINERION : Si vous voulez savoir quel sera le génie de demain, demandez-moi. Si je vous dis : « Machin ? Oh, machin, c'est un gros nul », vous pouvez foncer !

La première fois que j'ai vu *soul*, je leur ai dit d'oublier la musique. Et la première fois que j'ai vu *ek*, j'ai demandé à dapip pourquoi elle avait laissé tomber la matière. Waha, je suis vraiment l'empereur du flair !

13

Idéologiquement pertinent

MILLER : J'ai fui devant les gaz rongeants et j'ai fait le tour des planques que je connaissais. J'étais chez ive et il m'a versifié.

« Nouna est avec marquis à dixia yixia,
Est-ce que tu sais *cela* ?

— Oh, j'ai dit, je vais aller voir nouna. »

J'ai eu un mal fou à entrer à dixia yixia et ensuite, j'ai eu un mal fou à trouver nouna, parce qu'il y avait tout ce monde — toutes ces imitations de marquis. J'ai appris que marquis jouait dans un bar et j'y suis allée. C'était incroyable, tant de gens dans des boyaux aussi étroits ! Finalement, en marchant sur plein de pieds, j'ai réussi à m'approcher de la scène, un truc tout à fait minuscule, j'ai agité les bras et nouna m'a vue — elle faisait les fractales, une soupe sanglante avec des morceaux dorés. Elle m'a répondu comme ça, un signe de la main, « Tiens ? Quelqu'un que je connais », et après, c'est comme si je n'avais pas été là.

J'ai essayé de m'en aller parce qu'il y avait vraiment trop de monde, mais deletion m'a aperçue ; elle m'a attrapée par le bras ; elle avait l'air contente de me voir. J'aime bien deletion ! C'est un petit Rat comme haï-delange, moitié mignonne et moitié monstrueuse, toute menue et difforme, très calme. Une bonne tueuse, et elle porte bien son demi-crâne. Elle m'a demandé : « Tu t'en vas déjà ? » Je lui ai dit que je voulais voir nouna, mais pas faire la brique pendant des heures ! Alors elle m'a emmenée, on lui cédait le passage, visiblement il y avait les élus et les autres, et deletion faisait partie des élus.

À la fin, j'ai trouvé nouna dans une caverne, un gouffre bleu avec une fontaine à boissons suspendue dans le vide, tout le monde naviguait là-dedans sur sa rondelle, c'était très beau, ça me rappelait waibaidu en plus propre et en moins vertigineux. Il n'y avait pas cette odeur de danger, juste celle de la défonce. C'est là que j'ai compris comme les caves me manquaient, comme nouna m'avait manqué !

Nouna était là, en rappel contre la paroi, à discuter avec marquis et linerion, un beau jeune mince génétiquement normal, sexuel comme tout, le visage anguleux avec une bouche de Méduse, absolument ! Gonflée à craquer, et sûrement empoisonnée ! Et j'étais là, à un bras de nouna, et elle ne me regardait pas.

J'ai eu le temps de l'observer, et j'ai vu comme elle était *faite et refaite* et comme ça paraissait être de la qualité, surtout. Elle était bien plus belle qu'avant, elle n'avait plus le maquillage qui coule d'un côté et le pus de l'autre, plus de crevasses et de fistules, même ses cheveux étaient possibles. Mais je n'ai ressenti *aucun* élan de familiarité. Aucun.

À un moment, elle s'est quand même tournée vers moi, elle est venue vers moi, et j'ai compris que je lui rappelais de sales souvenirs. Elle avait passé une partie de sa vie à dormir d'un œil, vachée contre la paroi d'un abîme, pour ne pas se faire découper en rondelles dans les ténèbres des caves et maintenant, elle pouvait dormir les bras en croix sur une natte d'admirateurs, elle crevait de chaud, elle pissait de l'eau claire et j'étais seulement un sale souvenir. Je me suis dit que je ne retrouverais jamais la nouna que j'avais connue, celle qui braillait : « Moi, je suis d'la surface ! Dans une cuve de merde, y a pas que des bulles qui r'montent ! » en agitant ses bracelets et en claquant des dents, debout sur une corniche pourrie de rouille, avec ce grand rire mi-fard mi-carie — la nouna qui m'envoyait des grands taquets dans la tronche sans prévenir parce que ça la réchauffait !

J'ai compris que la nouna de dixia yixia était entourée de beaux multis qui lui expliquaient à chaque instant qu'elle était la chose la plus importante depuis l'invention du préservatif en spray, et que je n'avais plus aucune chance de traîner avec elle. Ça m'a fait de la peine, oui.

En partant, j'ai trébuché sur un type qui m'a dit : « Je t'ai vue, tu parlais à nouna ! Tu parlais à nouna ! J'aimerais tellement parler à nouna, mais tellement ! » Et là, promis, il a fondu en larmes ! Je l'ai regardé, j'étais sciée et il m'a dit, en bavant et en bégayant : « Qu'est-ce qu'elle t'a dit ? Ce serait tellement mon rêve, de parler à nouna ! Et marquis ? Tu as déjà parlé à marquis ? »

Marquis, putain, ce petit machin suintant ? J'ai répondu : « Non, j'ai juste couché avec. »

Mauvaise réponse. Le type m'a agrippé le bras en hurlant : « TU AS COUCHÉ AVEC MARQUIS ? »

Ma parole, je lui ai flanqué une baffe.

TANAKA : Vous ne comprenez pas. C'était du gaz, tout ça — le spectacle, et tous ces admirateurs débiles qui piaillaient. Je trouvais qu'ils n'avaient rien compris ! Ils voulaient seulement se défoncer et avoir l'air renseigné, c'est tout. Alors que l'important, chez marquis, c'était pas toutes ces merdes : c'était la musique !

Moi, je m'isolais des autres — je mettais une bulle perso et je dansais seule. Dans ces moments-là, au sommet de cette musique, *j'étais* la musique ! C'était comme une immersion dans le Parallèle, mais en mieux ! C'était de la sensation pure, du *sentiment* pur ! Le sentiment d'être vivant. Le reste n'avait pas d'importance.

MANTANE : Quand j'ai vu l'état dans lequel le simple fait de mentionner marquis pouvait mettre quelqu'un, je me suis dit qu'il y avait une vraie force à utiliser, là.

TANAKA : Marquis *remplaçait* l'immersion. Toutes ces dimensions hors de moi, je les ai trouvées en moi, et gratoche ! C'était ça, la menace que représentait marquis. Vous comprenez ?

Je suis sûre que marquis, au fond, ce n'était qu'un gros timide qui avait envie qu'on le laisse seul dans sa tête avec sa peine — la seule peine qui vaille, celle d'être vivant.

Et je crache à la gueule des admirateurs !

MANTANE : J'ai dit à apinic : « Tu as une *véritable* base arrière sur laquelle tu peux t'appuyer. D'accord, tu ne feras jamais de cette bande de défoncés des combattants dignes de ce nom face aux *refugee*, mais ils représentent une force de — de subversion. » De *corruption*, très précisément. Puisqu'il paraît que ces enfoirés de politiques étaient du côté de la morale, si foutrement haineuse, et si foutrement chiante.

Quatre-vingt dix pour cent de la motivation de tous ceux qui allaient vers marquis, c'était le dégoût de la morale des politiques.

Je voulais que dixia yixia irradie la corruption ! Multisexualité, refus du nanocontrôle, contacts physiques, inutilité, individualisme ! Alors je me suis dit qu'il fallait que les paroles de marquis se politisent. Que le message soit plus *clair*, au niveau idéologique.

DELETION : De toute façon, dès qu'il y a un truc bien, il y a toujours un péteux pour essayer d'y mettre ce qui n'y est pas, n'est-ce pas ? Et d'enlever ce qui y est.

NOUNA : Mantane a débarqué de nulle part et il a *immédiatement* commencé à prendre la tête de kline avec ses histoires politiques, houhou ! Le temps d'un gnon.

KLINE : Mantane me chauffait, mais ce salaud delange l'a écouté et il l'a trouvé — idéologiquement pertinent, ouais ouais. Et c'était delange qui décidait, donc ?

Pertinent, mouarf ! On comprend pourquoi — ce salaud delange.

VITE-VITE : Et c'est là qu'on voit tout le génie de marquis : mantane et haï-delange voulaient qu'il leur extrude des chants de propagande et marquis, docilement, a sorti *la blague qui tue*. C'est ça, le génie ! Marquis a foncé droit au-dessus de l'idéologie, droit dans les tripes ! « Avant que toute peur me quiiiiiiiiitte, que tous mes gestes soient accompliiiiiiiiiiiis » — c'est fort, c'est vraiment toujours aussi fort.

LINERION : *L'instinct de conservation* ! « On peut pas vivre sans pisser le sang, on peut pas vi-ivre et préserver sa vie en même temps » ! À genoux, ça m'a mis.

Accessoirement, à dixia yixia et dans toute la suburb, ça a été du délire, oué !

MANTANE : On a dit que je m'étais servi de marquis mais c'est *faux* ! J'ai juste bien regardé comment il était et ce que j'ai vu, c'est quelqu'un qui osait non pas perdre la face, d'accord ? mais carrément ne *pas* avoir de face.

Si la majorité des suburbains supportaient la dictature des politiques et les exactions de leur milice *refugee*, au fond, c'était pour ne pas perdre la face. « Une dictature ? Où ça, une dictature ? Jamais de la vie ! Face à une dictature, je me laisserais pas faire, pensez donc ! » Les suburbains supportaient tout et n'importe quoi de la part des *refugee* pour ne pas perdre la face ! Ils se mentaient à eux-mêmes. Et même à dixia yixia, même chez les scientifiques, les seuls à lutter contre les politiques, tout le monde se mentait ! Tout le monde était *fait et refait*, immergé, caché derrière des revêtements et des bulles, mais marquis, non. C'était le seul à avoir l'air d'un suburbain, c'est-à-dire d'un être humain forcé à vivre comme un Ver et qui *déteste* ça ! Marquis était laid, sale, sombre, et surtout il avait l'air épuisé, vidé, laminé, extrudé, désespéré — une gueule d'éboulis. Il ressemblait à une fumure et il s'en foutait ! Il se foutait des regards sur lui, il se foutait de perdre la face, il se foutait de sa face et de celle des autres, il était l'antithèse du mensonge.

DELANGE : Marquis a finalement acquis la carrure qu'il fallait pour nous sauver tous. Qu'est-ce que j'y peux, hein ?

MANTANE : J'ai décidé de faire de marquis un antidote. Je lui ai dit : « Donne des mots aux gens ! » Il l'a fait ; les gens se sont mis à penser avec ses mots. Parce que marquis était avant tout un *foutu* poète. Définitivement, marquis était un vrai chinois, un pur chinois, un *grand* poète !

Du coup, les dixiens ont commencé à appeler « tas de merde » leur environnement, et « esclavage » leur existence.

SUZA : Mettons au crédit de mantane qu'il a su pousser marquis à produire. Et accessoire-

ment, qu'il a sauvé la peau du groupe de marquis. Il a commencé par les fourrer en unité de
soin et pour nouna et chang, il était carrément
temps.

DELETION : À un moment, nouna et chang
étaient inséparables, comme linerion et vite-
vite. Ils se promenaient par deux et ils
essayaient essentiellement de voler leurs affaires
aux gens : « Oh, comme ce stick est classe ! Tu
me le donnes ? » Ils dépouillaient leurs admirateurs, c'était lamentable.

MANTANE : J'ai dit à chang : « Chéri, tu vas
t'asseoir là, on va te tripoter un peu, te faire
dormir beaucoup, te changer les tympans et
quelques accessoires, tu as le droit de faire
appel à un juriste mais plus tard, tu n'as plus le
droit de rien mettre dans aucun orifice à part
cette brique de calories-ci dans cette bouche-là,
et j'exige que tu ne couches désormais qu'avec
ta main gauche. D'accord, la droite, tu peux
aussi. »
   Il était dans un *état*...

OCTOPUCE : Mantane était chiant ! Mantane
était stupide ! Il ne disait jamais de gros mots,
il était très moral et en plus, il portait des pom-
pons. Génial.

Il venait de jushi où il y avait cette mode des cheveux qui bougent tout seul, c'était un peu dégoûtant à voir.

DELETION : On a accusé mantane de tous les maux, mais à sa façon, il a fait du bien au groupe de marquis, n'est-ce pas ? Et dans les engueulades autour de tragaluz, il n'y était pour *rien*.

TRAGALUZ : Chang était en unité de soin, alors mantane m'a proposé de le remplacer aux rythmes du groupe de marquis — à l'occasion. J'avais dit oui avant qu'il ait fini sa phrase, c'est ça ! Jouer avec marquis, mais quel sommet !

Ce qui s'est passé ? Oh, bon, ben, octopuce et uhlan ont pris ce prétexte pour se pourrir une fois de plus.

OCTOPUCE : Tragaluz n'en fichait pas une, il ne travaillait pas ses rythmes. Je l'engueulais à cause de ça et comme j'étais dans le vrai, il n'avait pas d'autre choix que de regarder ses pieds en attendant que j'aie fini.

Du coup, il a filé dès qu'il a pu ! Dans le groupe de marquis. Je suis allé voir linerion, pour essayer d'en discuter. Linerion était vautré sur une fontaine avec nouna et vite-vite, ils m'ont regardé de haut, des « Tu te prends pour qui ? » et des « Même ta boîte à hautes, si on lui demande, elle préférera jouer avec nous qu'avec toi ! ». Je leur ai dit d'aller changer de neurone et je me suis barré. J'étais dégoûté ! Je suis allé voir suza, j'étais dé-goû-té. Suza m'a dit : « Tu vois que c'est des pauvres nases. Je te l'avais dit, que c'était des nases. »

Il avait l'air content de lui ! Ensuite uhlan m'a engueulé, disant que c'était ma faute parce que j'étais trop gonflant, bla-bla. Génial. Ça m'a encore plus dégoûté. Tragaluz nous avait vraiment lâchés comme de vieilles rondelles !

Ma foi, on peut dire qu'il a commis une belle bourde, hahaha !

LINERION : Tragaluz jouait comme un tas de gravats !

TIOURÉE : Tragaluz est venu me voir, tout embêté : « Tu comprends, une offre de marquis, je pouvais pas refuser.

— Eh bien, si tu pouvais pas refuser, tu pouvais pas refuser.

— Enfin si, mais je me le serais jamais pardonné.

— Eh bien, si tu te le serais jamais pardonné, tu te le serais jamais pardonné. »

Des heures ! Mantane avait bien foutu la merde.

14

Outrage et rébellion

UHLAN : Quand mantane est reparti pour jushi, on a fait la fête. *Réelle* fête ! C'est là que j'ai rencontré ru. Elle avait été dans le coin un moment et puis elle s'était éloignée du faxian-dixin pour je ne sais plus quelle raison. Un truc avec chang.

Ah, j'avais entendu parler d'elle alors j'ai fait le tour, mais pas daplop.

NOUNA : Houlala, on a essayé de prévenir daplop, au sujet de ru ! En tout cas *moi*, j'ai essayé.

DAPLOP : J'ai vu cette fille adossée à la paroi du hall, enveloppée dans un fluoride noir, avec de longs cheveux noirs polarisés. Elle léchait ses ongles. Ru. Je l'ai trouvée bien.

JI : Je pensais vraiment que ru était avec dapip, vu que chang était monstrueux et que dapip était monstrueuse et que ru avait été avec chang. Donc je me suis dit que ru devait être avec dapip, voilà.

À partir de là, j'ai sauté sur daplop ! Deux secondes plus tard, un drone sautait sur mes épaules. C'était ru ! Elle m'a arraché mon voile. Je portais seulement ça, un voile cinétique motif gaz sarin, très sexuel, et elle l'a arraché ! Je me suis retrouvée à poil sur la rampe du faxian-dixin ! Ensuite elle m'a arraché des poignées de cheveux, je lui ai mis un coup de boule, deletion hurlait : « Arrêtez ! » et toute la rampe gueulait : « Allez-y ! » Marquis était au premier rang, mort de rire.

Je suis partie dans les vapes sous les applaudissements. J'avais un nichon déchiré, un œil en moins et cette salope de ru a fini la soirée avec un bout de mon scalp accroché à la taille !

La fois suivante, c'est moi qui l'ai chopée par-derrière.

Daplop ? Oh, il était ravi.

DAPLOP : J'étais super-gêné. J'ai emmené ru dans les bars arrière et on est allés boire au *semence*, un nouveau bar dont m'avait parlé marquis. Je trouvais le nom bizarre mais j'étais occupé à engueuler ru alors j'ai pas fait attention mais ça puait quand même violemment, là-dedans. Et la boisson était dégueulasse. Quand on est sortis, on a rencontré sihui qui nous a dit : « Eh, pourquoi vous allez là ? Faut pas aller là.

— Pourquoi ça ? je lui demande.

— T'as vu le nom du bar ? À ton avis, y a quoi, dans la fontaine ?

— Je me disais aussi que ça me rappelait le boulot, ce goût », a dit ru.

TIOURÉE : Le *semence*, c'était symptomatique d'une nouvelle tendance, la tendance : « Bah, pour faire zen, il suffit de se faire portraitiser dans les chiottes et puis voilà. » La tendance pipi-caca.

SUZA : Après m'être bien répandu auprès de tout le monde sur la splendeur de marquis et de son groupe, j'ai ressenti le besoin d'une légère baisse d'éblouissement. *Ek*, le groupe de daplop, dapip et sihui, était très bien pour ça. Énergique, odorant même de loin. Et il commençait à composer des choses écoutables. J'ai décidé de parler d'*ek*.

Ek a lancé le mouvement pipi-caca. C'était un peu fruste mais rafraîchissant.

SUK : Je tombais d'okazaki, j'étais chargée d'étude en phénotypie sociale, « seul un environnement moral fournit les conditions optimales d'expression génétique », c'était chiant et mensonger, très hypocrite, et je cherchais quelque chose ou quelqu'un qui parlerait de moi, pas de comment je *devais* être mais de ce que j'étais et de la façon dont je vivais, entre des murs crasseux, à bouffer des Champignons et boire de la pisse retraitée.

HYK : Suk, au fond, c'est une râleuse.

SUK : Je suis littéralement tombée d'okazaki au faxian-dixin en plein mouvement pipi-caca ! Je me suis sentie tout de suite chez moi, en compagnie de gugus comme moi. Hyk était avec moi, je lui ai dit : « Sur le Parallèle, ils connaissent marquis mais ils n'ont pas *idée* de ce qui se passe ici *en vrai,* il *faut* faire un espace au sujet du faxian-dixin, des bars arrière et de tous ces endroits où vit marquis ! Un espace où on pourrait voir, et entendre, et sentir ce qui se passe ici, un endroit où on pourrait ressentir tout le *bordel* qui se passe ici !

— Pourquoi faire ? elle a demandé.

— Pour avoir l'air renseigné, comme ça les gens voudront coucher avec nous.

— Ah bon ?

— Et ils nous inviteront aux réelles fêtes.

— Ah bon.

— Et ils nous fileront des drogues. »

Là, j'ai emporté le morceau.

Je voulais réaliser un espace très *en vrai*, qui parle de nous, de la pression universitaire, de la menace politique, des gravats, de combien le Parallèle coûtait cher, des mélanges atmosphériques frelatés, de toute l'arnaque morale et de combien on en avait rien à foutre ! Parce qu'on était de grosses glandeuses ! Je voulais que ce soit malin, et drôle, et inutile.

HYK : C'était une bonne idée parce que, à part glander, je ne savais rien faire.

SUK : En fait, le faxian-dixin et les bars arrière, c'était un petit milieu. Un si petit milieu ! Dès que tu avais rencontré quelqu'un, tout le reste suivait. Je ne m'en suis pas rendu compte tout de suite parce que sur le Parallèle, marquis était un phénomène si *énorme* ! Mais c'était un tout petit milieu.

HYK : *En vrai*, marquis, je l'ai trouvé tout petit.

SUK : La première personne qu'on a rencontrée au faxian-dixin, c'était uhlan et uhlan m'a présentée à nouna. Je connaissais nouna de nom parce que hyk affichait souvent ses fractales dans notre alvéole d'okazaki, un tas de merde doré, et je détestais ça ! C'est pour ça que je connaissais nouna. Je lui ai sauté dessus et je lui ai dit : « On a un espace sur le Parallèle, tu vas être la première capture, c'est pas super ? » Il m'a regardée des pieds à la tête et il a lâché : « Wao. Je n'ose imaginer la taille de votre trafic. »

HYK : J'étais gênée, mais gênée ! Nouna était *tellement* célèbre et suk lui parlait comme si — comme elle me parlait à *moi* !

SUK : La vérité, c'est que nouna et son *théâtre mou*, toute cette grandiloquente plasmatique colorée scénarisation qui formait le décor du groupe de marquis, était en train de passer de mode. Le nouveau truc, c'était *ek* et son pipi-caca, le *réalisme gravataire* ! Mais pipi-caca, ça sonnait mal.

Du coup, quand nouna a dit : « Et il s'appelle comment, votre espace ? », j'ai failli répondre : « *Ek* ! » mais je me suis dit que ça allait vexer nouna, parce que *ek* et le groupe de marquis, c'était un peu des concurrents, non ? Alors j'ai dit : « *Er* ! »

Voilà. C'était désormais le nom de notre espace.

HYK : Je capturais tandis que suk causait à nouna, et à cette seconde là, *ek* a débarqué sur scène. Au fond du labo, pour tout dire. Et ils étaient laids ! Avec des combis crasseuses, des sales gueules pas fardées, ils sont arrivés et ils ont balancé deux cents décibels d'un coup, *wham* ! Je suis tombée sur mon cul et ils ont arrêté net. La grande en avant du groupe a gueulé : « On est censés jouer *tuez les bébés, connards !* », le petit aux cheveux en jupe a braillé : « Nan ! On est censés jouer *c'est qui ça, salope !* » et ils ont commencé à se taper dessus avec leurs instruments ! Nouna était mort de rire. Avec suk, on s'est regardées, et on s'est ruées hors du labo !

SUK : C'était *ek* ! Et ils étaient complètement *er*.

HYK : C'était mon premier concert d'*ek*. Une seconde de boucan et puis s'en vont.

SUK : On est revenues dans le labo et on a capturé les *ek* un par un, ils étaient zen, très cyniques, très drôles, je sentais que quelque chose était en train de se passer ! Dapip était vraiment fantastique et daplop aussi, avec ses cheveux comme une jupe sur ses joues, il était plutôt joli dessous, dans le genre endormi, j'ai commencé à comprendre pourquoi des admirateurs se battaient pour lui, et sihui était totalement bête, ça faisait *en vrai* ! Ensuite, on a coincé linerion, et il était d'un snob ! Il était beau, grincheux et maniéré, ça donnait envie de lui coller deux baffes, c'était exactement ce qu'on cherchait !

Marquis aussi était dans le coin, appuyé au mur à faire craquer ses doigts, mais on ne l'a pas capturé. Ni cette fois-là ni jamais. À part linerion, personne n'a réussi à *vraiment* choper marquis hors de la scène. Jamais. Enfin, à part les autres trucs, là, mais ça ne compte pas.

HYK : Avec *ek*, on a passé un moment fabuleux, on a même vu marquis, il était tout en sueur, et je me disais : « Oh ! attends que je raconte ça. » Mais à qui ? Ma famille aurait été horrifiée.

SUK : Linerion était puant, strictement puant ! Et cette bouche ! Il avait sûrement une allergie.

HYK : Je me disais : « Ce linerion, il est très célèbre et nous, on n'a pas dû lui montrer assez de respect ! Il nous hait. » J'étais horrifiée, et suk avait l'air si contente ! Elle sautait dans tous les sens. Je ne voyais pas ce qu'il y avait de si jouissif : toute la séquence avec linerion était un torrent d'injures.

SUK : J'ai expliqué à hyk : « C'est merveilleux, quelqu'un de si mal élevé, ça va plaire ! »

Plus tard il a fallu qu'on regagne notre sarcophage, on n'avait pas un rond pour se payer un surf alors on a traversé tout dixia à pied, et c'était un endroit totalement étrange. On s'est bien rendu compte à quel point c'était un fond de canalisation. Le cul de la suburb. Il y avait de la roche brute et du métal, des à-pics et des boyaux, des passerelles, tout ça mal fichu, tortueux comme un accident géologique, et rempli de brume de condensation, avec le bruit continu des filtres, et si peu de lumière ! Juste les lueurs des témoins sur les gaines de câblage. On longeait des corniches, on prenait des échelles rouillées, de temps en temps on apercevait un panorama 3d éclatant, ça faisait mélange d'époques ! Mélange de temps. Certains endroits dataient probablement du XXIe siècle, des débuts de la suburb.

HYK : C'était bien moche, dixia yixia.

SUK : Avec hyk, on avait un peu de mal à s'adapter parce que, à dixia, on n'avait pas d'espace personnel, seulement un sarcophage pour dormir, et le reste, il fallait aller le chercher ailleurs ! La poche d'oxygène s'achetait ici, l'eau là, les calories là-bas, je louais un container pour nos affaires et le reste du temps, on restait dans un labo ou un autre. J'avais une rente et hyk aussi, la *marge de pause*, un peu de fric pour ceux qui font une pause dans leurs recherches universitaires, et on bénéficiait des tarifs scientifiques pour le nanocontrôle et la bulle isotherme, c'était un grand avantage ! Toute la différence entre le dixia des labos et celui des caves, quand tu parles avec quelqu'un en buvant la même bibine dans le même bar, mais qu'il a froid et une tumeur sur l'épaule et pas toi.

Mais cette balade dans dixia, avec le brouillard qui s'étendait dans l'ombre et les témoins qui clignotaient sur la roche, ça m'a vraiment accrochée à l'endroit. J'avais l'impression de marcher au milieu des étoiles et au milieu des siècles. C'est *là* que ma vie a commencé.

HYK : J'ai été la première à tester l'espace *er* sur le Parallèle, pour tester mes captures, et j'ai eu l'impression d'être face à linerion comme face à un type qui te veut et qui refuse de le dire. Que ça rend mauvais. C'est là que j'ai compris que cet espace allait marcher. C'était bien rêche. Ça faisait *en vrai*.

SUK : J'ai annoncé partout la création de l'espace *er*. J'ai semé des toupies plasmatiques dans tous les coins, qui piaillaient : « *Eeer* ! »

OCTOPUCE : *Er* ? J'ai pensé : « Tiens ? Encore un groupe de merde de plus avec un nom de merde de plus. Génial. » C'étaient des copines d'uhlan, tu saisis ?

KLINE : *Er*, tu connais l'histoire ? C'est vieux. Un gros plein d'eau a dit *prout* à ses neurones, il a balancé des tirs soniques dans tous les sens, y a eu des morts, les juristes devaient faire quelque chose pour lui. Ils ont dit : « Quoi ? Une crispation de l'index ? Mouais, on va pas en faire une affaire. Quoi ? Y avait une gâchette sous l'index ? Eh, c'est un autre chef d'accusation, ça. Quoi ? Plusieurs rafales ? Ouais ouais, commençons par la première. Des dégâts matériels ? C'est rien. Quoi, la rafale suivante ? Deux morts ? C'est un autre chef d'accusation. » Ils ont tout découpé en petits bouts. Le procès dure encore. Bien sûr, d'autres juristes se sont jetés sur l'aubaine. Cet argumentaire débile a gazé la justice un bout de temps, mouarf. Du coup, les législateurs ont sorti la notion *er* [N.d.T. : double]. Quand deux délits sont commis de façon très rapprochée, on tombe dans une faille juridique. Les deux délits doivent être confondus en un seul double délit, en général mais pas toujours. C'est aux juristes de se prononcer. Ça peut prendre longtemps, ouarf ouarf.

Les *refugee* ont sauté sur la notion *er*. Ah ouais, ça leur a bien plu, mouarf ! Tu rencontres un *refugee* ? C'est un outrage [N.d.T. : gou]. Il t'arrête, tu dis : « Hein ? » et c'est de la rébellion. Double délit. *Er*. Tu tombes dans la faille juridique, waaa ! Tu es récidiviste en temps restreint — *er gou*, la notion de temps dans le droit pénal.

À partir de ce moment-là, les *refugee* ont pu embarquer qui ils voulaient quand ils voulaient sans *aucun* obstacle légal. Pour outrage et rébellion.

TRAGALUZ : J'aime bien ce petit bruit comme un glaviot : *er*. Tu entends ? En plus, *er gou* [1], c'est marrant, ça ! Mieux que pipi-caca.

UHLAN : *Outrage et rébellion*, ça veut aussi dire *par-devant par-derrière*, si vous voulez tout savoir.

---

1. N.d.T. : crotte d'oreille.

III

Cimetière hurlant

1

Pathos titubant

NOUNA : Hou ! Noj. C'est une vieille norme aérosouterraine. Ça peut signifier : « Qui fonce dans les intérieurs. » Ça sonne vicieux, hmm ! Mais en vérité, c'est du russe et ça veut dire « tranchoir ».

Tout le monde se trompe tout le temps. Noj n'était *pas* un merveilleux petit vicelard. C'était, pff, juste un broyeur. *Brrrom* !

DELETION : Noj, c'était comme un mauvais étai, n'est-ce pas ? L'arrivée de noj et dalia, au fond, ça a été le début de la fin, quand j'y repense. Pour marquis, en tout cas.

OCTOPUCE : Tragaluz s'était barré, on a pris noj aux rythmes. Ben oui. Génial.

TRAGALUZ : J'ai rencontré dalia à *l'Araignée*. Il m'a piqué mon bonnet. Je lui ai dit : « Rends-

moi ça ! » et on a couché ensemble. J'aurais
mieux fait de me la couper, c'est ça. Après, pas
moyen de m'en débarrasser. C'était un chieur
et un geignard.

Bon, ben, j'ai réussi à le refiler à noj, hahahahaha !

UHLAN : Dalia connaissait tous les plans psychotine. On faisait la queue dans une cage de
descenseur, empilés les uns au-dessous des
autres sur de vieilles glissières, c'était très
mondain.

Marquis venait souvent avec nous. Il parlait
peu, mais il parlait des fois, alors j'ai fini par comprendre pourquoi il se mutilait comme ça, pourquoi il se défonçait comme ça. « Si je m'esquinte
suffisamment, ils pourront plus *rien* me préle-
ver. » Et il avait raison, vous savez ? Savoir que je
vais crever et que ma peau habillera un autre
corps, que mon sang coulera dans d'autres veines et que mes yeux regarderont une autre vie,
c'est super-gonflant comme perspective. Marquis préférait finir intégralement en fumure et il
y travaillait, ah ! d'arrache-pied.

DELETION : Je n'aimais *pas* la psychotine,
n'est-ce pas ? J'en ai pris une fois avec marquis,
kline et ti et j'étais mal, mais mal ! Je titubais,
j'avais l'impression que mon péritoine faisait la
chasse à mes viscères. J'étais obligée de contenir

mon bide à deux bras, et kline était jaloux ! Il disait : « Ouais, on voit que ça prend bien sur toi, on voit que tu le sens bien. »

C'était le mot. J'étais pliée en deux, incapable de parler, et je paniquais parce que j'allais crever sur place au milieu d'une bande d'abrutis persuadés que j'étais dans l'éclate la plus totale ! La dernière chose dont je me souvienne, c'est marquis penché sur moi en train de dire : « On peut pas la laisser comme ça : elle est toute verte. »

TIOURÉE : Je suis allée avec noj parce qu'il traînait avec dalia et que dalia traînait aussi avec marquis, vu que leur vraie occupation à tous les trois, c'était la psychotine. Dalia a emmené plein de gens avec lui là-dedans, il avait un talent pour ça, il avait des plans inédits, très bons, et c'était la première fois que je voyais marquis penser à quelque chose d'autre qu'à haï-delange. Tu comprends, marquis, c'était mon but ! Mon zénith, ma tour ! Mais je savais que je cherchais le feu et que si je m'en approchais trop, ce type deviendrait mon nadir. Est-ce que ça m'a retenue une seule seconde ? Nan.

Dalia, marquis et noj vivaient ensemble dans une alvéole prêtée par kline, qui trouvait toujours à loger tout le monde, qui était un excavateur, et noj me voulait parce que j'étais toujours de bonne humeur et que ça le changeait des filles qui lui vomissaient dessus et des gens qui le cherchaient pour le tabasser — tout ce pathos titubant.

Noj insultait tout ce qui bougeait, se défonçait encore plus que dalia, baisait comme un dragon rouge et dormait en suçant son pouce — c'était un pauvre gosse, tu sais ? Et un sacré bon coup, comme marquis ! Marquis et lui s'entendaient assez parce que noj était presque aussi peu *fait et refait* que marquis.

Enfin on vivait tous les quatre sur une natte commune et noj et dalia sont vraiment tombés raides l'un de l'autre, et comme ils venaient tous les deux d'un cul de basse-fosse pollué où ils avaient été élevés comme un rail de Champignons, ils se tapaient dessus tout le temps. Marquis et moi, on se planquait sur une rondelle en hauteur, serrés l'un contre l'autre, et on buvait en les écoutant s'insulter et se balancer à la gueule des pots de photoplasticine sûrement très, très toxiques !

Pendant ces moments-là, j'ai vu marquis sourire ; j'avais décidé de ne pas le toucher, parce qu'il devait en avoir marre qu'on essaye de le toucher tout le temps et puis parce que j'étais trop excitée pour bouger, j'étais juste assise à côté de lui, le menton sur les genoux, mon épaule effleurait à peine son épaule, là ; alors finalement, c'est lui qui m'a prise dans ses bras.

C'est tout. Tout ce que j'ai à dire.

DAPIP : C'est dalia qui a composé *je veux m'éplucher le poignet,* mouah. Pour noj.

TIOURÉE : Dalia avait un radar à noj, il le dénichait n'importe où, même pas besoin de le localiser, où que soit noj, même roulé en boule au fond d'un chiotte, dalia le trouvait. Dalia le secouait, le relevait, l'insultait, lui collait des claques et dès que noj avait ouvert un œil, dalia lui fourrait une dose dans le cortex.

J'ai vu noj s'en envoyer une *comme ça* ; il venait d'émerger, il avait encore la marque du filtre de chiotte sur la joue, dalia l'a rempli et il est retombé comme une masse, BLAM ! dans le chiotte. Bien plus tard, il s'est relevé avec une belle bosse sur le front, il l'a tâtée en grimaçant et il a dit : « Zut ! C'est très mauvais de se cogner la tête, ça abîme le cerveau. »

NOUNA : Avec l'arrivée de ce péteux de dalia qui devait *chier* de la psychotine tellement il ne marchait qu'à ça, houlala, devinez quel est devenu le thème de toutes les chansons d'*ek*, *soul* et marquis ? Pff. Gagné.

UHLAN : « Ah, je suis en manque », « Oh, la défonce me manque », ça a fini par me les gonfler au xénon ! Et pour une fois, octopuce était d'accord avec moi. Dalia et sa psychotine, ça faisait assez plan politique pour calmer les ardeurs rebelles de dixia yixia, ouais !

KLINE : N'empêche, au fond de tant de psyc, noj et dalia vivaient une vraie relation amoureuse, ouais ouais. Ils se flanquaient des coups de stylet, c'était dramatique, ouarf ! C'est ça, l'amour, nan ? S'entre-tuer, ou au moins casser son instrument.

DELETION : Dalia tenait à noj. Noj était incapable de respirer par lui-même, de s'abreuver lui-même, et dalia faisait tout ça pour lui. Personne d'autre n'en avait rien à foutre de noj, n'est-ce pas ? Sauf dalia. Et noj s'en rendait compte. C'est pour ça que rien n'a jamais pu vraiment séparer noj et dalia.

TIOURÉE : Dalia a commencé à me faire peur parce qu'il détruisait la musique. Je me rappelle cet avant-concert, je suis passée voir marquis, il était en pleine forme, il sautait comme un ressort, et puis dalia est arrivé, il lui a filé une dose, et marquis a disparu dans un dégagement. J'ai vu la dose, et je te jure que c'était une dose à tire-bouchonner une tige de forage ! Une dose pour cent personnes — c'était fou.

Marquis est sorti du dégagement, j'ai failli ne pas le voir — parce qu'il rampait. Sur le ventre. Sans les mains. Avec les dents. C'était navrant.

SUK : Concert typique : le groupe de marquis devait jouer à *l'Araignée*, mettons, marquis faisait six bars avant de trouver le bon, il arrivait excessivement bourré, pour dessaouler il prenait une dose de psychotine qui le collait au plafond, il prenait une dose d'iféine pour redescendre, il se retrouvait complètement stressé, alors il s'envoyait un coup de substance-p dans le cortex par-dessus le reste, il s'essuyait le front et il buvait un grand verre de lait maternisé vu que ça avait beau être marquis, il aimait les boissons morales, ensuite il se collait un patch sur la joue, il dégueulait son lait et il fonçait sur scène !

Du coup, le concert pouvait être terrible ou terriblement nul, on ne savait jamais à l'avance, ça dépendait de ce que marquis avait pris. Je veux dire : avant tout ça.

UHLAN : En concert, il arrivait à marquis d'être très désagréable avec le public. Ah, il lui arrivait *d'injurier* le public, surtout quand il y avait des *double dolhen* dedans. Ces bandes de gros concasseurs qui cultivaient les excroissances osseuses.

LINERION : Je ne sais pas ce qu'avait dit marquis au concert précédent mais ce concert-là, le bar était bondé de double dolhen. Ils n'ont même pas attendu que la musique démarre ! Ils ont commencé par nous jeter à la gueule des verres, des gravats, des rondelles et leurs godasses. Ensuite ils sont passés aux sticks, aux masques, aux tarières, aux briques de calories, aux compresseurs o2-h2o, des trucs vachement chers !

Je regardais au-dessus de moi et quand je voyais une ombre, je plongeais sous les modules. Pendant ce temps, tragaluz gueulait à marquis : « Reste pas devant moi ! C'est toi qu'ils visent. Reste pas là ! »

C'était super, waha ! On a plus gagné à ce concert-là que pendant tout le reste de l'année.

VITE-VITE : Oh merde, ces tarés nous balançaient n'importe quoi dessus, même leurs greffones ! J'ai vu passer des queues, des seins, des palmes et des globes oculaires, oh meeerde !

C'était dégueulasse.

LINERION : Marquis riait tellement qu'il s'est cassé la figure, oué !

KLINE : C'était une bonne façon de toucher de l'eau parce que ce salaud delange était carrément chiche avec nous. Il investissait à flots dans le matériel et la diffusion du groupe de marquis mais dès que j'essayais de lui soutirer de quoi offrir rien qu'une tournée de saveur-Thé aux musiciens, c'était du forage en granit ! Du coup, les trucs balancés sur scène, mouais, ça aidait.

2

Style-genre

DELETION : Linerion a fini par s'effondrer. Il s'était mis en tête de se nourrir par photosynthèse pour passer plus de temps à s'éclater. Alors il s'était fait rectifier l'épiderme mais il aurait fallu qu'il s'expose beaucoup, n'est-ce pas ? Et comme c'était un grand coquet, il n'avait pas pu renoncer à tous ses fluorides et ses voiles cinétiques. C'est juste pas possible de renoncer à la fois à l'ingestion et aux uv, c'est tout.

LINERION : J'ai dit aux soigneurs que j'avais pris tout sauf des calories pendant longtemps. Que ça allait plutôt bien, oué, sauf que j'avais tendance à trouver le sol vachement vertical, est-ce qu'ils pouvaient m'aider ?

CHANG : Je voyais des morceaux humains un peu dans tous les coins alors je voulais entrer dans la même unité de soin que linerion mais on a pas voulu. Je sais pas qui. Je suis rentré me coucher, du coup. Je vivais dans une alvéole en roche brute, un truc pourri, et pourtant je m'y connais en trous pourris, mais celui-là, c'était le pire fond de trou pourri de toute ma vie ! La pierre suintait je sais pas quelle merde, une vieille nappe de toxines, c'était vraiment pourri. Je me suis assis, j'ai collé une veilleuse au plafond et j'ai découpé un trou rond dans ma natte et je me suis posé la natte sur la tête et je suis resté là, à imaginer que j'étais sous la lune. Au clair de lune. La lumière à travers ce trou. Le clair de lune, vous savez ?

Le terrible soleil, ça m'a jamais fait envie, mais la lune, ouais. J'étais amoureux de la lune. J'ai toujours voulu voir la lune ! Personne parlait jamais de la lune.

C'est pour ça que j'ai composé *en plein dans la lune*.

On a dit que c'était une chanson obscène. Je sais pas qui. Un connard, en tout cas.

KLINE : Malgré la radinerie de ce salaud delange, certains se débrouillaient : nouna vendait ses fractales, je trafiquais du matériel, vite-vite avait encore sa marge de pause et on vivait tous plus ou moins aux crochets des admirateurs, surtout marquis, mais d'autres se débrouillaient moins. Chang, surtout, avait le coup pour tout transformer en tas de boue.

Je lui avais filé une alvéole tout ce qu'il y a de superbe, il y a installé une fille, puis il a oublié, il a invité une deuxième fille, évidemment il a fui devant le pugilat comme un gros lâche. Il avait déjà échangé son eau contre de l'iféine et ses calories contre je sais pas quoi, je l'ai retrouvé au fond d'un trou, ma parole ! Un trou de bitume. Il avait le cul dans le bitume, ouais ouais, et du bitume lui coulait dessus depuis le plafond. Il avait mis une source calorifère et ça fondait, *plic plic*. Heureusement, il avait posé sa natte sur sa tête. Et ouvert un trou dedans pour respirer, mouarf ! Il portait un masque mais il était quand même saturé d'hydrocarbures. Je l'ai décollé, je l'ai oxygéné et je l'ai traîné comme ça, tout coulé dans le bitume, devant ce salaud delange.

Je lui ai dit : « Regarde, delange. Il faut que tu fasses quelque chose. »

Ce salaud delange a regardé et il a même pas gueulé. Il a simplement dit : « Quoi que je lui donne, kline, il en fera toujours un gros tas de psyc et une petite bouffée de nitrite. »

Il avait raison.

J'ai démoulé chang et je lui ai trouvé une alvéole censurée. Y a que lui qui pouvait entrer. « T'as qu'à baiser dans les wawa », je lui ai dit. Il était pas content mais au moins, il est resté propre un moment. Le temps que linerion ramasse ses dents et nous revienne d'entre les barges.

DELETION : Quand linerion est sorti de soin, on s'est aperçu qu'il s'était fait plein de copains. C'est-à-dire qu'il avait branché tous les tarés du lieu en les traitant de décalcifiés, et en leur disant qu'il les prenait quand ils voulaient à la sortie. Linerion aimait bien déclencher des bagarres générales, n'est-ce pas, et se planquer sur une corniche pour regarder le spectacle en ricanant.

KLINE : On voyait arriver des cinglés qui assistaient à un concert et qui, ensuite, venaient nous serrer l'épaule en disant : « Je croyais que j'étais taré mais, depuis que je vous ai vus, je sais que je suis *normal*. Normal, normal, je suis NORMAL ! »
Mouarf. On savait pas trop quoi leur répondre. Sauf marquis : il leur collait un pain.

DAPIP : Ça débarquait de tous les coins de la suburb. L'espace *er* explosait sur le Parallèle. Et on bouffait toujours aussi mal, mouaha.

SUK : Il y avait plein de nouveaux arrivants très agressifs avec tout le monde et tout timides devant marquis. Ils étaient mignons ! Ils traînaient dans les bars arrière en essayant d'apercevoir marquis, fua était l'un d'eux. Il est venu me voir, tout rougissant, pendant que j'étais en train de capturer je ne sais quel truc, le groupe de marquis était dans le coin, ils glandaient, ils pissaient dans une fontaine à boissons, fua m'a demandé s'il pouvait entrer, j'ai dit oui et le groupe de marquis l'a bien accueilli.

Fua était couvert de coupures avec un bout de métal dedans, c'était leur signe de reconnaissance, à ces petits nouveaux. Il est entré et il a salué très poliment. Marquis a été charmant ! Il a tapé sur l'épaule de fua, il l'a félicité pour ses coupures et il lui a offert un verre, bien sûr. C'était encore tiède. J'ai retenu mon souffle, fua a bu cul sec, il a dit merci et il est reparti l'air content. Fua, parfaitement !

LINERION : Le délire de fua, c'était de montrer son cul. Ça le prenait comme une diarrhée, waha ! Je dis ça comme ça, c'était un beau cul.

FUA : C'est quand j'ai vu *ek* que j'ai su que j'allais faire un malheur avec mon groupe. Je pouvais pas jouer plus mal que ça, hinhin. Alors je suis devenu résolument *er*. Marquis était *er* et chang aussi mais les autres de son groupe étaient des CONNARDS ! Linerion et nouna se prenaient pour des putain de maîtres des tours, pouah.

DELETION : Chang s'est tout de suite bien entendu avec fua, n'est-ce pas ? Chang avait les cheveux pleins de goudron, allez savoir pourquoi, et ça tenait tout droit en l'air. Fua lui a demandé comment il avait fait, chang lui a montré et ils sont devenus les meilleurs amis du monde.

DAPIP : Fua nous suivait partout. C'était un gentil. Mais il était genre crade, mouaha ! Il montait ses cheveux au goudron et à la morve. Ça tenait, je dis pas.

SIHUI : On avait les cheveux pendouillants, direction nadir, fua et les autres ont mis les leurs au zénith, ça leur donnait une personnalité. Un style.

FUA : D'après sihui, on avait un style, mais d'après dapip, c'était un genre, hinhin. *Style-genre*, ça m'a bien plu, comme nom pour mon groupe.

Le seul conseil utile que j'aie jamais reçu, c'est dapip qui me l'a donné : « Tout ce qui te passe par la tête, pas de problème. SAUF la psychotine. » Merci, dapip.

NOUNA : Noj et uhlan se sont engueulés et noj a quitté *soul* pour aller jouer avec *style-genre*. Ne me demandez pas pourquoi ! Ça devenait *trop* difficile de suivre, hou ! Pour remplacer noj, *soul* a pris pi^2, qui était aussi quelque chose.

DAPLOP : Fua imitait marquis, comme tout le monde. Comme tous ceux qui imitaient pas dapip. Mais sa musique était violente donc ça avait pas d'importance.

À la fin de leur premier spectacle, fua et son groupe sont venus nous offrir des bouts de métal, à moi et à dapip. C'était comme un truc de — un truc pour dire qu'on était des leurs. Mais nous, on pensait surtout qu'ils essayaient d'être des nôtres, ce qui était n'importe quoi vu qu'on était de rien du tout.

DAPIP : Ils nous ont offert des bouts de métal. On s'est foutus de leur gueule. « Putain, juste mon rêve ! Des bouts de métal. Oh, daplop ? Un bout de métal ! »

Toute la morale suburbaine était fondée sur la lutte contre les vilains germes, les vilains gènes, les vilains comportements, tout ce qui était vilain, alors on était à fond pour le vilain ! Mais ça oblige pas à s'enfoncer des bouts de métal dans le gras, mouahaha.

UHLAN : J'avais déjà vu tragaluz s'ouvrir des fentes longues comme ça dans les cuisses pour se faire baiser le fémur et marquis s'ouvrir le poignet avec les dents pour se grimer avant un concert, du coup les bouts de rouille de fua, ah.

TRAGALUZ : Je lui ai dit, à fua : « Tes bouts de métal, ce qu'ils ont, c'est qu'on peut pas les baiser. »

Il voulait pas me croire mais quoi ? J'ai essayé de lui expliquer : « Je dis pas que c'est pas dangereux, ces bouts de métal. Je dis pas que c'est pas crade, je dis pas que c'est pas *er*, mais on peut pas les *baiser*. Et le but, c'est de *baiser* ! Là, tu te décarcasses pour démoraliser mais si tu penses trop à démoraliser, tu penses plus à *baiser*, tu penses aux autres. Tu te mets à dépendre du regard des autres, tu comprends ? Au lieu de prendre leur cul. Et ça, c'est vachement moral. Le regard des autres, pas leur cul ! »

Bon, ben, bah il a rien compris. Il a fait la gueule, c'est ça.

FUA : Les gens réagissent aux mutilations quand elles sont visibles, bien crades. Mais c'est exactement ÇA qu'ils se font à eux-mêmes, quand ils se font *faire et refaire* pour suivre un ordre tacite. Une mode ou une connerie, ou encore un confort de plus, pouah.

C'est pas visible mais C'EST une mutilation.

TRAGALUZ : L'important, c'est de *baiser* ! C'est comme la défonce mais en mieux, parce que ça se fait à plusieurs.

De temps en temps, je rêve que je baise les *refugee*, que je baise mon caisson, que je me baise *moi-même* ! Je rêve que je me baise quand j'étais tout cancelé, que je me rouvre les yeux et la bouche à coups de queue, et ensuite que je me ranime moi-même avec ma chatte ! Je me masse, je me réchauffe et ça dérape, je me mâche et je me bouffe ! C'est mon rêve préféré, ça.

VITE-VITE : J'ai passé un petit temps avec une multi à gros seins. Quand je suis sorti de là, ça avait changé, du côté du faxian-dixin, oulaaa ! Je ne sais pas si c'était à cause des bouts de métal que *style-genre* trimballait dans sa bidoche, mais l'atmosphère s'était tendue ! Je pense que c'était à cause de ça. Le moyen de s'éclater, quand tu as la joue qui te lance et le nichon qui te tire ?

Tous ces gens étaient là, aux bars arrière, sérieux, mais sérieuuux ! Couverts de bitume et de sang séché, à chercher des crosses à tout le monde, c'était d'un chiant ! L'ambiance devenait lourde, antimorale : il *fallait* être *eeer*. Avec mes bouclettes et ma brioche, je n'avais aucune chance de leur plaire, tu vois ? Je suis allé voir fua et je lui ai dit : « Si tu crois qu'il *faut* être quelque chose, t'es qu'un foutu moraliste ! »

Il m'a craché dessus ! Je l'ai retourné d'une main, ce connard. Ensuite il m'a fichu la paix, mais l'ambiance au faxian-dixin était moyennement sympa.

3

Mille petits monstres en bitume

HYK : J'étais à fond dans l'espace *er*, suk m'a contactée : « Décroche et viens voir ces gens *en vrai. Style-genre.* Ils sont trop mignons. »

J'y suis allée et le premier truc que je les ai entendus chanter, c'était *mâche pas ma viande.* Je me suis retournée vers suk et je lui ai dit : « C'est ça que tu appelles *mignon* ? » C'était bruyant, ça remuait, c'était peut-être *er* mais ce n'était pas *mignon.* En aucun cas, on ne pouvait appeler ça *mignon.*

Elle n'a jamais voulu en démordre.

TIOURÉE : Quand j'ai vu *style-genre* sur scène, je me suis mise à rire hystériquement !

SUZA : Je suis allé voir *style-genre* sur scène avec tiourée parce que j'étais pas mal occupé à la consoler de sa rupture avec marquis, et la première chose que j'ai vue, ça a été jindo des basses qui se branlait sur scène. Mollement, comme ça, sur la scène, avec de la lumière plein la figure.

Ça m'a gazé. À partir de ce moment-là, je n'ai plus pensé qu'à ça : ce visage et cette main dévorés par la lumière sur cette scène vide. Je suis tombé raide de jindo.

Je n'arrivais plus à m'ôter jindo de l'esprit. Tiourée se moquait de moi : « Oh, il est si laid, si trapu ! » et je répondais : « Je sais, je n'y peux rien, j'aime les Taupes, je veux cette Taupe. » La vision de jindo a déclenché chez moi un geyser d'images obscènes. Peut-être parce que ce n'était pas une image travaillée du tout ; pas calculée du tout.

Mais tiourée avait raison. Jindo était immonde. Presque autant que pi². Sauf que pi² était une Blatte plus qu'une Taupe. Je m'en foutais. Je n'étais pas là pour faire le beau, et surtout pas avec des beaux.

DELETION : Ceux de *style-genre* avaient des notions d'hygiène vachement réduites, n'est-ce pas ?

SUZA : Je saute sur jindo, il n'est pas contre, je le suis dans l'alvéole de *style-genre* et là, je me dis : « Non. Ça, ça va pas être possible. » J'avais pas mal décoincé depuis mon arrivée à dixia yixia, mais fallait pas pousser. Leur alvéole, c'était une foutue crevasse. Même pas étanche. Un ancien crassier se déversait dedans, les parois étaient blindées de cadmium. Je me suis dit : « Je ne veux pas mourir. En tout cas, pas ici. »

Il y avait des briques dans les chiottes, ils ramollissaient leurs briques de calories à la pisse. Il y avait ce tas immonde, des cheveux, des poils, des ongles, parce que la défonce se fixe là, alors pour ne rien gâcher, ils balançaient toutes leurs rognures en tas et ils retraitaient ça, ils se défonçaient avec ça, directement dans le cortex. C'était trop pour moi.

Heureusement, je me suis retourné et j'ai vu le sas grand ouvert. Jindo m'a dit : « C'est fua qu'arrivait pas à rentrer, il a défoncé le sas. » Ça m'a rassuré, de pouvoir m'enfuir à n'importe quel moment, et j'ai réussi à baiser.

Ce n'est qu'après que je me suis dit : « Il a défoncé le sas ? » Tu sais comment on fait, pour défoncer un sas en fibroverre ? Moi non plus.

KLINE : *Style-genre* était nouveau dans le milieu, ils faisaient des trucs de nouveaux, ouarf ouarf, et je me suis senti fatigué, d'un coup.

HYK : Bon, je suis rarement extravertie mais là, j'étais pleine — ne me demande pas de quoi — et avec ceux de *style-genre*, on s'est mis à poil et on a galopé dans les couloirs, on a débarqué dans les alvéoles des autres musiciens, certains étaient en train de dormir. On les a roués de coups en hurlant : « Path empereur ! Path empereur ! » C'était marrant.

Non, on a évité l'alvéole de marquis, c'est sûr.

NOUNA : Ceux de *style-genre* venaient de la suburb productive, triste et moche mais paisible, politiquement parlant. Ennuyeuse, ça c'est clair ! Mais *rien* à voir avec ces quartiers où on risquait la mort à chaque coude, houhou ! Du coup, ils se faisaient tout un théâtre pour se désennuyer en se fichant éperdument des risques qu'ils prenaient parce qu'ils n'en avaient pas conscience. C'est ce qu'ils avaient, ceux de *style-genre* : l'arrogance de ceux qui ont grandi sans risques.

Et donc, ils gavaient tout le monde.

FUA : Ceux du faxian-dixin, c'étaient que des ramollos dont le seul but était de se défoncer le plus possible avant de mourir ! Mourir, ouais. C'était ça, leur but ! Théâtre MOU, ouais. C'était *exactement* ça !

Mourir, ça me gêne pas. Mais je refusais qu'on me tue ! Il fallait gueuler contre les politiques, contre les scientifiques, contre la tyrannie de la suburb et des tours, toute cette merde, ces guéguerres qu'ils entretenaient pour nous faire ramper, tous ! Et pendant ce temps-là, linerion touillait des fluorides ? Pouah !

On montait pas sur scène pour faire du théâtre, NOUS.

SUK : Quelque chose changeait, ça se sentait. Marquis était arrivé avec quelque chose à dire, il parlait d'une nouvelle manière d'être, mais c'est *style-genre* qui la vivait !

Marquis était plus un génie que *style-genre* mais *style-genre* était plus agressif, plus en colère. Il prenait marquis au pied de la lettre et il s'en servait comme d'une matraque !

FUA : Marquis, à part s'envoyer dans la GUEULE tout ce que ses lèche-bottes lui filaient en attendant de tomber comme une merde pour une histoire de CUL, il a fait QUOI, marquis ? Pouah.

DELETION : À un moment donné, je suis sortie du faxian-dixin et j'ai rencontré mille petits démons *er*. Mille gamins aux cheveux rouges collés à l'asphalte, mille mix marquis-fua. Ça m'a soufflée ! Je me suis dit : « Oups. Qu'est-ce qu'on a fait, là ? » La musique nous avait échappé, n'est-ce pas. Elle avait pris vie et elle avait fichu le camp !

MANTANE : Ça commençait à se répandre et pas seulement sur le Parallèle : *en vrai*. C'est-à-dire gratuitement. Et avec un maximum de risques, d'accord ! Ce n'était pas que de la musique, c'était toute une attitude : « On est amoraux, on est sales, on est improductifs, on ne mérite pas de respirer et vos oreilles vont nous le payer ! »

Il y en avait jusqu'à renmin ribao, de ces petits monstres en bitume. Plus moyen de les confiner au faxian-dixin, d'accord ?

SUK : Avec *style-genre*, quelque chose était en train de se passer *en vrai* et cette chose, c'était que les gens n'avaient plus peur des *refugee* ou plutôt : ils étaient *enfin* plus en colère que terrifiés.

MANTANE : *Style-genre* créait des événements extraordinaires dans la vraie vie. Des événements extraordinaires sans le péage du Parallèle. Il était plus important d'être là, *en vrai*, que d'avoir les moyens de s'immerger.

C'est l'essence même d'*er*. De cette musique.

HYK : Il y avait de plus en plus de gens de plus en plus hagards dans tout dixia yixia. Leur seul repère, c'était *style-genre*. Je me disais : « Eh, fua ! Tu sais ce que tu fais ? » Ce garçon avec qui j'avais couru toute nue en gloussant connement, je ne le voyais pas sauver le monde.

SUK : Quand j'ai capturé fua, j'ai découvert un esprit réellement intelligent et cohérent, et d'abord il avait l'extrême intelligence de ne pas fractionner sa pensée à la psychotine ! Ses idées étaient claires, il savait ce qu'il faisait avec *style-genre* et pourquoi, il m'a impressionnée.

NOUNA : *Style-genre* est devenu le meneur du mouvement *er* et *er* est devenu mortellement sérieux, hou ! Parce qu'*ek* n'en avait rien à *foutre*, d'être le meneur de quoi que ce soit. Et marquis non plus. Trop dommage !

SUK : Tous mes potes étaient horrifiés par *er*, ils disaient que c'était immonde de corrompre comme ça des gamins et j'agréais, ils disaient qu'*er* était sale, plein de germes, des gâcheurs d'eau, même pas productifs et c'était vrai, ils disaient surtout que ceux de *style-genre* étaient tombés de quartiers paisibles, qu'ils allaient faire tuer plein de petits *er* avec leurs conneries et c'était vrai ! On était assez protégés à dixia mais dans beaucoup de quartiers de la suburb, si tu disais quelque chose comme « *Refugee*, salauds ! », tu étais mort avant le « *gee* ».
Mais je m'y suis accrochée quand même, à ce mouvement. Par instinct. C'était ça ou

retourner formater de la sociomorale dans un labo, avec ce goût de mort dans la bouche.

DELETION : *Er* traitait tout le monde d'esclaves mais franchement, est-ce que ces gens avaient le choix ? Pour râler, il faut de l'oxygène, n'est-ce pas ? Et l'oxygène, c'était les politiques qui tenaient le tuyau.

SUK : J'ai mis longtemps à comprendre qu'*er* avait été vu comme une arme par les scientifiques contre les politiques et que ça leur avait bien plu, aux scientifiques, parce que les politiques étaient alors terriblement occupés à se tirer dans les pattes et que c'était le bon moment pour les attaquer. Mais *er* était *aussi* contre les scientifiques.

4

Voulez-vous un slip ?

LED : J'ai commencé à collaborer avec marquis, hm — juste après qu'il s'est fait serrer par la milice scientifique.

KLINE : Marquis supportait plus le faxiandixin, il a fugué grimé en Rat et il s'est fait serrer tout de suite. Pour amoralité comportementale et sonore, ouais ouais !

DELETION : J'ai cru sa dernière heure venue. Mais non. Delange n'avait pas réussi à lui obtenir une identité, mais il était parvenu à lui dégoter un statut mobilier et à s'en attribuer la propriété inaliénable. Ou du moins, il détenait sur les capacités musicales de marquis tous les droits patrimoniaux de propriété artistique, quelque chose comme ça.

J'ai trouvé ça brillant, n'est-ce pas ?

KLINE : Ce salaud delange nous l'a ramené hilare, bourré et couvert de poils, mouarf ! Alors on a décidé de partir jouer hors du faxian-dixin, pour l'aérer.

DELANGE : Marquis était défoncé, des poils collés sur tout le corps, un pied déjà dans un caisson de gel, et il rigolait — je crois que c'est ce qui l'a sauvé. Ce qui l'a sauvé, c'est que les miliciens étaient trop occupés à se foutre de lui pour accélérer la procédure, quoi.

Je l'ai attrapé et ramené au faxian par l'oreille.

KLINE : Notre première action d'urgence a été d'aérer marquis. On a commencé par lui faire découvrir les autres secteurs de dixia yixia.

LED : Marquis est enfin sorti du faxian-dixin pour aller à la rencontre de tout dixia yixia et c'était une formidable nouvelle pour moi ! Je voulais vraiment créer avec marquis. J'étais moins musical que lui, c'est vrai, mais j'avais une foutue ligne déjà, un foutu panorama ! Et je voulais que marquis l'anime, je voulais y voir marquis.

J'ai retenu un excellent labo, il y avait là les meilleurs techniciens 3 et 4d de dixia yixia, et on a attendu marquis. Dijkstra était là, survolté à l'idée de le rencontrer et de travailler avec lui.

On a attendu, et attendu, et attendu.

Il est arrivé très en retard et totalement à poil ! C'est là que j'ai compris à quel point la morale avait eu mon âme : j'ai été horriblement choqué. Parce qu'il était nu mais surtout parce qu'il était tellement couturé, et sa bite était tellement petite.

C'était ça, l'obscénité ; c'était l'imperfection. Un corps primitif. Ne pas essayer d'être *en vrai* aussi parfait qu'un avatar du Parallèle.

Il suffisait de regarder marquis *être* pour apprendre quelque chose.

DIJKSTRA : Elle était vraiment petite.

LED : J'ai dit à marquis : « Je suis honoré, complètement honoré, est-ce que vous voulez un slip ? »

Mais il n'y avait aucune provocation de sa part, en fait. Simplement, il était bourré. Et névrosé.

On peut parfaitement traiter les courts-circuits neuronaux ; on le fait tous, non ? À quoi ça rime, de traîner une boiterie, une loucherie ou une névrose ? Un petit pontage d'axones là où les connexions cérébrales ont mal poussé et la pensée circule mieux, les humeurs se stabilisent, alors à quoi ça *sert*, de vivre en dysfonctionnant ?

DIJKSTRA : J'ai proposé à marquis de le sucer et il a accepté. J'étais content. Lui avait l'air détendu. Il s'est endormi comme ça, ma langue sur son nombril. Je suppose qu'il avait l'habitude.

Tout le monde voulait sucer marquis, il était si sexuel ! Donc je suppose qu'il considérait les bouches des autres comme autant de slips.

DELETION : Dans le secteur créatif de dixia yixia, marquis a rencontré de réels admirateurs. Pas des gens qui se jetaient sur lui en faisant « OoOoh ! », n'est-ce pas ? Juste des gens qui disaient : « La montée à la fin de *l'instinct de conservation* est vraiment bonne. » Il a rencontré led, dijkstra et même cnafet. Il a retrouvé sucre et jum. Ça lui a fait plaisir.

NOUNA : Dans le secteur de led, on a vécu comme de *vrais* maîtres des tours. On mangeait des calories traitées à l'antique. Il y avait des Fruits-de-mer, des calories cachées dans une coque qu'il faut casser au marteau et gratter ! C'était assez extravagant, vous savez ? Ça m'a pris une demi-heure pour rassembler une bouchée — nos ancêtres étaient *tellement* pervers.

Marquis mangeait avec appétit. Surtout les Huîtres en tube. On voyait qu'il avait eu l'habitude d'avaler autre chose que de la calorie brute de Champignonnière, houhou ! Et puis, il était *enfin* avec haï-delange ! Son rêve rempli. Pff.

Ce salaud delange.

DELANGE : J'aime pas les gens qui se laissent porter. J'ai un vrai problème avec ça, quoi — et marquis avait un tropisme insondable pour le portage.

KLINE : Comme marquis avait l'air content de s'aérer, ouais ouais, j'ai décidé qu'on allait carrément jouer dans d'autres quartiers de la suburb. J'ai pensé à mantane pour organiser le truc parce qu'il avait bien plus de contacts que moi.

DELANGE : De toute façon, marquis était décidé à ficher le camp et s'il y était allé seul, je sais pas où il serait allé — ni en quoi il se serait déguisé. En *refugee* ? Il aurait sûrement trouvé encore pire.

Je lui ai parlé du voyage que kline et mantane organisaient pour lui dans d'autres quartiers que dixia yixia. Je lui ai dit qu'on allait foutre le camp mais tous ensemble, quoi.

Marquis était assis par terre, comme ça, à se tourner les pouces. Il m'a regardé par en dessous et il a dit : « Je veux partir tout seul. Ou avec toi. Tout seul ou avec toi. » D'habitude, il parlait pas tant.

J'ai négocié. Moi ET les musiciens.

La suite a pris pas mal de temps. Parce que marquis était un coquet qui aimait bien se tortiller en refusant ce qui lui faisait envie. Il fallait lui mettre l'eau *dans* la bouche. C'était exaspérant. C'était peut-être de la — en tout cas, c'était très chiant.

En tout cas, ça a fini par se faire, quoi.

Il a bien fallu que je le fasse, hein ?

La giclée d'endorphine a été suffisante pour calmer marquis pendant le voyage. Je pensais pas — que ça lui ferait autant de bien.

LED : Tout d'un coup, la rumeur s'est répandue que marquis allait se promener *en vrai* dans toute la suburb. Ça a été un délire ! Parce que marquis était *vraiment* comme un rêve de réel. Même ceux que plus rien n'impressionnait étaient impressionnés par marquis. Avant tout parce qu'il n'étalait pas sa vie sur le Parallèle. Il était très peu en libre-service, haha ! Bon, à ce niveau, il y avait aussi cnafet, j'agrée. Mais cnafet est un tel connard.

DELANGE : Ce voyage musical dans la suburb, c'était comme un voyage de noces avec lui. C'était écœurant, quoi. Et son air à la fois content et inerte était pas l'aspect le moins écœurant du problème.

MANTANE : Ce voyage était un cauchemar à organiser. Heureusement que marquis n'était pas en crise en plus du reste, sinon je n'aurais plus répondu de rien ! Les politiques haïssaient marquis parce qu'il était de dixia yixia et les scientifiques, qui étaient censés le défendre, auraient quand même bien aimé qu'il ait un petit accident, vu qu'il était des tours.

Il y avait tellement de factions là-dedans — un *pur* cauchemar.

5

Putain de bagage

KLINE : Le problème, dans la guerre qui a duré deux cents ans entre les scientifiques et les politiques de la suburb, c'est qu'on peut pas en permanence massacrer tous les techniciens. Quand tu as tué tous ceux qui savent faire quelque chose, il reste plus personne pour faire tourner les usines de calories et les recycleurs d'air.

Mouais, à une époque, ça gênait pas. Les politiques dézinguaient la moitié des scientifiques sous des prétextes moraux, la moitié des installations tombait en panne, la moitié des suburbains crevait et le reste rampait droit. C'était tout ce que cherchaient les politiques !

Mais les scientifiques, à qui il arrive de réfléchir en plus de penser, ouarf, ont fini par stabiliser les infrastructures et les pannes se sont faites rares.

Du coup, les gens ont commencé à rechigner à mourir pour un oui ou pour un non. C'est toujours pareil : dès que les conditions de vie deviennent vivables, ces cons relèvent la tête, se rendent compte à quel point leur vie est merdique et ils se rebiffent. Et si tu les laisses faire, ils te renversent.

DELETION : La politique, c'est plus simple que ça en a l'air, n'est-ce pas ?

KLINE : Les politiques ont fait LA vieille erreur : une moitié d'entre eux a décidé de revenir aux bonnes vieilles méthodes de terreur alors qu'elle avait plus les moyens techniques, et l'autre moitié a décidé de devenir plus libérale alors qu'elle avait pas la légitimité. Imagine un Chien. Tu le bats pendant deux cents ans, ensuite tu lui files un Steak et tu lui enlèves sa chaîne. Il fait quoi ? Il te remercie ? Il te saute à la gueule, ouais ouais !

Mouais, il paraît que les Chiens étaient un peu spéciaux, mais tu vois ce que je veux dire. Et ces deux moitiés de la suburb politique ont commencé à s'entre-tuer, ce qui était la dernière chose à faire. Pour eux.

Ce que les politiques auraient dû faire ? Comprendre que c'était terminé pour eux, mouais.

Le *théâtre mou*, c'était : « J'attends la fin en rigolant. » Mais *er*, c'était : « Hé, mec ! La fin est là. Cassons-tout ! »

Et marquis était le symbole de tout ça. À trimbaler dans la suburb, mouarf ! C'était un putain de bagage.

DELETION : On allait vers la fin de la dictature *refugee* et comme on n'avait aucune imagination, on pensait aller droit vers la fin du monde. Notre comportement s'en ressentait un peu, n'est-ce pas ? C'était l'ambiance : « Maintenant que le plafond s'écroule sur ma tête, je peux bien te l'avouer : c'est moi qui ai pissé dans ton eau. »

On crevait de trouille parce que les tyrans étaient presque morts mais ils bougeaient encore. Et ils étaient bien capables de nous entraîner tous avec eux dans l'apocalypse. « Plutôt morts qu'amoraux », vous voyez ?

La tyrannie fait peur, la liberté fait peur et la peur, c'est comme un métal lourd : ça nique les ongles et ça rend con.

On n'était pas dans les meilleures conditions pour aller se balader.

NOUNA : J'ai absolument totalement *complètement* refusé de partir. Supporter fua et sa clique, merci ! J'ai envoyé delanue à ma place. Bonne chan-ance !

Sérieusement, j'en aurais tué un. Il n'y avait pas que *style-genre* dans ce voyage, il y avait aussi des petits groupes de tendres débutants, hou ! Une vraie bande de poètes. Les *avale !* notamment. Des poètes, je vous dis ! Le chanteur mettait le feu à ses pets.

J'en aurais tué un mais — mais dès le premier concert, *crac !* comme ça.

Alors — je n'y suis pas allée. Hmf. C'est *là* que j'ai réalisé que je me ramollissais.

DELANUE : Avant de partir en voyage avec le groupe de marquis et *style-genre*, j'ai demandé à suza : « Mais comment est fua ? » Il m'a répondu : « C'est un crétin. »

Et c'en était un — mais un lourd, un graveleux, un extrudé de frais, un calibré au laser !

Non seulement il était salement con mais en plus, il se sentait obligé — il se contentait pas de l'être dans son coin : il fallait qu'il le prouve ! À tout le monde ! Et tout le temps.

Il fallait qu'il vienne te le prouver sous ton nez et sans arrêt.

Une fois je leur ai dit, à fua, à noj, à jindo et à tous ces branleurs : « Vous voyez la longueur de mon bras ? À partir de là, vous êtes morts. Vous entendez bien ? Morts. Je vous prends tous un par un. Et si ça suffit pas, je vous prends tous en même temps ! C'est compris ? »

J'ai pas été emmerdé.

VITE-VITE : Avec delanue, on s'est bien entendus. Il n'était pas si drôle que nouna mais on s'est bien entendus. Avec marquis aussi, ça a bien collé : ils se filaient de ces gnooons ! Et ils parlaient gros son.

KLINE : *Style-genre, avale !* et les autres étaient plus hargneux que le groupe de marquis mais sur scène, marquis les enfonçait tous d'un seul doigt. Son groupe avait une expérience irremplaçable. Mouais, tu peux être *er* tant que tu veux, quand c'est marquis qui chante, que c'est lui qui bouge devant toi, avec deletion aux cordes et linerion qui tient les basses, tu la fermes et tu te trémousses.

FUA : Ceux de marquis étaient plus musiciens que nous mais nous, on était plus déterminés. Parler, chanter, toujours l'ouvrir, pouah ! Le moment où on te respecte, c'est pas le moment où tu l'ouvres. C'est celui où tu la fermes, GNAC !

DELETION : Musicalement, fua exprimait son dégoût de la suburb tandis que marquis exprimait son désespoir que delange ne l'aime pas.

UHLAN : Marquis chantait des mots, *style-genre* braillait des gros mots. Ah, c'était plus accessible.

DELETION : Pendant tout le voyage, fua galopait sur les passerelles en montrant son cul aux
milices des quartiers, tandis que marquis restait
immobile des *heures*, immobile comme ça, le
visage dans les mains, parce que delange l'avait
encore une fois renvoyé à son néant.

Je ne sais pas, c'était à la fois choquant et
émouvant, n'est-ce pas ? Marquis n'avait
aucune dignité, aucune fierté — aucun de ces
trucs qui vous font tenir quand tout s'effondre.
Et qui vous font supporter ce que vous ne
devriez pas supporter, aussi.

CHANG : Marquis était pas tellement dans la
tendance *er*, en fait.

DELETION : Au cours du voyage, il est devenu
de plus en plus évident que marquis et fua ne
pouvaient *pas* se blairer.

Marquis aimait la musique, c'est certain.
Alors que fua s'en servait pour manipuler les
autres, n'est-ce pas ? Donc, marquis prenait fua
pour un opportuniste minable et fua prenait
marquis pour un nombriliste de merde.

TANAKA : Vous ne comprenez pas. Le voyage
de marquis m'a sauvé la vie.

À l'époque, j'étais dans le Parallèle tout le
temps. Il y avait cette triade que je haïssais, à
cause de ce qu'ils avaient fait à ma copine

yatou. J'avais un avatar qui pourrissait leurs flux ; je m'amusais à brouiller leurs informations, c'était un jeu morbide mais j'y passais tout mon temps ! Je crevais de haine. Et je risquais ma connexion et ma vie, bien sûr.

Mais le plus morbide dans tout ça, c'était tous ces morts codés, ces copies comportementales — la copie comportementale de yatou hantait le Parallèle. C'est elle qui l'avait codée et vous savez pourquoi ? Parce qu'elle savait qu'elle prenait des risques et qu'elle ne voulait pas que je me retrouve seule s'il lui arrivait malheur. Donc je croisais souvent sa copie et je donnais le nom de yatou à cette copie. Je parlais avec elle, c'était vraiment comme si yatou avait été encore là !

On a tous fait ça à un moment ou à un autre, non ? Sur le Parallèle, personne ne meurt jamais complètement, alors la vraie vie, ça semble juste peu enviable.

J'avais des discussions surréalistes avec yatou, elle me disait : « Tu fais quoi ? » et je lui répondais : « Oh, je course un des salopards qui t'a tuée », elle riait et elle disait : « Encore ? »

Et puis j'ai découvert la musique de marquis, et puis je suis allée le voir *en vrai* quand il est passé dans mon quartier et c'est ce qui m'a donné le courage de décrocher — de quitter le Parallèle, mes haines virtuelles et ma copie d'amour.

Yatou est encore là-bas — sa copie est encore sur le Parallèle et je me demande si elle se sent seule, sans moi. Je trouve ça *horrible*, au fond. À la fois banal, miraculeux et horrible.

DOUBLE-BRIN : Le groupe de marquis est passé dans mon quartier, je suis allé les voir dans le multiplex de solitud, un gus abominable qui se greffait sur tout ce qui paraissait un peu à la mode. Il avait organisé quelque chose pour la fête des fantômes, un grand banquet avec des loupiotes flottant sur des coupes de plasma, c'était très traditionnel. Tout le monde était calme, fua nettoyait ses lames, jindo soignait ses furoncles, on se serait cru en famille.

Solitud les avait invités avec un seul but : baiser avec *style-genre* au complet. Il y est arrivé. Je n'ai rien contre ça ; pendant qu'ils baisaient, ils ne mordaient personne.

Personnellement, j'étais venu là pour parler avec haï-delange, c'était fait, haï-delange était parti et je me sentais un peu décalé — ce n'était pas trop un endroit pour un protéomicien. Donc j'errais.

DELANGE : Double-brin était un fin escroc, hein ?

DOUBLE-BRIN : Je suis passé devant un renfoncement et j'ai entendu quelqu'un pleurer en écoutant la *berceuse de takeda*. C'était si inattendu que je me suis approché : il y avait un tout jeune garçon effondré au pied du mur, le visage dans les mains.

Je me suis accroupi à côté de lui et j'ai écouté la fin de la chanson avec lui parce que, à moi aussi, ça faisait quelque chose, la *berceuse de takeda*.

À la fin, le gamin s'est tourné vers moi et il m'a dit : « Salut. Je m'appelle marquis. »

MILLER : Marquis et ses amis sont passés pas loin de chez moi, je me suis dit que j'allais essayer de les saluer, heureusement je suis encore tombée sur deletion. Elle était couverte de goudron ! Moi, je portais un grand voile cinétique dont j'étais très fière ! J'avais les orteils fartés et je glissais comme ça, sur le sol — c'était très nonchalant, très classe et *incroyablement* lent. J'avais codé une bulle perso toute bleue, je nageais là-dedans, je voyais à peine les gens autour de moi et j'étais très zen. Avec deletion, on discutait quand soudain une bande d'affreux petits gnomes aux cheveux rouges a surgi dans mon bleu ! Ils ont commencé à nous tourner autour.

« Oh, mince ! a dit deletion. *Er* ! » Je ne voyais pas le problème, je ne savais pas cette bagarre entre *er* et le *théâtre mou*, entre immoraux et amoraux, je croyais qu'on était tous de la grande famille du ballast au fond de la faille juridique, je ne savais rien de rien !

KLINE : Miller avait pas trop les pieds sur terre, mouarf.

MILLER : Les petits gnomes se sont approchés en tenant des propos malaimables, deletion s'est campée devant moi et elle les a dispersés à grands coups de stick ! Elle m'a sauvé la vie, exactement. Ce n'était pas la première fois mais celle-là avait un tel *panache* ! J'ai adoré.

DELETION : Les admirateurs de marquis se battaient contre ceux de *style-genre*. Ça les occupait, n'est-ce pas ?

6

Tout ça pour ça

TIOURÉE : Dalia s'était éloigné de marquis et de noj en même temps que moi et, le temps qu'on se revoie tous les deux, il était devenu un *coupez-la*, pour s'occuper.

Oh, ça consistait à se faire de grandes balafres puis à saigner d'un air douloureux, c'était bien du dalia.

Je l'ai revu et il se plaignait d'être seul, il disait que marquis et noj l'avaient laissé tomber, que personne ne voulait traîner avec lui, ce qui était vrai, je lui ai répondu : « Tu devrais bouger de dixia yixia ! Tu te ronges les sangs, ici. » Ça tombait bien, le groupe de marquis et les autres venaient de partir en voyage.

MANTANE : La réalité, c'est que j'ai organisé un voyage musical pendant lequel *aucun* musicien n'a réussi à aligner une seule note, d'accord ? On se faisait refouler à l'entrée de tel quartier alors qu'on était en train d'essayer de s'enfuir de tel autre, c'était effrayant !

KLINE : Je zonais tranquillement à quangho zhengxie où, par miracle, il semblait potentiellement *possible* de jouer à un moment ou un autre, quand je suis tombé sur dalia.

Il m'a dit bonjour et : « Tu sais où est noj ? »

Je lui ai répondu : « Non, dalia. Je sais pas où est noj.

— Et marquis ? Je voudrais voir marquis.

— Non, dalia. Tu veux pas voir marquis. »

Il a protesté : « Mais marquis est mon ami !

— Non, dalia. Marquis est pas ton ami. Va-t'en ! Je te le demande gentiment, dalia : fous le camp *tout de suite.* »

J'aimais bien dalia mais c'était un antibiotique, ce garçon ! Ouais ouais. Là où il passait, tout trépassait.

J'ai vérifié qu'il était réellement reparti vers dixia yixia. Vers pi^2, mouarf !

OCTOPUCE : Quand j'ai vu dalia débarquer au *semence*, j'ai cru que j'allais faire une embolie ! Je pensais sincèrement qu'on en était débarrassés. Dalia avait réussi à détruire noj, ou au moins à lui faire quitter *soul*, mais je pensais qu'à ce prix, on en était débarrassés. J'ai tout de suite été *certain* que c'était un coup de mantane.

Avec noj, ils avaient dû se mettre d'accord pour démolir pi² à coups de dalia !

J'ai failli murer le bar.

Pi² était accro à tout ce qui traînait et dalia traînait tout avec lui, donc ce connard allait forcément ruiner mon groupe une fois de plus ! Génial.

Je me suis avancé vers lui et je lui ai mis mon poing dans la gueule ! Je l'ai assommé, ligoté et expédié vers quangho zhengxie sur les épaules d'une bande de petits *er*. Ça m'a coûté un œil mais tant pis ! Et quand il a été là-bas, héhé : dalia a remis la pince sur noj.

SUK : Noj était bête mais pas méchant pour une goutte ! Avec lui, dalia avait ce qu'il voulait : une belle et bonne victime.

KLINE : Noj est arrivé à quatre pattes une répétition de trop. De mon côté, je venais de passer des heures à ergoter avec les miliciens d'un quartier pourri pour arriver à rien du tout. Ni lui ni moi n'étions en état de nous comprendre. Alors je lui ai pété la gueule.

Je l'ai ramassé par terre et j'y suis allé à grands coups de baffes !

Quand le sang a commencé à couler de ses narines, je l'ai reposé par terre.

C'est marrant : au même moment, à l'autre bout de la suburb, uhlan faisait la même chose à pi².

Je veux dire : on était tous défoncés, ouais ouais ! Mais il fallait assurer la musique, c'est tout. Même marquis savait ça.

D'ailleurs, juste après, on a fait une des dix meilleures captures *er* de tous les temps.

HYK : Il y avait les gémissants et les autres. Noj, pi^2, daplop, uhlan étaient des gémissants. Marquis c'était autre chose, une sorte d'impudeur innée, mais eux, ils gémissaient. « Oh, je veux arrêter de me défoncer, oh je n'arrive pas à trouver mes limites, oh il me faut de l'aide ! » Sans arrêt. On pouvait passer trois mille heures avec chacun à écouter le même refrain ! Tout ça pour te piquer ta dose.

Linerion, vite-vite, même chang ne gémissaient pas. Linerion était irrespirable, vite-vite braillard et chang tout mou mais au moins, ils faisaient ça sans se plaindre.

À cause de ces gémissements, les groupes partaient en gravats parce que plus personne ne pouvait les supporter.

KLINE : Noj me disait : « Mais marquis est sous perfusion d'iféine et marquis est le meilleur musicien du monde ! » J'essayais de lui expliquer : « Marquis s'en est mis plein le cortex *après* être devenu le meilleur, crétin. Pas *avant* ! » Mouais, un pur cauchemar, ce voyage.

TRAGALUZ : C'était quelque chose d'abominable, ce voyage ! On jouait entourés de ces gens décidés à prouver qu'ils étaient *er*. Ils gueulaient, ils tapaient leur tête contre celle du voisin, on entendait les craquements ! Mais le pire, c'est la manière dont ils se vidaient sur nous. Littéralement, c'est ça. Ils mollardaient, ils pissaient et ils gerbaient ! Sur nous ! C'était surréel. Tu peux imaginer ça ? Tu te réveilles, tu prends ton instrument et tu vas te faire cracher dessus ? C'était ça. Sur scène, je faisais bien attention à garder la bouche fermée. Oh non, si, mais c'était tellement immonde !

DELETION : On a eu quelques problèmes d'hygiène, pendant ce voyage.

TRAGALUZ : Au début du spectacle, les gens nous jetaient de la bibine dessus, ensuite ils avaient plus de bibine, du coup ils nous pissaient dessus. Quand je voyais un verre de bibine, je savais que j'allais me le prendre dans la gueule sous une forme ou une autre, à un moment ou un autre, hahahaha !

Je suis arrivé à un point où je trouvais cette volonté de gâcher tant de bibine et tant de bave sur ma petite personne comme — une forme de dévotion, c'est ça. J'en ai vu qui gaspillaient de l'excellente eau juste pour le plaisir de nous emmerder !

Une *seule* fois, j'ai pu prévoir le coup. Un petit tas d'asphalte a sorti sa queue pile devant moi. Je l'ai regardé dans les yeux et je lui ai dit : « NON. » Il m'a balancé un mollard en pleine face ! Je suis descendu de scène, j'ai chopé sa bite et j'en ai fait un ressort. Entends-moi bien, j'aime pas frapper, j'aime pas blesser, j'aime la chair, j'ai un profond respect pour ça, et puis je suis frêle ! Je suis couard, en plus j'adore tous les fluides, je suis jamais mieux que sous une pluie de sperme, mais les glaviots, non. J'en pouvais plus, c'est ça. J'ai luxé la queue de ce connard et le public m'a *applaudi* ! Il a *vrombi* de joie ! Abominable.

Les rares endroits où on a pu jouer, ça a vraiment été *abominable*, hahahaha !

VITE-VITE : J'ai vu ce type se balader la bite à l'air, toute bleue, avec un slogan : « Tragaluz m'a touché la queue !!! », tu vois ? Meeerde, est-ce que tu *saisis* ?

FUA : Le but, c'était de prouver, là où on passait, qu'on avait pas peur. Le but, c'était d'être agressif, vulgaire, grossier et amoral impunément. L'impunité, c'est contagieux. Ceux qui nous voyaient étaient contaminés par notre MANQUE de peur. La peur devait changer de camp.

On se défonçait jusqu'à ne plus ressentir AUCUNE peur.

HYK : Pendant le voyage, notre technique de capture avec suk s'est épurée jusqu'au concept : se défoncer et laisser n'importe quoi arriver. Ça marchait assez.

SUK : Pendant le voyage, hyk a fait quelques erreurs de capture. Des erreurs techniques.

HYK : Évidemment, ça ne marchait pas avec tout le monde.

Dans le quartier de fudan, j'ai réussi à coincer derminer, je lui ai demandé s'il préférait la psychotine à l'iféine, et il m'a servi une heure de cours sur le professionnalisme. À la fin, tout ce que je réussissais à faire, c'était bredouiller : « Oh, pardon pardon, je l'ferai plus. »

En sortant de là, je me suis dit que l'iféine, c'était mal. Et que la psychotine, c'était pas bien. J'ai décidé que j'allais arrêter de me défoncer tout le temps. Boire tout le temps m'a paru une meilleure idée.

SUK : À un moment, vers la fin du voyage, je suis tombée dans une grande méditation, parce que j'avais quand même une belle carrière morale devant moi, quand j'ai tout plaqué pour dixia, et je me disais que peut-être, je m'étais trompée de voie ? J'avais le doute.

J'en ai parlé à tragaluz, je lui ai dit : « Mais qu'est-ce qu'on fait là ? » C'est vrai ! Je me droguais comme un mineur, je buvais comme un puits, je traînais avec des amas de goudron, ce n'était pas sérieux — et c'était dangereux. J'avais cette séquence d'*ek*, *le refugee te guette*, qui tournait sous mes cheveux. Tragaluz m'a regardée avec ses grands yeux ronds, et il m'a répondu : « Ben quoi ? On se marre ! »

Voilà, c'était ça. S'il m'avait fait une réponse alambiquée, avec des morceaux de « mouvement *er* » dedans, ça m'aurait déprimée mais là, j'ai compris ce que je faisais : juste me marrer. C'était exact, et c'était *légitime*. De ce moment, je n'ai plus jamais regretté. La frousse, oui. Des doutes, non.

DELANUE : Les *avale !* étaient de gros marrants. Une fois, à la fin du voyage, ils ont réussi à donner un concert à chao chan, un fond de mine productive. Je m'étais arrangé — je m'étais mis les cheveux rouges, c'est un détail important. J'y vais et, au milieu du spectacle, l'accueil était pas trop favorable, alors gaatje se met à gueuler : « Et voici la GRANDE surprise de cette GRANDE soirée : marquis LUI-MÊME ! ICI ! À CHAO CHAN ! »

Et il tend son doigt dans ma direction. Ce hurlement général ! Tout le public s'est mis à vrombir.

Je me retourne, je cherche marquis du regard en me disant : « Tiens ? Il est sorti de son coma ? »

Et je me rends compte que c'est *moi* que gaatje désignait — que c'est MOI que le public acclamait ! J'ai braillé : « NON ! non ! C'est une erreur ! » Mais fore ! C'est du granit.

La foule m'a porté sur ses épaules jusqu'à la scène, les *avale !* étaient morts de rire. Gaatje m'a poussé du coude : « Allez, les déçois pas : fais leur ton marquis ! »

J'ai fait mon marquis. J'avais eu marquis pas mal de temps sous le nez et faire le théâtre avec du gros son, c'est dans mes compétences. Et il y avait de si jolies filles et de si grandes bibines, dans le public, qui se tendaient vers moi ! C'est là que j'ai compris comment ça pouvait être fatigant, d'être un symbole sexuel.

Évidemment, quelques heures de bonheur plus tard, y en a un qui a contacté un pote pour lui dire : « Wa, je viens de sucer marquis ! Trop de bonheur. » Et le pote a répondu : « Ah bon ? Mais je suce *qui*, en ce moment ? » Cinq minutes plus tard, je me faisais courser d'un bout à l'autre du chevalement.

J'ai jamais refoutu les pieds à chao chan. Et j'ai jamais plus recausé aux *avale !* Mais c'étaient des marrants, ouais.

MANTANE : Bilan du voyage ? On a réussi à
jouer dans trois zones neutres. Tout ça pour ça.

7

Le grand brouillage

DELANUE : Ce voyage m'a grisé — grisé de gros son. Du coup, quand nouna a débarqué sur la fin pour récupérer sa place dans le groupe de marquis, j'avoue, j'ai eu du mal à me pousser.

KLINE : Delanue est très bon comme musicien, ouais ouais, mais autrement, c'est le type le plus bruyant que j'aie jamais rencontré !

DELANUE : J'avais la réputation de tout détruire et elle était pas usurpée, c'était pas — c'était comme ça, pour rire. Pour plaisanter. Quand j'arrivais quelque part, il fallait d'abord que je balance le menu matériel par la première ouverture que je trouvais. Ensuite, je m'attaquais au gros mobilier.

J'étais sonore et destructeur, mais je m'amusais bien !

La première fois que j'ai pris du glutamate, j'ai trouvé ça fabuleux ! Je me suis senti plein d'amour ! J'ai arraché mon revêtement et j'ai gueulé à mon frère : « Suce-moi ! »

Je me suis fait virer de chez moi aussi sec. Je me suis baladé dans mon quartier, tout content, j'ai raté une marche et *vlam* ! je suis tombé sur les dents.

C'est un pote qui m'a ramassé. Il m'a recollé la mâchoire, il m'a averti que mes géniteurs venaient de valider sur mon nom une clause de dénonciation de — non, un certificat de désistement, et puis il m'a rappelé que je m'étais fait une autogreffe de bite en plein milieu du front et qu'elle commençait à prendre.

C'est là que j'ai eu l'idée la plus réussie de mon existence : je suis descendu à dixia yixia. Le quartier du gros son.

VITE-VITE : Gros son, c'était le surnom de delanue. Grrros son ! C'est marquis qui l'a trouvé.

DELANUE : Mon quartier, bao chan dao hu — huit cent mille personnes et pas un bar. Je peux pas mieux le décrire.

J'aurais pu m'y faire mais ma mère est tombée dans la morale — ça a tout cassé autour de moi. Par exemple, pour la fête des bateaux-dragons, mon père me donnait des Brins d'Armoise pour décorer le sas, ma mère arrivait en hurlant à la superstition : « Ces résidus chamaniques sont le POISON de la rectitude de l'esprit ! » Je disais : « Oh non, maman. Arrache pas l'Armoise ! Je viens juste de finir. » Mais elle l'arrachait quand même. Alors mon père ramassait les Brins sur le sol et me les tendait pour que je recommence. Je disais : « Oh non, papa. S'il te plaît, j'ai pas envie de m'empoisonner la rectitude. »

C'étaient les mêmes Brins-stase chaque année et ils étaient furieusement défraîchis, à force.

À la fin, ma mère a décongelé mon frère et mon père a fichu le camp avec son neveu. La morale avait tout cassé. À commencer par moi.

NOUNA : Puisque j'avais décidé de ne pas suivre le groupe et que *tout le monde* s'en fichait pas mal, j'ai décidé que *moi aussi*, j'allais voyager.

Hors de dixia yixia, je me suis fait courser comme ja-mais ! J'étais carénée multi donc j'ai rencontré plein de multis, c'était fantastique, mais je me suis fait courser comme ja-mais.

Il faut dire que les autres multis ne s'imposaient pas assez, d'après moi. On ne *peut pas* être multi et discrète. Quand on se promène avec de superbes pectoraux ornés de superbes nichons, on ne peut pas le faire discrètement, vous voyez ? Mais beaucoup d'entre eux essayaient quand même. Ils s'habillaient de façon très prude et le sommet de leur provocation, c'était de chanter *la colline du charbon*, non ? !

Hou, ils susurraient ça d'un air si inspiré, si antique — bon, je les ai prévenus ! « La putain de prochaine fois où un putain de vous chante cette putain de colline, je *l'extrude*, putain ! »

Pour me venger, j'avais plutôt tendance à chanter *va pisser*, hi ! Je me suis *bien* amusée, au cours de ce voyage, mais *tous* les fadas de la suburb étaient à mes trousses.

MILLER : Évidemment, nouna s'est mis en tête de chanter dans un débit d'eau. Qui voulez-vous trouver dans un débit d'eau ? À chao chan, qui plus est. Ces mineurs étaient pétrifiés. Ils ne savaient pas quoi faire, ou quoi dire, ni même quel geste risquer ! Ils regardaient nouna qui ne doutait de rien, qui était complètement bourrée, qui s'en foutait éperdument, jusqu'au moment où elle a commencé *va pisser* et s'est mise à uriner dans *leur* fontaine en postillonnant : « Je te pisse dessus, je te crache dessus, *ptou* ! »

Ça a été le crépuscule des dieux. Fallait pas toucher à leur eau ! Ils se sont tous levés avec de ces rictus ! J'ai dressé mon petit doigt pour me cacher derrière. Heureusement slouchat — le videur de nouna — a sorti un stick et on s'est tous évacués avant le déferlement des buveurs d'eau !

Finalement, hm — j'étais bien contente. J'avais retrouvé nouna.

KLINE : Quand delanue est arrivé à un concert de marquis où nouna rejouait, ouais — ouais, ça a été un moment un peu compliqué.

LINERION : Delanue était un brave type mais il jouait comme une remblayeuse !

KLINE : Dans le contrat, on aurait dû préciser : « À la fin du voyage, le susnommé delanue laissera au susnommé nouna son instrument, sa place dans le groupe ET son espace sonore. »

On avait pas précisé, mouarf.

NOUNA : J'essayais de me concentrer sur mes harmonies, ça faisait un temps que je n'avais pas joué avec marquis et les autres, c'est clair ? Et il y avait cet *imbécile* dans le public qui braillait, avec une grosse voix bête : « Andro ! Andro ! »

Le truc que je ne pouvais pas endurer. Qu'on me traite d'andro ! Moi ! En plus, houlala, juste avant le concert, marquis m'avait refilé un xanthinique puissant.

DELANUE : Non, mais je disais pas ça pour — enfin si, je disais ça pour faire chier mais — pas spécialement nouna ! Enfin si mais — c'était mon mode de survie : brailler pour faire chier !

Non, mais j'ai rien contre les multis, les andros, tout ça.

NOUNA : Je venais de passer mille temps à me faire courser partout par toutes sortes d'abrutis *humanité humaine*, *morale moraliste* ou *tout-virtuel* alors mon *premier* réflexe, ça a été d'empoigner ma console et de la fracasser sur la tête du connard qui me traitait d'andro !

Hou, il y avait bien un peu d'effet xanthine là-dedans, bien sûr.

À la dernière seconde, j'ai quand même pensé à viser les couilles plutôt que la tête, pff. Quand j'ai reconnu delanue, je l'ai *tout de suite* regretté ! Trop bonne, suis-je.

DELETION : Ils se tapaient dessus comme des sourds, ils roulaient sur la scène en pissant le sang et tout le public braillait : « Achève-le ! Achève-le ! » Marquis attendait sagement sur le bord de la scène que ça finisse. Je l'ai trouvé très zen, n'est-ce pas ?

VITE-VITE : Oaaah, on fait les zen avec le multi, mais c'est du plasma en brouillard épais ! Multi, on l'est tous mais on le cache tous !

DELETION : La multisexualité est banale, l'afficher l'est moins, n'est-ce pas ? Ceux qu'on appelle *multis* sont plutôt des *outrageusement multisexuels*. Et quand on est *outrageusement multisexuel* et encore en vie, c'est qu'on est un gros enfoiré de cogneur ! Delanue aurait dû savoir ça.

VITE-VITE : C'est comme le Parallèle ou les bulles perso. À dixia yixia, on était censés être tous déconnectés pour faire comme marquis, mais ça se voyait que non. Une régulation thermique par-ciii, un nanocontrôle par-làààà, et puis la réalité, si tu ne mets pas un coup de flou, un effet écho et quelques lux en plus, ben la réalité — c'est plat. C'est triste et c'est mooche ! Surtout dans la suburb, arf !

DELETION : Delanue, c'était la théorie de kouznetzof appliquée à lui tout seul. Les gens ont été enfermés dans un espace réel de plus en plus étroit tandis que leur espace virtuel s'étendait à l'infini, ils ont pris l'habitude de vivre le corps en boîte et l'esprit en immersion alors, quand ils se sont réapproprié l'espace réel, ils n'ont pas forcément commencé par le faire avec classe, n'est-ce pas ? C'était ça, *er*. Des pauvres avatars qui n'avaient pas l'habitude de la réalité. C'est vachement définitif, la réalité !

NOUNA : J'ai ramassé ce qui restait de mon module, je me suis essuyé les yeux parce qu'ils étaient pleins de sang, marquis a recommencé à chanter et j'ai recommencé à jouer ! Le public était en transe, hou ! C'était terriblement *sauvage*.

Mais je m'en foutais assez, à cause de ce xanthinique. Le xanthinique de marquis.

SUZA : On vivait le grand brouillage personnel/matériel, c'est-à-dire que la vie personnelle ne signifiait plus uniquement « Parallèle ». Et la vie matérielle, uniquement « épisode chiant indispensable pour gagner de quoi retourner sur le Parallèle ». On apprenait à marcher dans un monde de pierre sur des jambes de chair. Et comme tous les mouvements d'avant-garde, dès que ça a diffusé dans la masse, c'est devenu pas mal vulgaire.

DELANUE : Net. Nouna m'a pété la hanche *net*.

MANTANE : Il a fallu du courage à ceux qui ont émergé pour affronter le réel. Le Parallèle n'était pas accessible tout le temps à tous, d'accord, mais les politiques étaient assez fourbes pour qu'Il soit accessible à ceux qui faisaient preuve de docilité — ce qu'on appelait « assurer la matérielle ». Trimer sans poser de question. Produire sans faire de glissement de terrain ; sans remarquer que l'arbitraire *refugee* tombait comme un coup de jus sur le voisin. Produire et laisser mourir.

C'était *ça*, le péage du Parallèle. La docilité.

NOUNA : Non, houlala, je ne suis pas fière de ce que j'ai fait. D'ordinaire, j'essaye d'être — tss, j'espère être *un peu* plus subtile. Mais je pense que c'était dû au xanthinique. Vous vous souvenez ? Celui de marquis. Je vous en ai parlé.

8

Retour en arrière

DELANGE : Je suis rentré de voyage. Apinic m'attendait à dixia yixia. Pour me dire que yongyuan était prêt. J'ai pas pris le premier surf, hein ? J'ai laissé d'autres tester le traitement avant moi. Mais c'était au point. L'immortalité. Le contrôle des télomères.

Après les tests, apinic me l'a offert. Comme convenu. Elle l'a fait.

Et elle l'a mis à la disposition de tous — comme ça. Elle l'a *fait*, quoi. Mais d'abord, elle a négocié avec les tours. Donnant-donnant, mon immortalité contre ta surface.

TIOURÉE : On me dit que marquis est rentré de voyage, je fonce à *l'Araignée*, tout excitée, et qu'est-ce que je vois ? Chang vautré entre ji, ti, yu et wo qui buvaient des coups en échangeant des injures, j'ai cru que j'avais remonté le temps !

HYK : Au retour de notre voyage, on a retrouvé tout le monde à l'identique. Le premier que j'ai rencontré, c'était uhlan au *cimadur*. « Oh que je suis triste, ah regarde-moi, je suis vêtu de lambeaux mais pourquoi, pourquoi ? » J'ai dit : « Parce que tu ruines tes combis pour faire ton Rat de cave, uhlan. » Ça faisait *cinq minutes* que j'étais rentrée.

J'ai aussi revu octopuce, qui était assis sur la rondelle d'à côté, toujours à la recherche d'un musicien pour remplacer pi^2 ou uhlan. Et bien sûr, il tombait toujours sur le même genre de tocard avec deux quarks de mémoire vive. Je te le fais ?

« Je t'ai entendu jouer tel truc, t'es assez bon mais — tu m'écoutes ?

— Euh, ouais ? T'en étais à "t'es bon".

— Non, j'en étais à "mais". Et — tu m'écoutes, *oui ou non* ?

— Euh, c'est ce gus, derrière toi, je crois que...

— Je vais être clair : la prochaine fois que tes yeux quittent les miens, je te *défonce* la gueule. Je suis clair quand je te parle ? »

À ce moment-là, le mec éclatait de rire et octopuce lui éclatait le nez. C'était pourtant un chétif et un calme, au départ, octopuce. Mais le faxian-dixin l'avait eu. Comme il avait eu uhlan.

SUK : Pour conclure en beauté mes captures du voyage, je m'étais juré de capturer marquis et j'y suis — j'ai failli y arriver ! On était sur la rampe du faxian-dixin, je lui ai demandé ce qu'il avait pensé de ce petit tour dans la suburb, ce qu'il ressentait maintenant que c'était fini, tu connais ? Le truc de trois mots qui dure dix minutes. J'ai vraiment failli.

MARQUIS ET SUK :
Marquis : Ce que je ressens ?
Suk : Oui.
Marquis : Maintenant ?
Suk : Oui !
Marquis : L'envie de me barrer d'ici. Me barrer.
Suk : Vers okazaki ? Jushi ?
Marquis : Vers la surface. Maintenant. Me barrer.

SUK : Retourner à la surface ? Mais on ne parlait *jamais* de la surface ! Pour nous, la surface, c'était les tours et le terrible soleil ! En fait, on n'y pensait pas, à la surface. Qu'il y avait une planète entière là-haut, et pas juste les tours de shanghai, la défense antisol des tours de shanghai, les ruines de shanghai, l'air empoisonné de shanghai !
On était un peu couillons.

LED : Marquis disait toujours exactement ce qu'il fallait.

SUZA : C'est marquis qui en a parlé mais c'est uhlan qui a conceptualisé le *maintenant*. Le fait que *maintenant* existe et qu'on peut foutre le camp dessus. «Ailleurs et maintenant, han-han.»
Ce gaz délétère commençait à saturer l'oxygène suburbain. L'envie d'espace. Le *besoin* de sortir de cette taule.

UHLAN : On m'a dit que j'étais complètement ontologique. Ah, c'est sûrement vrai. Ça veut dire quelqu'un d'égoïste, c'est bien ça ? Ha ha ha ! Totalement vrai.

TIOURÉE : Nouna est rentré de voyage avec miller, une multi très drôle, très excitante, et qui n'était même pas un tas de miettes cérébrales !

MILLER : J'étais dans un de ces bars, je rencontre cette fille, ji. Elle me dit : «Tu veux que je te mutile ?» «Je veux bien», je réponds. «On boit un coup et on y va», je lui dis. Elle m'a emmenée dans une alvéole, une vieille chambre d'écho de higgs, elle m'a écartelée dans de vieux filets de sécurité, de vraies antiquités ! C'était très sexuel. Elle m'a coupée un peu et elle m'a sucée. Ensuite, il y a deux multis magni-fiques qui sont passées me sauter sans me demander mon avis, j'ai trouvé ça charmant comme tout ! Je pensais : « Oh ben alors, l'amoralité dixienne, quand même, dites ? »

Il y avait une atmosphère de sécurité très, très agréable. On sentait que ces gens des bars arrière étaient là pour s'amuser, pas pour — pour bouffer vos organes ?

DELANUE : Une fois recollé de la hanche, j'ai rencontré fua dans un bar arrière.

Il m'a demandé si je voulais faire les harmonies pour *style-genre*. Pas rancunier, le garçon.

Les *harmonies* de *style-genre*, iark iark ! J'ai dit oui.

Ça a été l'occasion de — l'occasion de ma vie, si — si je veux pas être trop regardant sur les détails.

Chez *style-genre*, j'ai compris quelle dictature ça pouvait être, *er*.

Fua aimait pas mon allure, compris ? Il la trouvait *productive* — il me l'a jamais dit en face mais je sentais ça.

Je portais toujours des combis fonctionnelles. Dès que j'arrivais pour jouer avec *style-genre*, fua commençait par lacérer mon revêtement. Après, il y foutait le feu. Le tissu se défendait comme il pouvait, le résultat était assez lamentable.

Ensuite, fua s'est occupé de mes cheveux. Il les a pourris de coaltar, il a fait des sortes de sculptures — des sortes de ressorts, et il a fait des trous entre les ressorts, j'étais humilié ! J'avais jamais été aussi maltraité, même par ma mère.

C'était ça, la dictature *er* — celle de l'allure.

Mais fua avait confiance dans mon son. Ha ! ça faisait au moins un. Non, même pas deux — je suis devenu prétentieux plus tard.

TIOURÉE : De bar en bar, j'ai fini par retrouver marquis mais il était revenu de voyage plus dur, je ne sais pas, il se droguait moins, il buvait plus, et il passait des heures à s'arracher les cheveux un par un. Ça me rendait triste.

DELANUE : J'ai commencé à glander dans les bars avec marquis et tragaluz, mais ça m'a rapidement passé.

Une fois, tragaluz nous a emmenés tous les deux dans son alvéole, marquis a bu comme un puits et il a fini par s'évanouir.

Je me suis agenouillé devant lui pour essayer de le ranimer et à ce moment-là, tragaluz m'a littéralement sauté au slip ! J'étais comme ça, en train d'essayer de soutenir marquis — marquis piquait du nez, je le soutenais, je beuglais : « Lâche mon cul, tragaluz ! » et tragaluz répondait : « Ouais ! Ouais ! » tout en continuant à s'acharner dessus. Il soufflait comme un aérateur !

J'ai fini par traîner marquis, toujours dans les vapes, loin de cette alvéole de malheur. J'avais le front rouge et la combi aux genoux.

J'ai installé marquis en position de sécurité et j'ai attendu que ça passe. Quand il s'est réveillé, je lui ai dit : « Merde ! T'aurais pu me prévenir, pour tragaluz.

— Te prévenir de quoi ? » il m'a répondu.

Alors j'aimerais bien savoir combien de fois tragaluz a baisé marquis en coma profond.

Ouais, ça m'a passé plutôt rapidement.

SUK : La différence entre le virtuel et le réel, c'est que le virtuel peut être *tout* sauf sordide.

DELANUE : Marquis avait cette manie, quand il gerbait, de se flanquer le nez dedans — le nez et la bouche dedans.

Je sais pas combien de fois je suis arrivé juste à temps pour lui sortir les voies respiratoires de sa propre gerbe ! Je le soulevais par les cheveux et je savais qu'il était tiré d'affaire quand il se mettait à me crachouiller des injures.

Je lui disais : « Excuse-moi, mec, mais t'étais en train de mourir. » C'était une manie.

SUK : Bien sûr que c'est mieux, le virtuel. Je préférais et je préfère toujours, c'est chez moi, le virtuel. C'est infiniment plus magnifique et plus varié, il se passe toujours quelque chose sur le Parallèle, des choses passionnantes ! Bien sûr que c'est mieux que la réalité, ça va plus vite, les sensations sont plus nettes, les couleurs plus vives, les paysages plus immenses parce que dans la suburb, à part le grand anneau du synchrotron, l'horizon était plutôt limité.

En 3d, tu peux être aussi beau que tu veux, aussi doué ou terrible que tu veux. La vraie vie, la vraie vie, ah non ! Ne me parlez pas de la vie.

DELETION : Marquis s'effaçait de plus en plus mais je pensais que ça lui passerait, n'est-ce pas ? Comme d'habitude.

9

Sur la ligne de crête

SUK : Quelque temps après être rentrée à dixia, j'ai fauché une rondelle. J'aimais bien aller me promener dans les hauteurs de dixia, avec les panaches de brume de condensation et toutes les lumières des témoins qui brillaient. On avait l'illusion d'un grand espace.

Donc je monte, je contourne une passerelle et dessus, je vois daplop qui buvait une bibine en contemplant le vide sous ses pieds. Je l'ai invité à venir faire un tour, il pleurnichait comme d'habitude, « Oh, ru va me tuer, elle veut me tuer » et en effet, il avait *à peine* posé un pied sur ma rondelle qu'on a entendu un hurlement derrière nous ! C'était ru qui galopait dans notre direction en agitant un stick ! J'ai jamais décollé aussi vite. Eh bien, ru a passé *trois heures* à l'aplomb de notre rondelle, le nez en l'air, d'une corniche à l'autre, à appeler daplop sur un ton déchirant ! On rigolait comme des niveleuses !

À la fin, j'ai quand même fini par la semer. On s'est pris de ces fous rires, daplop et moi ! Mais dès qu'on a eu baisé, je l'ai débarqué et je n'y ai plus jamais touché, trop dangereux, tu vois ? Je suis remontée seule dans le brouillard.

C'est là, collée au plafond de dixia, que je me suis dit : « Et si j'essayais de réfléchir, pour une fois ? »

J'ai vachement réfléchi au sujet de notre espace *er*. Je n'étais pas forcément douée pour euh — la théorie esthétique ? Mais j'avais un modèle au moins, kluwer de yin, le photoplasticien.

Ça m'a donné des idées, notamment en ce qui concernait les textures, parce qu'elles étaient assez spéciales, nos textures, assez rêches par rapport aux textures classiques, je me suis dit que là, il y avait quelque chose à faire.

Le problème, c'est que la seule chose que les gens de dixia savaient faire, c'était se droguer.

HYK : On a écoulé notre stock de captures *marquis en voyage* et on s'est rendu compte, avec suk, qu'il fallait qu'on trouve toutes les deux quelque chose de nouveau pour animer notre espace sur le Parallèle. Parce que nos potes musiciens, niveau animation, à part la musique et la défonce, ils étaient de plus en plus limités.

NOUNA : Je n'ai pas les mots qu'il faut pour décrire notre état biochimique après le retour à dixia yixia. La joie des retrouvailles, je parie — mais personne ne devrait s'en mettre *autant* dans la caboche. Sincèrement. Les mots me manquent.

Et bizarrement, marquis était le plus sobre d'entre nous — quoi que ce terme signifie pour marquis. Je veux dire : il ne prenait plus que de l'alcool.

Il accrochait sa poche d'alcool à son oreille et, tout en tétant, il regardait des visuels. D'Insectes. Et d'autres Animaux. Surtout des Poissons, ou des Museaux de Chiens. C'est *tellement* bizarre, un Animal ! C'est vivant mais ça n'a pas de conscience. Ou alors ça en a une, mais différente de la nôtre.

Hou, ça devait être *vraiment* bizarre, un Animal.

SUK : Bien perchée dans mon espace *er*, j'ai fait cette séquence sur les textures, avec tout un tas de références prétentieuses au spatialisme, ça a intéressé pas mal de monde, je citais kim dae-soo et kobayakawa dans mes crédits-merci, haha ! Et la fondation dae-soo m'a contactée, et kobayakawa ayants droit aussi, comme quoi faut pas hésiter.

HYK : Suk a aligné trois échantillons — coaltar, asphalte, bitume —, elle a mis le mot « personnalisme » quelque part et elle a été invitée à la Forêt Banyan ! Pour une rencontre 3d, ce qui est bien le comble du snobisme. Elle m'a contactée de là-bas, complètement défoncée ; elle m'a dit : « Viens vite ! » Je lui ai répondu : « Écoute, ça doit être une erreur. » Elle a insisté : « Si, si, je t'assure, ils ont adoré notre travail, ils t'attendent, viens !

— Mais pourquoi ?

— Mais pour rigoler !

— Mais quand ?

— Mais tout de suite ! »

J'y suis allée. Je ne sais plus comment je me suis débrouillée pour rejoindre ce joyau au cœur de la suburb, j'ai enquillé les tubes et les surfs et les contrôles et je passais sans problème ! Je me sentais bizarre en arrivant, en plus j'étais défoncée et c'était si beau ! Les alvéoles sont creusées dans cette espèce de pierre précieuse Fauve, le Bois fossile.

SUK : C'était tellement *beau* que tu avais envie d'y foutre le feu.

HYK : Je suis arrivée devant l'alvéole de suk en me demandant : « Qu'est-ce que je fais là ? » Elle a ouvert, le fard intelligent en pleine dégringolade intellectuelle, les yeux pas au même niveau, et elle m'a dit : « Qu'est-ce que tu fais là ? » J'ai répondu : « J'étais SÛRE que tu allais dire ça. »

N'empêche que trente minutes plus tard, on était dans le grand claque de la Forêt, le lieu mythique, et avec *que* des mythes ! Kobayashi maru, khan (mon idole, tu vois ?), et là, ils commencent l'appel : « Kobayashi maru ?

— Oui.

— Khan ?

— Oui ?

— Kouznetzof ?

— Suk ? »

J'ai failli avoir un malaise mais ça a continué : « Sukbataryn ?

— Hyk ? »

J'ai salué toutes ces célébrités, j'avais l'impression qu'ils allaient se raviser : « Oh, excusez-nous, c'est une erreur : en fait, vous n'avez rien à faire là, vous n'êtes pas des mythes, juste des grosses droguées, ARRÊTEZ-LES ! » Et même pas. Après ça, il y a eu plein à boire et le reste, je titubais et tout le monde semblait trouver ça très normal, on était — pour eux, on était *ceux de dixia yixia*. L'arnaaaque !

SUK : J'ai réalisé une chose : nous étions sur la ligne de crête. Je ne sais pas de quoi, mais nous y étions !

HYK : Quand on s'est retrouvées toutes les deux, après ça, dans un bar arrière, à boire avec marquis et à attendre qu'un sarcophage se libère pour dormir, ben — on s'est aperçues qu'on avait oublié de se faire payer.

On a bu de la mauvaise bibine en regardant les gens vomir.

AURAN : J'étais avec mon pote jahan, on traînait derrière le faxian-dixin, on entre dans un bar, on saute sur une rondelle, et *qui* est accroupi à côté de nous ? Marquis ! Avec mon pote, on se regarde, on regarde le fond de nos verres, on se reregarde — on était bluffés. Je cherche quelque chose à dire à marquis, je trouve pas, je finis mon verre, j'en commande un autre, je trouve toujours pas et comme ça, trois heures. Jahan buvait encore plus que moi parce que pour lui, marquis, c'était vraiment — l'Empereur, un truc comme ça ! Et marquis disait rien, il se bouffait les ongles et il enquillait les verres.

À un moment, j'entends « Splash ! » sur ma gauche. C'était mon pote qui venait de piquer du nez dans son verre. Je regarde marquis et patatras ! Il avait les yeux fixés sur nous. Je lui fais un petit rictus, « Héhé, c'est rien », je soulève la tête de mon pote par les cheveux, je l'essuie un peu, qu'il ait pas l'air trop minable, je le redresse, il ouvre un œil et il dit : « Glork. »

Je le mets en position vidange, la tête entre les genoux, la rondelle du dessous lève les yeux vers nous, je leur fais un signe rassurant, « Héhé, c'est pas grave ». C'était un bar de luxe : il y avait un filtre au milieu de la rondelle. La rondelle du dessous manœuvre quand même un peu sur la gauche, jahan commence à vomir dans le filtre et là, qu'est-ce que j'vois ? Marquis qui tend la main vers le verre de jahan. « Il en a plus besoin », il dit. Et il le boit cul sec. Ensuite il rote, il se lève et il fout le camp ! Pendant ce temps, jahan restituait vingt doses de bibine sur ses genoux.

Eh bien, j'estime que marquis est une petite merde. Parce que jahan avait une *totale* admiration pour lui et lui, il s'est contenté de lui piquer son verre. Pas un geste pour l'aider, rien ! Juste lui piquer son verre. En plus, c'est connu que marquis dégueulait tout le temps et n'importe où, alors c'était un peu exagéré de sa part de faire le fier uniquement parce que cette fois-là, c'était pas son tour !

Une petite merde.

10

La paix d'apinic

DELETION : Kline a décrété : « Je veux qu'on réalise une belle capture de *style-genre* et ils ne feront rien de bon à dixia yixia. Trop de défonce. Faut les isoler. »

Et il l'a fait, ce pauvre kline. Parce que tout le monde sait qu'il n'y avait de problème de défonce qu'à dixia yixia, n'est-ce pas ?

DELANUE : Une fois, on s'est isolés pour faire une capture, ouais. Isolés. Dans une ancienne citerne qui puait le radon avec tout *style-genre* et leurs potes, tous les techniciens 3d et leurs potes.

Ils sont *tous* arrivés blindés de réserves de *tout*, ça a viré directement à la grande rigolade.

Ces gens frimaient d'être déconnectés du Parallèle, mais faut voir ce qu'ils s'envoyaient — ce qu'ils se *mettaient* pour quitter la réalité malgré tout !

J'étais au milieu de tout ça, mon module bruyant sous le bras, et je cherchais le son.

Parce que c'est ça que je voulais faire : du son !

Je cherchais le producteur mais je l'ai jamais trouvé.

DELETION : Le producteur ? Helix, une fresquiste sous psychotine.

DELANUE : La capture était ignoble. Molle, lisse, zéro ! Son grêle, des espèces de perspectives de branleur philippin, des giclées de froid et d'adrénaline. C'était — c'était rien. Une merde. J'ai émergé de là complètement détruit. Avec jindo, on s'est regardés et — et c'est vrai, on est partis à la recherche d'helix.

Non, on l'a jamais trouvée ! C'est de la pure calomnie.

DELETION : C'était moche. Marquis s'absentait dans sa bibine, *style-genre* dans sa capture, delange avait disparu, mais la personne qui manquait le plus, c'était apinic.

Elle n'avait jamais été physiquement là mais mentalement, c'est elle qui maintenait un semblant d'ordre. Et elle n'était plus là. Mentalement, n'est-ce pas ? Ce qu'on appelait la *paix d'apinic* était en train de partir en gravats et l'ambiance tournait moche.

TIOURÉE : Il a commencé à y avoir de plus en plus de bastons, et il a commencé à y avoir des morts. En premier, ça a été helix. Et puis ça a été au tour de jindo de mourir.

DELANGE : Ne jamais mourir. Ni vieillir. Yongyuan. Se réveiller chaque fois comme neuf.

Il y a le bleuissement des articulations, oui. Et ce problème avec les cheveux. Et on manque de recul sur le vieillissement mnésique — toute la corticologie, la géopsychique, ces conneries, quoi. Mais qu'est-ce que ça peut foutre, hein ? Je me suis réveillé immortel. Je *suis* immortel.

Vous aussi, hein ? Mais vous, vous vous rendez pas compte.

À ce moment-là, je me suis dit que j'avais fait la moitié de mon trajet. Parce qu'il me manquait toujours le principal. Sans yuans, sans *beaucoup* de yuans, l'immortalité, quoi ? c'est juste une cave de plus.

HYK : Il y avait daplop et ru, pi² et ti, jindo, slouchat, nouna — daplop et nouna disent qu'ils n'y étaient pas mais ils y étaient. Marquis n'y était pas, en tout cas. Sinon, il serait mort avec eux.

Ils traînaient sur une passerelle du faxiandixin, ils mangeaient un sachet, des double-dolhen sont arrivés et les ont poussés. Ils les ont fait dévisser.

J'ai vu du sang sur les murs donc ils ont dû se défendre. Ru était cinglée, jindo était cinglé et slouchat était videur, ils se sont forcément défendus.

Je ne sais même pas combien de corps on a ramassés à l'aplomb. Même pas.

Delanue était là aussi. Demandez-lui. Demandez à delanue.

DELANUE : *Ek* venait de jouer, on glandait là-bas, on tétait des protéines, des gros bras sont passés, un de ces tarés a sauté sur slouchat, ru l'a chopé par-derrière avec ses ongles en titane, la baston est devenue générale en une seconde — une pauvre seconde, et on est passés du calme à la tempête !

Instinctivement, je me suis poussé — eh, j'avais encore la bouche pleine !

Slouchat est passé par-dessus bord avec un double dolhen dans les bras. Et ru était si énervée qu'elle s'est carrément *jetée* ! Elle tournait sur elle-même et à force — à force, elle s'est retrouvée à tournoyer au-dessus du vide.

Tout le monde s'est arrêté de bouger. On attendait le *bzz* du filet magnétique en contrebas — on l'attendait et on a entendu *splotch* — *splotch* ! C'était un secteur pas sécurisé. Gouffre sans filet.

J'avais encore ma bouchée sur la langue, elle était encore chaude et je regardais ça, ces grappes de gens qui basculaient, et ru comme une toupie bourrée — j'arrivais pas à bouger. C'est nouna qui m'a attrapé par le bras et qui m'a tiré de là.

La milice est arrivée très vite. Ils ont embarqué ce qui restait : quelques double-dolhen, et jindo.

TIOURÉE : Jindo s'est retrouvé en caisson et comme la caution n'a pas été payée, le caisson a eu une « défection énergétique » — ils ont fait du décongelé de ce pauvre jindo. Quelle horreur.

SUK : Rien que d'en parler, ça me donne encore envie de dégueuler !

C'est moi, *moi* qui ai organisé le concert pour payer la caution de jindo, parce que la milice locale demandait gros. Apinic était bien partie de dixia, oh oui !

Marquis m'a encouragée alors j'ai organisé ce putain de concert au *cimadur* avec ti, le groupe de marquis a joué, *soul* a joué, *ek* a joué, *avale !* a joué, *style-genre* a joué avec daplop aux basses, dalia a barboté la recette et s'est tout envoyé. Tout. Avec noj. Jindo a été décongelé. Ne m'en parle pas, j'ai envie de vomir !

On n'a rien ébruité pour que les petits *er* ne viennent pas dévisser dalia et noj, mais c'est *comme ça* que ça s'est passé.

DELETION : Le taulier du *cimadur* a payé en psyc, croyant faire plaisir. Dalia était là — dalia était toujours là quand il y avait de la psyc. Au premier rang.

Franchement, ça m'a rappelé les caves. Quand je bouclais mon casque pour pas me faire voler mes globes oculaires pendant mon sommeil.

UHLAN : Plus *jamais* je me suis défoncé avec noj et dalia. Ah, plus jamais. C'était la première fois que je rencontrais un comportement encore plus répugnant que celui d'octopuce. Ma parole.

KLINE : Trop de défonce, c'est tout ! Ça rend, bah, tout plat.

TIOURÉE : Je crois que la mort de jindo a donné un éclat à *style-genre* — ça leur a fait une légende excitante. « Appelle-moi JINDOOO ! », les petits *er* sautaient sur le dos des milices en braillant des trucs comme ça. C'était horrible.

Pour ceux de *style-genre*, la mort de jindo a été une catastrophe parce que jindo était, dans le groupe, celui qui s'intéressait le plus à la musique, et parce que noj est devenu la haine de tous ceux du faxian-dixin. Un vrai dégoût.

MANTANE : Il arrive un moment, dans la vie, où il faut savoir se conformer à des processus plus professionnels et *style-genre* n'a pas su le faire. *Soul* a su le faire, mais pas *style-genre*. Il s'agit seulement d'avoir l'esprit un peu ouvert, d'être parfois à jeun, d'accepter le jeu, d'accord ? Uhlan tanguait et octopuce boudait mais ils faisaient ça dans les *limites* du langage articulé. Pas jindo. Ni noj. Ni pi², je te l'accorde. D'ailleurs, c'est le seul de *soul* qui y soit passé. Ce n'est pas un hasard.

Non, marquis, c'est autre chose. Quand même.

SUZA : La grande chance de *soul*, ça a été de ne pas être du voyage. Sans dalia, noj et tous ces crevards, uhlan s'était remis à composer. Et uhlan est bon. *Respire-moi* est sorti, puis *ailleurs et maintenant*, et *soul* s'est détaché d'un coup des autres groupes *er*. Ils sont devenus riches en, hm — quelques heures ? J'ai découvert ce que ça signifiait : seul et cerné par les emmerdeurs.

SUK : Toutes ces histoires, le voyage, jindo, la Forêt Banyan, les nouveaux morceaux de *soul*, ça a rendu le mouvement *er* vraiment célèbre à des altitudes vraiment élevées. On nous demandait plein de captures et en échange, on nous donnait de la défonce, plein de défonce ! Une inondation. C'était effrayant.

HYK : Uhlan se radinait avec ses poignées de cristaux et il gémissait : « Regarde, regarde, ils nous prennent tout et ils nous donnent ça en échange ! Ils veulent notre peau ! Notre âme !

— Ben, t'as qu'à pas les prendre », je lui répondais. Mais il avait raison. Sous ses gémissements, uhlan avait souvent raison.

TIOURÉE : Comme courant musical, *er* était — assez peu consensuel, on peut dire ça comme ça ? On l'entendait mieux quand on n'avait pas trop d'eau dans les oreilles.

Le groupe de marquis, lui, avait ce côté *théâtre mou* qui était moins rêche qu'*er,* il était très connu mais ça ne rapportait pas une goutte aux musiciens et aussi, quand marquis chantait *pisse-moi sur la gueule, chie-moi sur le ventre !* c'était très *théâtre mou* mais — enfin, même si on ne comprenait pas toujours ce que chantait marquis, *soul* était plus consensuel que lui, voilà — c'est-à-dire qu'on ne comprenait *rien* à ce que marmonnait octopuce.

Marquis était plus excitant mais c'est à *soul* qu'est allée l'eau, parce que *soul* faisait moins peur et surtout, uhlan et octopuce s'y connaissaient mieux en droits que tout le groupe de marquis réuni — c'est ça, d'avoir fait des études en sciences financières.

VITE-VITE : Ouiii, il paraît que c'est à ce moment-là qu'on a vraiment explosé au niveau musical mais je croyais que c'était fait depuis longtemps, non ? Et ça devenait *tellement* le bordel, politiquement et matériellement, que je garde surtout le souvenir d'une période d'inaction. Musicale. On ne branlait plus rien, voilààà ! Et marquis était de plus en plus confit dans l'éthanol, pas de doute, il se faisait son petit yongyuan à lui, oh la la.

Je me disais : « Caaalme, tu sors de voyager ! On veut sûrement que tu te reposes un peu ? »

La vérité, c'est qu'haï-delange n'en avait plus rien à foutre, de marquis, du groupe et du reste. Il a empoché tous les droits et disparu. J'ai compris ça plus tard. Quand on a commencé à manquer d'oxygène.

MANTANE : *Soul* était en train de forer vers la gloire mais au même moment, le mouvement *er* se radicalisait et lâchait la musique pour le stick — d'accord, disons plutôt que la musique accompagnait la baston au lieu de s'y substituer.

Cette musique a vraiment été le catalyseur d'une prise de conscience sociale.

Les *er* s'organisaient en bandes armées contre les *refugee* et ce n'était pas tout : on s'est mis à parler de yongyuan, pour la première fois depuis deux siècles, il se passait des choses plus passionnantes en bas qu'en haut, alors — j'en étais où ? Alors je crois que personne n'avait le temps de s'intéresser aux absents. Aux disparus.

Franchement, quand il y avait une charge *er* ou une contre-charge *refugee* à jushi et que je me disais : « Tiens ? C'est là que je meurs ? », je pensais : « Oh non ! Pas *maintenant*. Ça m'embête, de mourir maintenant. Je veux voir la suite. »

DELETION : Les scientifiques ont approvisionné les petits démons *er* en flingues soniques. C'était le bon moment, n'est-ce pas ?

SUZA : À quangho zhengxie, à okazaki, à fudan, même à bao chan dao hu et à renmin ribao, le nouveau grand jeu, c'était de se faire les *refugee*. L'affaire du goulet de pudong avait sonné la curée. C'était beau, oui. Comme la mort.

FUA : Le goulet de pudong. C'est là que tous ces crétins ont réalisé ce qui était évident, pouah ! Que les politiques, c'était plus que de la frime. Ça faisait longtemps qu'ils avaient plus aucun pouvoir technique et que leurs putain de *refugee* étaient plus que des gros tas *faits et refaits*. Rien dans les TRIPES ! Leur force, c'était la trouille qu'ils inspiraient, avec leurs gants électriques de MERDE ! Mais ils savaient pas se battre. Nous non plus, MAIS ils avaient peur de mourir et pas nous. Au goulet de pudong, ça s'est vu.

En plus, un gars couvert de bitume, essaye de l'électrocuter. Hinhin.

KLINE : Et soudain, c'était la guerre, mec ! Mouais, j'étais surtout occupé à trouver de l'oxygène pour tout le monde.

11

Capter l'attention

DELANGE : Marquis était en danger. Encore plus qu'avant. Avant, c'était un clone que papa aurait bien voulu récupérer en état. Et dixia yixia était un endroit secure.

Après que yongyuan a été mis au point, marquis était plus qu'un clone de trop. Et sans apinic, dixia yixia était qu'un piège à Rat.

Ça m'a toujours paru bizarre, qu'on ait eu tant de mal à mettre au point le transfert. On savait greffer de jeunes organes sur de vieux corps. Mais transférer un vieux cerveau dans un jeune corps, ça a pris trois cents ans. C'est comme ça.

Quand yongyuan est sorti, les maîtres des tours en étaient encore à se méfier du transfert — ils le testaient sur leurs femmes. Yongyuan les a motivés, quoi.

Ils avaient toujours un ou deux clones d'avance, en caisson. Un clone complet plus un

déjà entamé. Ils ont décongelé le clone complet,
ils se sont transférés dedans et ils ont attendu
que les négociations sur yongyuan aboutissent.

Du coup, c'était quoi, les pensions'? Des
réserves de doubles inutiles. Si les clones ont
pas été exécutés en masse à ce moment-là, c'est
parce que les maîtres des tours sont prudents.
Un vieillard, ça attend de voir, hein ?

N'empêche, marquis valait plus rien et notre
planque non plus. Capside ou un autre pouvait
envoyer un Rat nous égorger avec autant de
facilité qu'il m'avait envoyé, moi. Mais dans
l'intervalle, marquis était devenu une foutue
célébrité — il y avait un coup à jouer.

Non, j'ai pas tant touché que ça sur la musique de marquis. J'étais l'apporteur d'affaires,
rien de plus — double-brin m'a pas fait de
cadeau. Avec ça, j'avais assez pour vivre dans la
suburb, c'est sûr — j'avais jamais été si riche.
Mais c'était pas *ça* que je voulais. Je voulais pas
des yuans — je voulais une ligne bancaire. Je
voulais aller vivre *au-dessus* de la plus haute
tour. Marquis était un coup à jouer.

DELANUE : Il faut voir que je passais mon
temps dans les bars arrière avec fua. On buvait
des coups à la mémoire de jindo, on essayait de
pas parler de — de décongélation. Il y avait
aussi ceux du groupe de marquis, vite-vite,
chang, linerion, marquis évidemment, ce qui

était bizarre vu qu'ils étaient censés nager dans le succès, pas dans la bibine.

Donc j'étais dans ce bar avec fua et d'autres et on s'imbibait, on lorgnait marquis qui décrochait pas un mot et on parlait de jindo.

FUA : Cette histoire de caution de jindo, c'est encore du plasma, pouah. Quand on a la tête à marchander une vie, on touche la rançon et on livre que dalle, hinhin. Jindo s'est fait dessouder par la milice DANS le surf qui l'a embarqué, je parie. Je parie qu'il a même PAS enjambé le rebord d'un caisson. La milice a demandé une caution pour nous monter les uns contre les autres. Je faisais ce genre de coup tout le temps, j'ai reconnu l'odeur.

DELANUE : Évidemment, la mort de jindo a fini par me retomber dessus. Tout le monde faisait la gueule dans ce bar. Dalia était là, ce qui arrangeait rien, et d'un coup, fua m'a sorti : « Si t'avais bougé ton gros cul, jindo serait pas mort !

— Quoi, j'ai pas bougé ? Toi non plus, t'as pas bougé ! Et d'abord, t'étais même pas là ! »

Après ça, fua a pourri noj au sujet de la caution, il l'a visé avec son stick et il l'a raté. Ça m'est tombé dessus — tombé en plein sur l'épaule.

« Merde ! j'ai gueulé. Tu m'as fait renverser mon verre ! »

J'avais de la bibine des pieds à la tête.

« Tu peux viser un peu mieux, s'il te plaît ? » j'ai demandé, mais il a continué à taper sur moi, sur noj et sur dalia !

Marquis nous regardait fixement mais il disait rien, il bougeait pas. Moi, j'essayais de protéger mon verre en me demandant s'il fallait que je reste ou pas — non, sérieusement, c'était trop nul, mais j'avais envie de faire du son. Je restais avec eux parce que je voulais faire du son. Du gros, gros son.

DELANGE : Face aux tours, apinic a rien lâché. Elle était pas seule face à toute la bande des tours, phadke-ashevak, wang mark, chen dewei, oh song ki et les autres. Elle était soutenue par gough lamonte, kodiak leigh, drid-salvic — de vieux salopards de suburbains architrempés. Mais c'était *son* idée et elle a rien lâché, quoi. Faut dire que pendant les négociations, les *er combattants* faisaient monter la pression, hein ?

DELANUE : C'est là que noj a pété un tuyau. Il s'est mis à hurler : « T'as raison ! Je suis un assassin, je suis un germe, faut m'arrêter, faut me mettre en caisson, je veux mourir comme jindo ! », ce type de conneries. Mais il voulait pas se faire emballer par la vulgaire milice dixienne : il voulait les *refugee* ! Quelle pitié. Même marquis avait l'air d'en avoir marre, de ce guignol.

Finalement la milice s'est pointée dans le bar, ce qui était moderne. Elle a dit : « Désolés, caissons pleins, on vous prendra la fournée suivante », noj les a pourris, alors ils ont commencé à le frapper.

Nous, dans le bar, on regardait ça sans broncher, on pensait à — on se disait : « Oui, oh oui ! Plus fort ! Vous voulez qu'on le tienne ? Juste les bras, allez ! » Mais marquis, lui, il était blême.

Les miliciens avaient pas du tout l'intention d'arrêter qui que ce soit ; ils se contentaient de frapper noj : « Blam ! Pif ! Paf ! »

Sérieusement, qu'est-ce que je foutais là ?

MANTANE : Shanghai était la principale métropole de la principale puissance mondiale, forcément, son comportement vis-à-vis de yongyuan, des stations orbitales et des clones a dicté celui des autres métropoles. Même si chacune avait une mentalité assez autarcique, d'accord, avec ses propres tours plantées au-dessus de son propre cloaque. Comme un petit Crapaud assis dans son caca.

DELANUE : La milice finissait noj quand on a entendu un vrombissement de folie ! Suivi d'un grand « *Blonk* ! » Marquis s'était levé, avait poussé un cri de rage et balancé une rondelle sur le surf des miliciens qui flottait devant la porte. « CHPA ! » Une grosse rondelle collective.

Ce coup-ci, l'argument a porté — ils l'ont arrêté. La milice — marquis. Pas noj. La milice a arrêté marquis.

Marquis *savait* capter l'attention.

SUZA : On s'est dit que haï-delange résoudrait ça comme les autres fois. Il savait faire. Il le faisait régulièrement.

Ce salopard de delange.

DELANUE : Quand j'ai raconté ça à tiourée, elle m'a dit : « Oh, c'est normal que marquis s'énerve plus vite que les autres, il a une base génétique inuit, les inuits s'énervent plus vite que les autres, c'est à cause de la monoaminoxydase-a ».

Je l'écoutais, le nez dans les mains — je l'écoutais et je me disais : « C'est pas possible, si ? Non, sérieusement, pourquoi est-ce que j'écoute des trucs comme ça ? »

TIOURÉE : Marquis a provoqué les miliciens pour qu'haï-delange vienne le chercher et haï-delange est venu — c'est le fait.

LINERION : On a appris que marquis était tombé pour *outrage et rébellion*. *Er gou.* On a su que c'était fichu !

DELANUE : On se croyait pas intouchables — on se voyait même vachement mortels. Mais marquis — c'était marquis. Il pouvait pas — et si.

VITE-VITE : Quand marquis est tombé, il y a eu un grand moment de grand silence dans tout dixia yixia. Un grrrand silence, crois-moi.

12

Pisse-moi sur le ventre

SUZA : Comme je dis toujours : quand la musique passe de la classification musique/événement à événement/meurtre, c'est la merde.

TIOURÉE : Oui, je me suis renseignée dix fois, on m'a fait la réponse habituelle : « Nani ? » — marquis était devenu *nani* ? Un « qui ça ? » parmi tous les autres.

Je comptais toujours sur haï-delange pour le sortir de là, mais je n'ai jamais réussi à le contacter non plus, j'y ai laissé mes ongles. *Er gou*, ça ne plaisantait pas, comme chef d'inculpation.

DELANUE : Quand il est tombé, c'est là que je me suis rendu compte que marquis était — c'était, comment ? Marquis se battait pas comme les autres avec ses admirateurs. Ses admirateurs — ben, ils l'admiraient comme des

fous, c'est tout. Marquis leur donnait des coups
sur la tête, mais eux pas. Parce que c'était clair
que marquis était à la fois très au-dessus et très
au-dessous de tout le monde. Et vachement à
côté, aussi.

C'était ça, marquis.

LINERION : Les autres *er* ramollissaient leurs
briques de calories avec de la pisse ou du
sperme. Marquis, c'était avec son sang, oué !
C'est exactement ça, la classe.

VITE-VITE : Quand il entrait en transe pendant les concerts, marquis marquait ses admirateurs à coups de dents. Hé, fallait oser.

NOUNA : Je n'arrêtais pas de lui dire : « Houlala, es-tu *dingue* ? Tu vas attraper des
maladies. »

TRAGALUZ : « Chie-moi sur la gueule, pisse-
moi sur le ventre et DIS-MOI QU'TU M'AIMES ! »,
c'est ma définition de la vie, ça. C'est du
marquis.

KLINE : Je me souviens qu'un brave scientifique était venu me trouver avec une belle combi
toute neuve. Parce que celle de marquis pendait
à toutes les jointures, c'était lamentable. Il m'a
dit : « Je suis très, très gêné, mais votre ami a

l'air si pauvre et sa combinaison est si pleine de trous ! Donnez-lui ça de ma part. » Mouais, j'ai pas essayé.

TIOURÉE : Pour être sincère, à la fin, marquis n'était plus très excitant ; à force d'oublier la combi, la bulle isotherme, le nanocontrôle et le reste, il était gercé sur tout le corps, avec des engelures, ses lèvres étaient fendues, ses mains étaient crevassées, ça suintait...

Quand il prenait son verre, il avait du mal à plier les doigts et tout d'un coup, crac ! sa peau se fendait, vraiment — ça me fait de la peine de dire ça, mais il était dans un sale état ; ça me fait de la peine de parler de lui de cette façon.

UHLAN : Je m'asseyais à côté de lui, je buvais avec lui et j'essayais de lui parler. Je lui disais : « Où tu vas, comme ça ? Tu vas droit à la fumure ! Meurs pas, mec, tu es la seule personne que je respecte, la seule personne qui vaille quelque chose, alors par pitié, meurs pas ! »

Mais il était déjà mort.

FUA : Ce type était encore plus fascinant que moi, et je suis TRÈS fascinant. Mais il avait pas les tripes, pouah ! Quel minable. Parce qu'y a une chose certaine : faut être minable pour se

finir à la bibine dans une cave remplie de psychotine. Hin.

DELETION : Ceux qui se défoncent sont
chiants. Ils ne font que ça et quand, par hasard,
ils font une pause, c'est pour parler de ça. Et ce
qu'ils racontent est tellement *chiant* !

Le problème, c'est qu'il n'y avait rien de plus
classe à l'époque que de pouvoir dire : « Je me
suis défoncé avec marquis, j'ai pris une cuite
avec marquis. » N'est-ce pas ? Ça sonne
comme : « J'ai fait une petite ballade avec mao »,
non ? Ce qui fait que marquis n'a jamais fait de
pause. Il y avait toujours quelqu'un pour lui
payer le coup ou autre et en plus, lui, il ne parlait jamais.

AMBER TIGER : Marquis aurait pu faire plein
de choses, à dixia yixia, en plus que chanter et
se défoncer. Mais il a fait que ça. C'est un peu
un gâchis.

HYK : Que ce soit en musique ou face aux
tours, marquis, tu fais le bilan, il a tout gagné !
Tout. Il l'a payé cher, c'est sûr.

SUK : J'étais immergée dans mon espace *er*,
un avatar passe me dire que marquis est tombé,
je déconnecte, je n'ai jamais pu reconnecter.
Fin de l'espace *er*. Raisons politiques, bien sûr.

Ces gens qui se faisaient appeler *er*, *er combattants* — j'étais hors de moi ! *Er*, c'était *notre* mouvement ! Ces gugus armés étaient peut-être de fiers héros qui se prenaient les *refugee* pleine face mais n'empêche, *er*, c'était à nous ! C'était *notre* mouvement ! Ils n'avaient qu'à s'en chercher un autre, de mouvement ! Parce que, *er*, c'était déjà pris ! C'était sous dépôt de marque moral. Mais face à autant de flingues soniques, que voulais-tu que je fasse ?

Depuis, j'ai entendu mille fois que le mouvement *er* venait de jushi, que c'était la révolte des suburbains contre la dictature, gnagna, face à l'histoire, ça pèse combien, un dépôt de marque moral ?

Er, c'était *fais ta vie* mais à cause d'eux, c'est devenu *tue les autres*. J'étais dégoûtée.

HYK : Quand l'espace *er* a fermé, suk a pleuré. Moi, j'ai pleuré quand jindo est mort. Merde, c'était la *réalité*, quand même.

SUK : Un an plus tôt, avec hyk, on avait monté l'espace *er* pour rendre célèbre le mouvement *er*, l'ambiance du faxian-dixin, l'art de prendre tous les courts-circuits de la vie pour les tresser en un tore merveilleux où le flux circule libre !

Et maintenant que tout le monde était *er*, je ne voulais plus entendre parler d'*er*, je ne me sentais plus du tout sur la crête et *er* était devenu un gros tas de merde. *Er* était devenu tout ce que j'avais voulu fuir. Les exécutions arbitraires, la castagne, la mort qui frappe connement.

MANTANE : Il y a eu *beaucoup* de morts, avant que les politiques ne lâchent le pouvoir.

SUZA : *Er*, déjà à la base, c'était mordre et se faire mordre ; faire circuler les germes. Quand tu étais en environnement *er*, il pouvait se passer n'importe quoi. Il *devait* se passer n'importe quoi. Et ça, comme mentalité, c'est très dangereux, surtout dans un milieu aussi bouclé que la suburb. La suburb n'était pas un milieu viable.

DELETION : La musique s'est effondrée devant le politique. La définition d'*er*, c'est devenu l'agressivité, pas la musique. *Er*, ça agresse, n'est-ce pas ? Ça fait un bruit aussi, non ? Si, si.

MANTANE : Passer de la chansonnette à la lutte armée, lâcher les modules pour les armes, c'était la bonne chose à faire, d'accord. Mais rien ne m'empêchera de regretter ce qu'était *er* au départ — ce ravissement un peu débile d'être en vie. *Réellement* en vie. Même sous terre.

TIOURÉE : Yongyuan ou pas, la chute de marquis, ça a été la fin de ma jeunesse — ma *vraie*
jeunesse.

13

Pi²

UHLAN : Ah, pendant ce temps-là, avec *soul*, on composait mollement dans des grottes de luxe. Alors, de mon point de vue, on est un peu passés à côté de tout ça.

OCTOPUCE : Pi² s'était mis du spray à bite de la tête aux pieds, plein. Uhlan ricanait : « Hé, fais-toi la raie au milieu ! Comme ça, t'auras vraiment l'air d'un gland. » Génial.

Et pendant que ces bouffons s'exprimaient pleinement, les problèmes d'approvisionnement se corsaient. Parce que tu as beau être riche, quand les containers o2-h2o sont vides, ils sont vides.

DELANUE : On avait pas le succès de *soul*, on manquait d'eau, donc on avait accepté de jouer dans ce labo. On a joué, mal. Son pourri. Noj a levé quatre jolies créatures — dalia était pas là pour une fois, il en a profité. Il leur a juste fait un signe : « Venez ! » Elles sont venues.

On s'est retrouvés en coulisses, à glander assis les uns à côté des autres, la tête dans les mains. On avait pas envie de se parler, pas envie de se regarder, rien. Une des petites beautés a dit : « Bon, on baise ? » Personne a répondu, elles se sont barrées. Donc, c'étaient pas des connes.

Je les ai suivies.

Quand j'ai revu fua, il m'a dit : « J'arrête. Noj arrête. Jindo est mort. T'es tout seul. »

J'ai compris que fua voulait la guerre civile et maintenant qu'il l'avait, il voulait plus entendre parler de tout ça — plus entendre parler de son. La comédie *er* était terminée.

KLINE : La raison d'être d'*er*, c'était de tout détruire et de s'autodétruire. Mouais, plus ou moins dans cet ordre.

SUZA : *Style-genre* et le groupe de marquis se sont autodétruits quasi en même temps. Le groupe de marquis, c'était normal, puisque marquis n'était plus là, mais *style-genre* n'avait aucune excuse. On ne se quitte pas comme ça, pour rien. Ça ne se fait pas, c'est tout.

VITE-VITE : C'est kline qui nous a annoncé que le groupe s'arrêtait. Je pensais que j'allais à une répétition habituelle, qu'on allait se faire engueuler comme d'habitude. Avec linerion, on prenait les paris : « Kline va nous postillonner dessus combien de verres ? Un ? Deux ? » Mais kline n'a pas postillonné. Il a seulement dit : « C'est fini. »

Sans marquis, c'était évident. Mais vivre sans groupe, c'était impensable ! Eeet — voilà. Mauvaise chance.

KLINE : On est allés au *semence* pour fêter la fin du groupe. Ou la noyer dans la bibine, mouais. Pi^2 bouscule un type, il lui renverse sa bibine, mais pas exprès : le type lui a tranché la tête sans sommation, ZRAK ! Laser.

La tête de pi^2 a volé à travers la salle, elle a rebondi de rondelle en rondelle, toujours plus bas : TONK tonk — *tonk*.

Et c'était comme ça de plus en plus souvent, ouais ouais !

DELETION : Ji avait remplacé ru dans le rôle d'emmerdeuse attitrée de daplop, n'est-ce pas ? Et elle venait de le surprendre à la sortie du *semence* en train de tâter un petit clone de lui-même.

KLINE : Y avait plus d'oxygène, plus d'eau, plus de lumière, plus de calories, mais des crétins grimés en marquis ou en daplop qui se pavanaient au faxian-dixin, y en avait plein ! Ça faisait orgie de fin du monde. Mouais, une fin du monde sans orgie, ça doit pas se faire.

DELETION : Le temps que ji leur saute dessus, daplop et son clone avaient réussi à disparaître dans la foule du bar.

Ji est entrée au *semence* comme une furie, elle a repéré un quelconque petit gars avec un rideau de cheveux et elle s'est approchée par-derrière en armant ses doigts. J'ai vu ses ongles briller : elle venait juste de les affûter. Alors j'ai tiré le gars vers moi — parce qu'il avait seulement l'air d'un brave petit gars, n'est-ce pas ? Les ongles de ji sont passés à *ça* de son nez.

Ji m'a regardée, elle tremblait de rogne. Mais face à moi, malgré ses deux mètres, elle ne faisait pas le poids. Et même si elle était pleine à oublier son nom, elle n'avait pas oublié ce détail. Elle a craché sur mes pieds et elle m'a montré la largeur de son dos. J'ai tapoté l'épaule du gars, qui grelottait comme une alerte toxique, et à ce moment-là, la tête de pi^2 lui est passé à *ça* du nez.

Je n'ai *jamais* vu quelqu'un se liquéfier aussi complètement. On aurait dit un sachet d'air décomprimé.

VITE-VITE : J'étais au *semence* à ce moment-là. Quelqu'un a gueulé : « Il fout le camp ! » J'ai lancé mon bras et j'ai chopé le type par la nuque ! Celui qui venait de tuer pi². Il essayait de quitter le bar en marchant en biais, très mine de rien.

Au moment où j'ai senti la chaleur de son cou dans la paume de ma main, j'ai réalisé ce que je faisais. Je me suis dit : « Ça y est, je vais mouriiir ! »

Une seconde plus tard, delanue le chopait par-derrière et kline par la tranche. Delanue, c'est pas le mec qu'il faut faire chier. Kline non plus.

Je n'ai jamais revu le type. Il a été bu par la fontaine du *semence*, voilààà.

UHLAN : Pi² supportait mal ce que devenait *soul* ; ça le gonflait ; il préférait être au faxian-dixin avec les autres. Il filait là-bas dès qu'il pouvait.

Ah ! je *sais* ce qu'octopuce a pensé de la mort de pi². Je sais qu'il a pensé que ça nous faisait une publicité de folie. À la *style-genre*. Bordel, je méprise ce mec.

TIOURÉE : J'étais effondrée. J'aimerais pouvoir dire : *après* ça, mais c'est faux ; j'étais déjà cassée avant le meurtre de pi², depuis la chute de marquis, en fait. Ça a cassé tout le monde ! Tout était si horrible. On était tous dans un état comateux. Les gens — les musiciens — nos amis glissaient l'un derrière l'autre dans la mort comme des ombres, ils glissaient dans l'oubli d'un coup, tout allait trop vite pour qu'on ait le temps de comprendre. J'ai dû pleurer pi² cinq minutes et à la sixième, j'étais repartie en quête de quelque chose, une dose d'eau ou un sachet d'oxygène, j'errais d'un ragot à l'autre, des ragots sur les *er combattants*, des ragots sur les *refugee*, sur yongyuan ou les stations orbitales — j'avais la tête à l'envers, j'avais l'impression que tout fichait le camp sous mes pieds et la soif n'arrangeait rien.

DELETION : Les fichus flingues soniques créaient de fichues variations de pression qui nous crevaient les tympans. Ça pétait tout ! Jusqu'aux parois. Les canalisations pétaient, les containers se fendillaient, *crac* ! Comme les rails de calories n'étaient pas loin, il y avait des dégazages d'ammoniac, des fuites de chlorure de potassium, tout un tas de saloperies — il pleuvait des saloperies. Et des cadavres, forcément. Ça *plus* les privations, ça mettait une de ces ambiances, n'est-ce pas ?

14

Face à ce bloc

DELETION : Pour remplacer pi² chez *soul*, il y avait chang ou tragaluz. Tragaluz, logiquement. Retour aux sources, n'est-ce pas ? Mais tragaluz est tombé malade et il a fallu le neurorestaurer. Son cortex visuel était bouffé par l'encéphalopathie de grotte, du coup son propre barycentre s'était déplacé dans son dos, à un mètre derrière lui. Il marchait cambré. C'était bizarre.

TRAGALUZ : Hahahahaha ! J'ai attrapé une maladie pas prononçable, c'est ça.

SUZA : Cet abruti jouait avec sa sérotonine. Surdose et sevrage, sans arrêt. C'était *son truc à lui, ça*. Parce qu'un faible taux de sérotonine, ça rend fou mais ça augmente la libido. Il s'est retrouvé en soin avec une inflammation du cortex.

KLINE : Tragaluz s'était greffé une chatte sur la joue, ouarf. Ça le faisait marrer mais les soignants étaient désespérés.

VITE-VITE : Je lui avais dit, pourtant : « Nooon, tragaluz. Une foune sur la joue, c'est pas hygiénique. »

DELANUE : La fois où je suis allé le voir en soin, il était allongé sur le dos avec la bouche ouverte. Il faisait semblant d'être mort. Ha. Ha. Ha.

DELETION : Ça devait être la dernière unité de soin encore en fonction dans tout dixia yixia, n'est-ce pas. Il y avait des fuites de néostigmine mais bon.

UHLAN : Du coup, chang a pris les rythmes de *soul*.

NOUNA : Je ne sais pas, tout ça devait être de la faute de quelqu'un, alors pourquoi *pas* chang ? Ce qui est certain, c'est qu'on l'a saqué à partir de ce moment-là. La jalousie, bien sûr. On était *tellement* défoncés. Avec de mauvaises choses, des précurseurs instables, des recapteurs inhibiteurs, oh — pauvre cher chang. Il ne s'est rendu compte de rien, houhouhou !

TIOURÉE : La défonce qu'on touchait à ce moment-là, ohlala ! J'étais avec vite-vite, je l'adorais parce qu'il était le seul à garder le moral, mais il supportait très mal ces saletés qu'on s'envoyait ; ce n'est pas qu'il me frappait, j'étais plus costaud que lui, mais j'ai dû souvent lui casser la gueule. Quand il commençait à se taper la tête contre les murs à cause d'une dose de médiateurs pourrie d'exotoxines, je le jetais au sol, je m'asseyais dessus et j'attendais qu'il se calme.

VITE-VITE : Ne plus jouer, ça ne m'a pas rendu bien malin.

LINERION : *Soul* a pu remplacer pi² et continuer à jouer, mais comment remplacer marquis ? On y a pensé ! On a pensé continuer sans lui ni kline, mais on n'a pas trouvé comment.

Sur le moment, j'ai vraiment été choqué qu'on soit obligés d'arrêter. Mais plus j'y repense, et plus je me dis qu'il n'y avait pas de solution. Et il y avait la fatigue ! J'étais *fatigué*. Tout le monde était *fatigué* ! Crevé. Laminé. Nivelé ! Et pas seulement par les privations, la défonce ou tous ces morts — on était vidés. À l'étiage ! Trop de tout trop longtemps.

Cette musique, c'était un défouloir pour *vrai* jeune, waha ! Pour celui qui a envie de vivre des choses ! Et moi, les choses, j'en sortais.

VITE-VITE : Si on aurait pu jouer sans marquis ? Oh, mais jouer sans marquis, ça nous
était arrivé pleeein de fois ! Marquis était toujours en retard, ou pas en état. Alors on se
dévouait, histoire d'occuper le public le temps
que marquis arrive et que kline l'engueule, mais
à chaque concert, c'était la même chose : qu'on
leur joue *au nadir du descenseur* ou *dors dors petite
pépite*, c'était pareil vu que personne n'entendait rien. « MAR-QUIS ! MAR-QUIS ! », ils scandaient ça à plein coffre jusqu'à — jusqu'à ce
que ça marche.

C'était mê-me-pas-la-pei-ne d'essayer.

LINERION : Il n'y avait que nouna qui aurait
eu le culot nécessaire pour chanter à la place de
marquis. Nouna ? Oué, il se serait branlé sur
scène dix minutes et à la onzième, on se serait
fait niveler par le public !

Il fallait arrêter. On l'a fait ! C'était le plus
raisonnable. Pour une fois, il fallait être raisonnable et on l'a été. Ça m'a fait mal aux seins,
merde !

NOUNA : Après la fin du groupe, j'ai décidé
de traîner avec *soul*, pour m'occuper. Et puis,
ils nous devaient bien ça. J'ai eu un mal *fou* à
les trouver, ils étaient bien isolés dans un labo
de luxe, et quand je suis arrivée là-bas, il y avait
cent uhlan, deux cents octopuce, trois cents

pi² ! Et même trente clones de chang, c'était incroyable ! Finalement, en marchant sur plein de pieds, j'ai réussi à m'approcher d'eux, j'ai vu octopuce en train de parler avec led, j'ai agité les bras et octopuce m'a vue — mais c'est comme si je n'avais pas été là.

J'ai été *si* écœurée.

Pourtant, je n'étais pas venue pour déranger, je voulais juste les saluer — et ils m'ont *carrément* ignorée. Depuis, fft ! j'ai du mépris pour eux. Des gens à qui j'avais *tout* appris ! Et d'abord, à sucer correctement, houhou !

OCTOPUCE : Nouna et linerion ? Comment je les ai envoyés chier, hahahaha ! Génial ! Le meilleur moment de ma vie, juré.

DELANUE : Après la fin de *style-genre*, je savais pas trop quoi faire, alors j'ai continué à traîner avec fua parce que j'ai beau être intelligent, je fais toujours les mêmes conneries, oui ?

Une fois, on était sur la rampe avec quelques admirateurs, l'un d'eux, un gosse tout tout jeune, se roulait aux pieds de fua, littéralement. Fua lui a dit : « Toi, tu te prends pour un vrai *er* ? Arrête. Tu sais ce qu'ils font, en ce moment, les vrais *er* ? Tu sais ce qu'ils font ? » Le type en bavait. « Ils sont en train de se jeter du haut de la *nez*, a dit fua. Voilà ce qu'ils font, les vrais *er*, tellement ils ont la rage. » La n.e.z.,

la passerelle nord-est-zénith. Ça se bastonnait
sec, là-bas. Et ça finissait mal, toujours.

Je sais pas si le petit l'a fait — je sais que fua
est *même pas* allé vérifier. Tu vois ça ? Quel
débile faut-il être pour prononcer des phrases
pareilles ? ? ? J'ai regardé le pauvre gamin partir
vers nord-est-zénith, il faisait une tronche de
condamné à mort et moi, une tronche de sui-
vant. Je me suis dit : « Qu'est-ce qui pourrait
bien arriver de pire, maintenant ? »

Là-dessus, noj est arrivé.

VITE-VITE : La dernière fois que j'ai vu noj, il
était à genoux au fond d'un bar, la tronche
plongée dans un bol de pâté — un mélange
calories-protéines à base de fumure, *pof* ! Il avait
piqué du nez dedans et il ne bougeait plus.

Je ne l'ai pas trouvé en forme, nononon.

DELANUE : Noj était aux rythmes, tragaluz
était aux rythmes, tragaluz était meilleur que
noj et tragaluz était un gentil et noj était pas
un méchant, donc tragaluz essayait d'expliquer
deux trois trucs à noj qui essayait de comprendre, mais c'était comme si l'ermite de la montagne essayait de transmettre sa sagesse à — je
sais pas, à un bol autochauffant. Tragaluz
disait : « Tu peux faire comme ci ou comme
ça », noj répondait : « Gzzz » et dalia l'engueu-

lait : « Ouvre un œil, noj ! Au moins un ! T'as vraiment l'air d'un Champignon, là ! »

Même dalia était inquiet, à la fin.

KLINE : Dalia et noj, c'était beau comme daplop et ru, ouais ouais. Même pas pire.

Noj était pas capable de longer une passerelle sans se prendre une borne dans les couilles tous les trois pas, mouarf ! Il avait un don pour ça. Forcément, quand les problèmes d'appro se sont corsés, c'est pas lui qui trouvait de quoi respirer ou se défoncer, oh non ! C'était dalia, ouais ouais ! Qui raflait tout ce qu'il pouvait avec un fin sens de l'égoïsme.

DELANUE : Noj était une victime, c'est tout. C'était une catastrophe, ce mec ! Un pauvre gravat.

Et avec dalia, ils formaient une foutue paire de positrons !

Qu'on ait fait un mythe de ces deux minables, ça me troue le cul.

SUZA : Dalia était un fieffé salopard. Franchement, personne l'aurait moulé, j'aurais fini par le faire. Un *fameux* salopard. Et pourtant, niveau salopards, j'en connais quelques godets. Dalia aurait mérité d'être musicien. Et il ne l'était *même pas*.

AMBER TIGER : Je crois être la dernière personne à avoir vu noj et dalia en vie.

DAPIP : Amber Tiger. Mouaah. Avec toutes les langues qui sont entassées dans les poubelles de l'histoire, faut pas s'étonner si y a des sons bizarres.

AMBER TIGER : On était censés jouer ensemble, noj et moi. On est allés dans son alvéole, avec yu et gaatje, en slalomant entre les bastons, on arrive en vie, tant mieux, on entre : c'était blindé de clones, là-dedans, et il faisait tout sombre, juste des autocollants uv aux parois. On a un peu farfouillé, on a trouvé noj et on a vu qu'il s'était posé DOUZE patchs les uns à la suite des autres sur le bras. « Je sens que la répétition va être rigolote », j'ai dit. On a vu une tête de mort *jaillir* au milieu de cet amas de corps pour me jeter un regard noir : c'était dalia. On s'est barrés. C'est tout ce que je me rappelle. On s'est pas inquiétés, noj était souvent comme ça.

DAPLOP : Deletion m'a contacté, elle m'a dit : « Tu connais la nouvelle ? » J'ai dit : « Non. » J'ai dit : « Qui est mort ? »

Je pense pas que ce soit un meurtre. Ni un double suicide. Je pense que c'était un accident. Les structures étaient faussées, il y avait peut-

être vraiment une faille filante. Il fallait peut-
être vraiment couler une masse de fibrociment
à cet endroit-là, à ce moment-là. Dans cette
alvéole-là.

Évidemment, les extrudeurs auraient dû
attendre que les habitants de l'alvéole sortent
avant de couler le truc. Les mouchards auraient
dû détecter dalia et noj. Ils auraient dû les prévenir. Ils l'ont peut-être fait, qu'est-ce que t'en
sais ? Mais tout était si déglingué, les structures,
les contrôles, les mecs, tout. C'est moche, en
tout cas. C'est moche, ce qui leur est arrivé.

DELANUE : Ça devait arriver. Je veux dire :
c'était au-dessus de leur tête — oui, tu vois ce
que je veux dire.

Faut pas confondre « coup du sort » et « retour
de bâton ».

DELETION : Trop d'embrouilles, n'est-ce
pas ?

DAPLOP : On a même pas essayé de les dégager. C'était pas le bon moment pour y aller violent dans les parois, c'est sûr. Mais c'est moche.
Ils sont toujours là-bas.

On sait même pas combien ils sont là-
dessous, en fait.

SUZA : Noj. Le tranchoir. Eh ben, il était pas affûté, le tranchoir. On l'appelait comme ça par antinomie, si ça se dit comme ça. C'était un tel colloïde.

TIOURÉE : Noj aimait dalia, il l'aimait pour de vrai — dalia fascinait noj, parce que noj venait d'un endroit si ennuyeux, tandis que dalia avait tapiné au nadir du descenseur, c'était une vraie chanson *er* sur pied.

Quelquefois, noj me demandait de lui parler de dalia, mais qu'est-ce qu'il y avait à dire ? Alors j'inventais, je lui inventais des aventures excitantes avec des poursuites dans les territoires morts, des perversions archaïques avec des prothèses, des courses pour échapper aux coups de poussière ou aux *refugee*, enfin des histoires, et noj m'écoutait en ouvrant de grands yeux — c'étaient les seuls moments où je pouvais voir les yeux de noj, du coup j'en rajoutais et il me disait : « C'est pas vrai ? », je disais : « Mais si ! » Et noj aimait dalia.

Ils ont eu une fin dégueulasse, quand même.

DAPLOP : Le plus violent, c'est que la giclée de fibrociment avait explosé le sas, elle s'était arrêtée au milieu de la corniche et il y avait un bout de pied qui dépassait de la coulée. C'était assez atroce.

NOUNA : La mère de noj était passée le voir à dixia yixia, du temps de *style-genre*. Ça nous avait fait tout drôle ! C'était une jolie fille assez *humanité humaine*, yeux bridés, peau rousse, cheveux crêpés, *très* productive. Elle lui avait apporté de l'eau, de l'oxygène, et puis des pastilles de vitamines pour gosse, de la gomme à bulles, pff — toutes ces choses stupides.

SUZA : Je ne crois pas que c'était un suicide, non. Ni un assassinat. Ils étaient trop cons, c'est tout.

VITE-VITE : Bah quoi ? Personne n'a trouvé que c'était une mort pire que celle de jindo, si ? Naaan.

DELANUE : J'étais face à ce bloc, cette coulure, quand fua est arrivé — il ricanait : « Dire que j'aurais DÛ être là-dedans, pouah ! » Ça m'a détruit les nerfs ! « Comment tu *oses* ricaner ? » je lui ai demandé. On sentait qu'il était content que ce soit noj plutôt que lui sous le ciment, on sentait ça. « Putain, que je regrette que tu sois pas à sa place ! » j'ai dit. Je le pensais. J'étais malade de — d'indignation ! Merde, noj était *son* pote et — je lui ai défoncé la gueule. À fua. Là, devant tous ces morts, cette fois-là, je lui ai mis la pire avoinée de sa vie. Face à ce bloc. J'aurais dû commencer par — *j'avais* commencé par là ! J'aurais dû m'en tenir là.

15

Réflexes funéraires

MANTANE : Les *er combattants* ont achevé les politiques. Et dès que les politiques ont eu lâché le pouvoir, apinic a sonné le départ vers yongyuan et les stations orbitales. Subtilement, elle l'a soumis à un recensement. Pour pouvoir suivre le protocole yongyuan et ensuite, partir là-haut, il *fallait* s'inscrire au sein d'une communauté, être physiquement sain et rester traçable, d'accord ? Les petits *er* ont retrouvé les joies du groupe et du nanocontrôle. Fin des bastons. Magique.

DELANGE : Même moi, j'étais pas au courant que le projet orbital était si avancé, hein ? Pendant qu'on crevait en bas, les salopards des tours avaient déjà monté vetchnï, tsai chouen, leptus — cinq autres stations étaient en chantier. Ils se faisaient construire leur petite villégiature spatiale, quoi.

DELETION : C'était un sacré rêve, quand même. Les stations orbitales, l'immortalité, quitter les caves, rogner les tours — dégager de la planète, en fait. Et lancer les usines de décontamination air-terre-eau, tous les chantiers écologiques, phytophycomycoremédiation, on ne parlait que de ça. Ressortir les vieux adn des labos et relâcher des Lapins et des Oiseaux. Libérer la Terre, s'installer là-haut et La regarder refleurir pendant des siècles.

On y a cru. Pourtant, la défonce était mauvaise, à l'époque,

n'est-ce pas ? Mais on y a cru. Dans le noir, nous n'avions pas grand-chose d'autre à faire.

DAPIP : En attendant l'aube radieuse du monde nouveau, on bouffait toujours aussi mal, mouahaha. Et je dis rien de la défonce.

SUK : Avant, c'était : « Mauvaise défonce, tu t'écroules, je rebranche ton nanocontrôle et je me barre. » C'est devenu : « Tu t'écroules, je me barre. » Suivi de : « Tu crèves », forcément. Plus personne n'en avait rien à foutre de personne.

HYK : C'est comme ça que yu est morte. Devant l'alvéole de daplop. Elle devait être dedans quand elle a fait un malaise. Daplop, c'était bien le genre à gueuler : « Crève pas chez moi, connasse ! » Daplop était un parfait salo-

pard avec — avec tous ceux qui avaient besoin
d'un coup de main, au fond, quand j'y réfléchis.
Il avait une vraie sale mentalité.

KLINE : On essayait d'avoir encore quelques
réflexes funéraires. Une marque dans la pierre,
quelque chose. Ou on posait un tas de monnaie
plasmatique par terre. On dessinait une sil-
houette sur le sol. Ça durait ce que ça durait,
mouais.
Y avait même un truc devant l'alvéole de noj
et dalia, je crois. Et devant celle de daplop,
pour yu.

TIOURÉE : J'ai accroché une boucle sonore
sur le tombeau de noj et dalia. *Je veux m'éplucher le poignet.* Ça tourne encore, sûrement —
tout en bas, dans le noir.

UHLAN : J'ai incrusté une chimère dalia-noj
dans leur dernier bloc. Une morula à 92 chro-
mosomes. Ah, unis pour l'éternité dans la
monstruosité, ça leur va si bien.

NOUNA : J'ai présenté ma douleur profonde à
la mère de noj.

MILLER : J'ai suspendu un voile cinétique
devant l'alvéole de daplop. Un voile que yu
m'avait prêté. Mais daplop l'a refourgué.

Quelle misère.

JI : Avec yu, on s'entendait bien mais voilà, on venait juste d'avoir une embrouille d'eau et on s'était mal parlé. La seule fois où on se parle mal, elle meurt ! La *seule* fois.

UHLAN : Je suis allé agiter l'oriflamme sur la coulée de noj. Octopuce était là. Il a posé un peu de monnaie mais en fait, il n'en avait rien à foutre, de la mort de noj et des autres. Il était tout content parce que le *célèbre* derminer était venu nous voir jouer et qu'il avait décidé de s'occuper de notre prochaine capture. Ah.

On s'est installés dans le labo de derminer et ça s'est tout de suite très mal passé. Derminer est le type de germe qu'il faut mater d'entrée de jeu et personne ne l'a fait. Je sortais de dixia yixia, je n'étais pas vraiment en état d'envoyer chier qui que ce soit, chang louchait à la lune et octopuce faisait son élingue devant ce suburbain complètement trempé. C'était gonflant.

Derminer était un sale con. Il n'arrêtait pas de nous engueuler, il nous menaçait, il était méchant et en plus, il était fou.

OCTOPUCE : Uhlan prenait tout ce que disait derminer très au sérieux, comme si derminer avait réellement voulu le tuer. Uhlan n'a aucun humour.

D'un autre côté, derminer en était déjà à sa septième légitime défense.

UHLAN : Cet abruti buvait du gel lumineux parce qu'il ne supportait pas l'obscurité, même au fin fond de sa rate. Il avait ôté son os crânien, « Ah, je suis si intelligent, mon cerveau déborde », toutes ces conneries. Et il s'était réactivé des séquences archaïques ; il traînait une queue dorsale et des doigts palmés. Sa queue se coinçait tout le temps dans les sas, avec chang on était morts de rire.

Derminer était carrément pénible à regarder.

OCTOPUCE : Derminer buvait du sang dans une coupe en Bois, un ancien ciboire. Il nous a dit, avec son foutu accent rrrusse : « C'est une coupe sacrrrée dans laquelle nos ancêtrrres buvaient le sang de dieu ! » Génial. Ses ancêtres peut-être, mais les miens, sûrement pas.

UHLAN : Même quelqu'un comme derminer avait des problèmes d'appro. Même chez lui, il faisait un froid de caisson. Ah, qu'est-ce qu'on s'est gelés ! La montée du froid dans la suburb, c'était quelque chose de terrible.

OCTOPUCE : Derminer bougeait très peu, parce qu'il avait l'habitude de l'immersion. Et il ne grelottait même pas. Les flux réels, il s'en foutait *en vrai*. Quelquefois, je le voyais rester immobile pendant des demi-heures, tout bleu, avec les cils blancs de givre. Je me disais : « Ça y est ! Il a gelé sur place. Génial ! On est débarrassés. » Mais non.

UHLAN : Quand ce con m'a eu trop gonflé, j'ai contacté suk pour qu'elle vienne faire une capture un peu *er*.

SUK : Avec hyk, on a mis au point un scénario réalistique. Uhlan avait juste à dire : « J'ai envie de pisser » et à pisser mais il n'y est jamais arrivé. La défonce était encore bonne, chez derminer.

HYK : Quand j'ai vu l'état d'uhlan, je me suis dit : « Il n'y arrivera jamais », et il n'y est jamais arrivé. Ni à pisser droit, ni à sortir sa pauvre phrase.

UHLAN : Ah je peux pisser sur commande, mais pas un seau.

HYK : On a répété et tout mais non. Rien à faire. Suk était hyper-anxieuse, ça n'a pas aidé.

SUK : J'en étais sûre, qu'il n'y arriverait pas.

UHLAN : Cette capture était merdique. Elle a plu. Normal.

Après ça, je suis retourné à dixia yixia. C'était toujours pas gai.

OCTOPUCE : Derminer a redimensionné notre capture environ quatre-vingts fois et ensuite, il est devenu définitivement fou. Là, je me suis dit qu'il fallait que je me méfie du pognon.

UHLAN : La capture de derminer était un immense tas de merde. Ah, j'ai encore du mal à y croire, tellement tout était abominable là-dedans ! La pire version de nos pires chansons. Ça a très, très bien marché.

16

Lever de crépuscule

TIOURÉE : Avec uhlan, on s'est rapprochés parce qu'on était comme des rescapés du temps où on se défonçait tous ensemble, lui, moi et marquis. Au milieu du hall du faxian-dixin, on est tombés dans les bras l'un de l'autre en pleurant et on s'est dit : « Il faut s'occuper de ceux qui restent, sinon ils vont tous mourir. » On a essayé de s'occuper de ti, d'abord, mais on n'a pas réussi.

UHLAN : Ti était vraiment attachée à pi². Après sa mort, elle est retournée sous le descenseur, ce qui n'était pas malin parce que personne n'avait plus rien pour payer.

Je suis allé là-bas. Ti était cyanosée jusqu'aux cheveux, ça se voyait, qu'elle ne se sentait pas très bien.

Elle n'arrêtait pas de fuir dès qu'elle me voyait, parce qu'elle avait honte. Ah, je comprends, mais ça ne m'a pas aidé à l'aider.

TIOURÉE : Ti avait une carence, elle ne fixait pas le sodium, c'était une mauvaise instanciation génétique, il aurait fallu un traitement mais elle ne faisait pas l'effort. Sans sodium, l'hypotension lui cramait le nerf optique dès qu'elle s'endormait et elle, elle ne prenait même pas la peine de dormir la tête en bas.

UHLAN : Ti avait ce regard verdâtre, il paraît que les Animaux étaient comme ça — les yeux glaireux qui tournent au vert dans le noir.

DAPLOP : Je me sentais violemment coupable pour la mort de yu, alors je suis allé voir ti sous le descenseur. Au moment où je l'ai aperçue — j'ai commencé à compter ma monnaie funéraire.

On a parlé du bon vieux temps, quand l'eau coulait dans tout dixia yixia et la défonce aussi. Ça faisait pas tellement longtemps mais ça nous paraissait des siècles. Ti était presque aveugle, elle était très amochée.

Avec ti, on a jamais couché ensemble. On y a jamais pensé, c'est le point. Quand on était ensemble, on faisait que se défoncer. Ça nous faisait marrer d'en parler.

TIOURÉE : Ti a refusé le recensement, elle n'avait pas envie de — voir le jour ? Elle s'est laissée mourir, il n'y a eu personne à prévenir.

UHLAN : Ti et pi² étaient vraiment liés l'un à l'autre. Ils faisaient n'importe quoi de leur vie mais ils faisaient attention à l'autre. Pi² ramenait de l'eau dans leur alvéole, il avait bricolé un dépollueur, et il était toujours à trafiquer des sels minéraux parce que ti avait un problème là-dessus.

Il n'y a même pas eu de deuil pour ti, parce qu'elle n'avait pas de filiation. Et puis, comme elle a basculé, il n'y avait pas de corps non plus.

Ti était une décongélation technique. Pi² était au courant. Que ti était une erreur — le résultat d'une panne. Elle avait dû être congelée tardivement, je ne sais pas. Une famille de mineurs qui commande une fille, qui l'élève un peu, les politiques lancent une campagne de restriction, on congèle les plus petits et *boum* ! coup de grisou, toute la famille file aux Champignons. Fumure pour tout le monde ! La petite fille reste dans son caisson jusqu'à ce que ces enfoirés coupent le courant, ah ! Tous ces gosses en trop, on les oubliait et puis soudain, on se rappelait leur existence. Quand on avait besoin de la place. On réglait le problème sans paperasserie. Défection énergétique.

Ti a dû être retrouvée par des déblayeurs, en train de patauger dans une flaque de putréfaction. Son caisson devait avoir une sécurité et elle, elle devait être déjà sevrée, elle avait dû survivre en se nourrissant de — personne ne s'est jamais intéressé à ti, mais pi^2 l'a fait.

Quand j'ai appris tout ça, j'ai énormément chialé. J'étais sur un balcon, au-dessus de l'entrée du faxian-dixin, je pensais à cette gamine seule au milieu des bébés morts. J'avais des hoquets comme un marteau-piqueur, hyk est passée et elle a ronchonné : « *Arrête* de geindre, uhlan. »

TIOURÉE : Pi^2 et ti tenaient beaucoup l'un à l'autre mais ils étaient néfastes l'un pour l'autre, ils ne prenaient aucun soin d'eux-mêmes — on ne peut pas vivre comme ça, à se taper dessus, à se défoncer et à baiser en boucle ! Il faut boire, dormir et manger toutes les trente heures, est-ce que c'était leur rythme ? Je ne pense pas.

DELETION : Ti était une jolie fille, à la base. Une grande bringue avec une voix suave. Mais elle n'a pas pu le rester parce que, à dixia yixia, il ne fallait pas être trop fille ni trop joli, et surtout pas suave, n'est-ce pas ? C'était le tribut à payer à dixia yixia : devenir un monstre et parler comme on pète.

OCTOPUCE : Je ne sais pas si c'était l'effet derminer ou l'effet de tous ces morts, mais à ce moment-là, chang a eu une vieille montée de délire archaïque. Un accès religieux. Dès qu'il y avait un problème, il se prosternait et il invoquait ses ancêtres. Génial. Nous, on réglait le problème et lui, il remerciait ses ancêtres. Je ne dis pas que ça gênait, ces prosternations, mais ça n'aidait pas tellement.

VITE-VITE : À cette époque de ténèbres, notre passe-temps avec linerion, c'était de faucher une rondelle et de monter le plus haut possible, vu que c'était tout noir, on ne risquait pas de se faire prendre, hé ! De là-haut, on regardait les bastons, on prenait des paris. Et on leur crachait dessus, ouiii !

Je me souviens que linerion et moi, on portait tous les deux un revêtement avec le cul de marquis en 3d itérative, et le nôtre qui dépassait au milieu, comme ça, haha ! Oh, bon, sur le moment, l'idée nous avait plu, c'est tout.

LINERION : On était raides. On était asphyxiés. On était secs, on était dessiqués, mais dessiqués ! Pourtant, on avait tout fait. On avait été adorés, adulés, on avait joué dans tous les coins, oué ! On était aussi célèbres que cnafet, nos tronches hantaient le Parallèle et on crevait la dalle. À un moment, ça m'a agacé. Mais à la réflexion, je me suis dit que même ça, c'était complètement *er*. C'était pas complètement *er* ? Hyper-célèbres et totalement pauvres ? À fond.

NOUNA : C'était de plus en plus froid et sombre, à dixia yixia ; et les gens ressemblaient de plus en plus à des spectres. Je me suis dit : « La dernière chose qui nous reste à faire, c'est paniquer. » J'aurais voulu jouer un requiem pour le *théâtre mou* à *ce* moment. Nous tous, sans marquis, on aurait pu jouer ça, et on l'aurait fait *si* bien. Dans cette espèce de mausolée, avec nos faces de fantômes. Et ensuite ? Un grand suicide collectif, hou ! Avec du *panache* ! On découvrait ce qu'était le crépuscule, pas vrai ? Les lumières baissaient, baissaient, zzz. Et on n'était pas sûrs qu'elles reviendraient jamais ! C'est ça, la différence avec les crépuscules de surface. On aurait pu partir en beauté.

Les autres n'ont pas voulu, pff.

MILLER : Pour vivre, on manquait de tout et on manquait de défonce pour oublier la mort. On en est arrivés à se colmater le cortex au salpêtre. Oh, je suis déshonorée de dire ça mais on est *tous* descendus au niveau d'un noj.

SUZA : Comme noj n'était plus là pour se faire haïr, tout le monde s'est mis à détester tout le monde. Ça nous occupait. Delanue et fua se haïssaient, tiourée et linerion aussi, et daplop et dapip. Moi, je comptais les points.

NOUNA : Pour s'occuper, on s'est mis à en vouloir à marquis. Après tout, haï-delange s'était sûrement occupé de le tirer d'affaire, alors, s'il n'était pas avec nous, c'était sûrement qu'il nous avait laissés tomber, non ? On passait des *heures* à dire du mal de lui. Tss, linerion en faisait des tombereaux : « Oh, c'était *tellement* difficile de supporter marquis, il est *tellement* pénible », houhou ! On sentait le manque d'oxygène.

SIHUI : On était dans un labo, à glander depuis des heures, y avait un peu de lumière et de chaleur, alors on restait là, on se faisait gravement chier et daplop a pété un câble. Il s'est levé d'un coup, il a sorti un stick et il nous a menacés. Il était provoquant : « Tu veux t'battre ? Tu veux t'battre avec moi ? » Il en avait spécialement après linerion, linerion répondait : « Euh — j'en ai pas super envie », mais ça mettait daplop encore plus en rage. Alors il a fini par dire : « Tiens, prends ce stick et bute-moi. Bute-moi ! » Mais linerion paraissait pas en avoir envie non plus. Daplop suait, il avait le front enflé, ça a duré — ça m'a vraiment fichu l'angoisse.

Finalement on a trouvé de l'ergoline, on la lui a donnée, à daplop ; il l'a prise et il s'est calmé. Ce n'est qu'ensuite que j'ai compris que c'était ce qu'il cherchait. Tout ce cirque, c'était pour qu'on fasse nos fonds de poche.

Il pouvait être chiant, daplop.

DAPIP : Un peu plus tard, linerion a retrouvé daplop dans un bar. Il est arrivé par-derrière et il lui a foutu un grand coup sur le crâne. Il est venu nous voir tout fier : « Je l'ai eu ! J'ai eu daplop, hanhanhan. »

Il avait l'air content. On était contents pour lui, mouahaha.

DELETION : On était sur la crête de l'esprit *maintenant*, pas de doute.

VITE-VITE : On aurait dû arrêter la défonce plutôt que de prendre autant de merde, je saiiis ! Mais déjà, on n'avait rien d'autre à faire et en plus, dès que l'un d'entre nous levait le pied, il y avait toujours un petit malin pour lui sortir : « Tu te défonces plus ? Tu sais faire autre chose, *toi* ? » Ça nous foutait le grisou et on replongeait, you !

TIOURÉE : Il y avait tant de souffrance physique, tant de manque de tout, et tant d'angoisse, tant de méfiance que les gens ne couchaient même plus ensemble, ce qui n'arrangeait le moral de personne.

DELETION : Pour coucher, il faut avoir beaucoup de confiance en son corps, n'est-ce pas ? Ça, pas de problème. Mais il faut aussi avoir beaucoup de confiance en l'autre et ça, pas question. De toute façon, j'ai mon petit codage *jouissance aléatoire* et ça me suffit.

UHLAN : Il y avait l'odeur des morts. Tous ceux qui étaient tombés, tous ceux qui étaient allongés au fond de la faille et qu'on n'évacuait plus, ah ! ça puait. Cette odeur, c'était pire que tout. Même les masques n'y pouvaient rien, ça polluait tout.

17

Cession d'usufruit

DELANGE : J'ai récupéré marquis entre les gants de la milice et je l'ai planqué chez cnafet. Cnafet était très paranoïaque.

Les tours m'ont *tout* promis en échange de marquis — l'appartement au trois centième d'une tour, le studio sur une station, la navette spatiale, la ligne bancaire et l'anonymat, tout. Par contrat. Ils avaient l'intention de rien payer du tout. Ils avaient l'intention de récupérer marquis et de me buter après, quoi.

C'est wang mark qui m'a fait la meilleure offre. Je lui ai livré son clone et j'ai tout balancé sur le Réseau et le Parallèle. Le contrat, tout. Ceux des tours pensaient que j'oserais pas. Mauvaise estimation, hein ?

KLINE : Ce salaud delange a livré marquis contre un paquet de fric, y a rien à dire là-dessus. À ressentir, y a un peu plus, mouais.

VITE-VITE : Ça ! haï-delange, à la prochaine catastrophe planétaire, il aura mêêême pas besoin de muter pour survivre.

DELANGE : Wang mark a honoré mon contrat. Quand on est mandataire d'*orbite terrestre*, qu'on a signé un contrat, qu'il est exécuté et qu'il est public, on l'honore, hein ? Sinon, tous les contractants d'*orbite terrestre* s'empressent de rompre leurs engagements contractuels — ça fait un sacré manque à gagner.

Je suis devenue la personne la plus haïe de la géosphère, quoi. Et une des plus pétées d'eau.

TIOURÉE : Je sais juste qu'haï-delange a contacté marquis pour lui dire : « Viens ! Les tours m'ont eu » et qu'il s'est livré pour le sauver, oh oui, non, ça paraît tellement — mais ça lui ressemble tellement.

MANTANE : C'est delange qui a lancé le *scandale des clones*. En voyant ce qui était arrivé à marquis, les gens ont compris ce qui attendait les autres clones. Tous ceux de la pension' de marquis, ceux qui avaient inventé cette musique. Les gens se sont mobilisés pour qu'on les laisse en vie. C'est là qu'on a réalisé que des admirateurs de marquis, il y en avait vraiment partout, même dans les tours. C'est une musique qui se fiche de la gravité ; elle circule comme du sang.

Apinic a mené la négociation pour les clones : « On ferme les pensions', on libère les clones, on démarque leur adn de celui des maîtres des tours, en échange les maîtres des tours leur filent un pour cent de leur fortune, l'affaire est réglée et le scandale retombe, d'accord ? »

C'est ce qui s'est fait. Delange a probablement voulu ça. Delange ne laissait pas grand-chose au hasard. Peut-être que c'était sa façon de payer, à lui. Peut-être qu'il s'est mis d'accord avec apinic pour que ça se passe comme ça. Et peut-être aussi que marquis s'est mis d'accord avec eux, qu'il s'est *livré* pour ça ? Peut-être.

TIOURÉE : Quand marquis a entendu : « Viens ! Les tours m'ont eu », je parie qu'il n'a pas écouté plus loin que le premier mot.

DELETION : Légalement, il n'y a que delange qui aurait pu attaquer wang mark pour — pour quoi ? Juridiquement, delange était usufruitier de marquis, n'est-ce pas, et wang mark nu-propriétaire, il me semble.

De toute façon, delange avait cédé l'usufruit. Fin de l'histoire.

KLINE : Nous, on a fait un procès à ce salaud delange pour récupérer un minimum de droits musicaux, ouais ouais, et comme ce salaud delange était devenu la personne la plus haïe à tous les niveaux de shanghai, on a gagné.

IVE : Mais écoutez-moi ! Se livrer est la meilleure chose que marquis ait jamais faite.

Se donner de cette façon-là, à ce moment-là, c'est une naissance éclatante !

UHLAN : Les gens étaient passionnés par les pensions'. Ils étaient fascinés par cette tragédie, par marquis, par son histoire débile avec haïdelange. Et comme, en plus, le sombre héros était en fait un putain de Rat de cave qui avait vilement vendu marquis à son propre père contre un torrent de flotte, aho ! quelle fantastique histoire ça faisait pour les cons.

JI : Marquis ? Oh, marquis, il était toujours trop défoncé pour baiser, voilà. Ou trop bourré pour baiser. Il était chiant ! Je préférais vite-vite.

MILLER : Des anecdotes sur marquis ? Je l'ai vu passer de petite épave à *petit marquis*[1] exigeant, depuis les caves jusqu'à dixia yixia. Je l'ai vu, tout crasseux et tout maigre, me sucer sur

1. N.d.T. : en français dans la capture originale.

un éperon rouillé du *bain de soleil* contre un peu d'eau, et quoi ? Deux ans plus tard, dans les coulisses du faxian-dixin, je le suçais et lui, il critiquait : « Pas comme ça, plus haut », etc.

« Fais-le tout seul », je lui ai dit. Et j'ai fichu le camp.

On est restés amis après ça, c'était juste pour raconter.

TANAKA : J'ai rencontré marquis *en vrai* une fois. Vous voulez que je vous raconte ? C'est un peu spécial.

Il était avec linerion, linerion s'arrête et me demande où je vais et moi, j'étais — ce n'était pas moderne, dixia yixia. Aux chiottes, il n'y avait pas de flux sonique. Il fallait une douchette ou — enfin, une membrane. Et je n'étais pas encore au courant.

Donc, je m'étais retrouvée dans ces chiottes primitives avec la merde au cul, zut, qu'est-ce que je fais ? J'avais contacté un pote et j'étais en chemin pour lui emprunter une douchette. Et quand linerion m'a demandé où j'allais, j'ai dit : « Je vais chercher un truc pour — bon, un truc. » Et ils ont semblé d'un coup *terriblement* intéressés, tous les deux. Marquis et linerion. J'étais étonnée, je ne comprenais pas : « Non, mais je cherche seulement du, du », et là, j'ai compris qu'ils croyaient tous les deux que j'avais un *magnifique* plan défonce, hahaha !

« Non, non ! Je vais chercher du truc pour — pour — pour », j'avais l'intention de leur parler sincèrement mais — ça ne sortait pas, vous comprenez ? Et eux, ils avaient les yeux de plus en plus brillants, marquis se rapprochait de moi — un cauchemar. C'était un cauchemar ! Je me disais : « Oh non. Je rencontre cet homme-*là* et tout ce que j'ai à lui dire, c'est — oh *non* ! » Vous comprenez ?

En plus, j'avais le cul qui piquait à mort.

Voilà. C'était : la fois où j'ai rencontré marquis.

CHANG : Dans un labo, j'ai rencontré cnafet. On était seuls, il faisait froid et noir. Cnafet, c'est pas quelqu'un que je connais bien, mais il m'a salué, et il m'a dit quelque chose. Il m'a dit qu'il était désolé pour marquis et il m'a aussi dit qu'il fallait que je tienne, de n'importe quelle façon. Qu'il fallait que je trouve la façon même si lui, il la connaissait pas.

DAPLOP : La seule façon de faire honneur à marquis, c'était que la musique continue. C'est ce que je me suis dit.

KLINE : J'y croyais pas. Autour de nous, y avait plus que l'obscurité et on en était réduits à lécher la condensation sur les parois, mais certains continuaient à monter des groupes. Et ils

jouaient ensemble ! Pendant au moins, eh —
une heure ? Haha. Mouais, sérieux, c'était pas
le moment.

DAPIP : Daplop et gaatje ont essayé de monter
un groupe ensemble : ils appelaient ça les
dreby's mais ça a jamais vraiment marché parce
que gaatje est mort. De toute façon, mouah,
c'est *derby's*. Un vieux mot anglique. Pas *dreby's*
mais *derby's*.

TIOURÉE : À l'heure *exacte* du premier départ
vers les stations, gaatje est mort ; il avait la pro-
géria, une mutation de la lamine, gaatje est
mort de vieillesse d'un coup, il était devenu tout
fripé, tout chétif, tout fragile, il bavait, il mor-
vait — je peux te dire une chose, c'est franchement *immonde*, la vieillesse.

DELANUE : Gaatje m'a raconté la première
fois qu'il a vu marquis chanter. Ça l'avait marqué. Et il m'a raconté.

TIOURÉE : J'étais venue voir gaatje en soin, il
me regardait comme de très loin, il ne ressemblait plus à rien mais ses lèvres bougeaient et
c'était comme s'il racontait, racontait sans
s'arrêter tout ce qu'on avait vécu ensemble,
tous.

DELANUE : Gaatje m'avait dit que marquis sautait d'un bout à l'autre de la scène et qu'à un moment, son revêtement s'était déchiré. Ça avait plu à gaatje. Ça voulait dire que ce vieux machin — ce haut de kimono blanc pas beau — était en vrai Tissu. Un matériau pas intelligent, pas reconstituant. Une matière qui s'use vraiment. Qui garde les traces des moments.

Coda

1

Gerbe de tours

LEIGH : Un matin, les monos nous ont tous convoqués. Ils ont été clairs : la vie, la liberté et un pour cent de la fortune de notre géniteur en échange d'une liste d'obligations. Une liste longue comme ça ! Obligation de suivre un marquage pour différencier notre adn de celui de notre géniteur, obligation de changer de nom, obligation de signer un moratoire sur les vingt dernières années, une liste *comme ça*, beurk.

On s'est tous regardés, on n'y croyait pas. Il y a eu un grand silence, long, très long, et finalement, au milieu de tout ce silence, on a entendu la voix perçante de drime : « *Deux* pour cent. »

DRIME : Un pour cent. Sérieusement, pour qui nous prenaient-ils ?

LAMONTE : Tu veux savoir un truc marrant ?
Je ne croyais pas à ce qui nous attendait. À la
vidange des clones. Quand les monos nous ont
annoncé notre — *grâce* ? je me suis rendu
compte que je n'y avais jamais cru. Pas dans
le principe, mais dans le geste. Tu te vois, toi,
aborder un type qui ne t'a rien fait, et lui découper les reins et les yeux ? Ce geste, je n'arrivais
pas à y croire, bordel ! Tu te vois, toi ? Lever ta
main et le faire, comme ça ? C'est à ce *moment*
que j'ai réalisé que je n'y avais jamais cru. C'est
bête mais c'est comme ça.

Je n'ai jamais été très bon en Réalité. Avec
un grand r, vas-y !

RAJIS : Quand on a quitté en surf nos Plaines
pelées et qu'on s'est élevés vers ces MONSTRES
atmosphériques, ces pics de glace, ouais ! les
TOURS ! ça a été un grand moment.

NAKA : Mon premier contact avec les tours,
ça a été une *immmense* gerbe. J'avais un de ces
vertiges ! Ce qui est bizarre, c'est que mon
passe-temps préféré, aujourd'hui, c'est la glisse
troposphérique ; filer au-dessus de la plaque
nuageuse. Je passe mon temps dans mon surf et
je n'ai pas le vertige, pas une seule seconde.
C'est étrange, non ?

ASHTO : Le grand choc, dans les tours. *Wao* ! Surtout de voir tous ces débiles *coder*. Des hordes de gus en train d'agiter les doigts dans le vide, haha ! Quand on a jamais entendu parler de bulle perso, ça fait bizarre. « Euh, je me suis dit, c'est l'altitude qui fait ça ? »

NAKA : Au début, c'est plutôt inquiétant. Quand on n'est pas au courant pour les bulles personnelles et qu'on voit tous ces gens qui tapotent dans le vide, ou qui suivent rien du tout des yeux, eh bien c'est carrément angoissant.

ANANA : Des *splendeurs*. À tous les étages. *Oshi* ! Des créatures magnifiques ! Fantastiques ! Tellement sexuelles ! J'étais fou.

DAPLOP : Je sais pas, j'ai gerbé. Tant que j'ai été là-haut, j'ai gerbé.

HYK : La ligne haute des tours. La ligne de li po le matin, bleue sur le jaune du ciel. Rien que pour ça, je ne regrette pas mon vomi.

ASHTO : La première chose que j'ai faite là-haut ? Chercher des traces d'aidime. La mère d'aidime était une mandchoue bicentenaire. Elle avait suivi un protocole gérontobloquant primitif. Un machin artisanal à base de tétrodotoxine. Distillé à l'ancienne, avec de la Datura. Des Solanacées vireuses. Un philtre d'épouvante qui fabrique des zombies. Le métabolisme tourne assez lentement pour tripler l'espérance de vie. Mais *toutes* les fonctions vitales sont esquintées.

La mère d'aidime a traîné pendant deux siècles une existence merdique. Dès que le transfert de cerveau a été au point, elle a mis son adn en perce. Parce que nos parents utilisaient un vocabulaire drolatique, haha. Comme tous les monstres. Quand ils lançaient le développement d'un clone, ils disaient : *mettre son adn en perce*. De temps en temps, ils demandaient des nouvelles du *greffone*. Les plus riches *mettaient en perce* une paire de *greffones* à un ou deux ans d'écart. Au cas où il y aurait un *incident de greffone*. C'est ça, le suicide de marc. Un *incident de greffone*.

Et quand ils sortaient leur clone de pension', ils disaient : « Je *dédoublonne*. » « Le *dédoublonnage* est validé ? » Ça, c'était pour savoir si le gosse avait signé la décharge. Ils avaient un agenda et tout ! Ils dédoublonnaient à vingt ans. Et ils remettaient en perce sitôt qu'un *attribut majeur* manquait. Cœur, poumon, un truc comme ça.

La mère d'aidime a mis son adn en perce. Seize ans plus tard, elle a vidé aidime de son cerveau. Le cerveau d'aidime, plein de rires et d'idées débiles. Elle l'a balancé pour fourrer sa vieille cervelle de zombie à la place. Enfoirée.

Bande d'enfoirés.

DRIME : Nous vivons dans une société terriblement juridique. La lettre de la loi doit être respectée. Il n'a jamais été question d'assassiner les clones. Pourquoi faire ? Il suffisait de bien accueillir le clone à sa sortie de pension' ; de l'accueillir au sommet des tours. Merveilleux spectacle, merveilleux gadgets et, surtout, un tel soulagement après tant d'années d'angoisse ! Incidemment, il était d'usage d'emmener le clone faire un tour dans les bas étages ; de lui faire voir le pied du décor.

Ensuite, le discours était simple. Raisonnable, affectueux et simple : « Tu es le fils de ton père, c'est la vérité ! Il est prêt à le reconnaître par acte d'adoption, car il a besoin de toi comme tu as besoin de lui. Sérieusement, s'il tombe malade, le laisseras-tu mourir ? S'il a besoin de sang ou d'un rein, que feras-tu ? »

Nous n'étions pas formés à lire les petites lignes des annexes contractuelles. Le clone ne signait pas un abandon d'organes, jamais. Il signait un *contrat d'adoption mutuelle* auquel était annexé un *don volontaire en cas de nécessité létale*. On appelait ça : la *décharge*.

Si ça marchait ? Quand on découvre les tours et le bas des tours, on comprend que tout ce qui importe, c'est la famille. L'important, c'est d'appartenir à une *famille*.

Cette reddition — ce suicide —, la décharge, était toujours signée et enregistrée en procédure agréée dans un environnement assermenté. La minute suivante, une expertise médicale diagnostiquait une atteinte létale à l'état général du géniteur. Simple formalité ; nos géniteurs étaient des ruines. Le clone passait directement de l'espace assermenté au caisson. C'était bien rodé.

Maintenant, vous demandez-vous encore qui distillait dans les pensions' la vérité sur ce que nous étions ?

Marquis a été un des rares à signer la décharge pour de bonnes — disons, des raisons moins futiles.

TECNIC : Non, je ne sais pas qui a commandité le surf dans lequel j'ai fourré marquis. Son géniteur ? Un concurrent ? Aucune idée. Marquis me faisait confiance ; il était sonné ; il m'a suivie. Au dernier moment, je lui ai offert le kimono qu'aidime m'avait donné ; le kimono blanc.

Oui, ils me manquent, ceux de *stolon* et les autres ; bien sûr, qu'ils me manquent ! Je n'ai pas de remords parce que je n'avais pas le choix, mais ils me manquent.

N'empêche, quand ils ont appris le rôle que j'ai joué dans cette histoire, ça a dû leur faire un sacré choc !

DRIME : Ce genre d'enlèvement, je veux dire l'évasion de marquis, était plus courant qu'on ne l'imagine. Voyez quinze vieillards cramponnés au dernier étage. Mettre la main sur les clones de l'un d'eux, c'était lui montrer obligeamment le descenseur vers l'étage du dessous. Mettre la main sur marquis après la mort de marc, c'était mettre la main sur le pouvoir de son géniteur. Et wang mark en avait beaucoup. Il en a toujours beaucoup.

D'un autre côté, peut-être que c'est le propre géniteur de marquis qui a organisé cet enlèvement ? En imaginant qu'un tueur était embusqué dans la pension' ? Et si on y réfléchit, peut-être que c'était vrai ? Peut-être que marc a été assassiné. Par tecnic ? Sérieusement, qui saura jamais ?

LOVILI : Cette salope de tecnic ! Mais j'attends la fin.

Ça va, le coup du « si je ne l'avais pas fait, un autre l'aurait fait à ma place et il fallait bien que je vive », ça fait *combien* de dictatures que les bourreaux nous sortent le couplet ? J'attends la fin.

LAMONTE : Bordel, foutez la paix à tecnic ! À sa place, j'aurais fait pareil et les autres aussi ! Si je la revois ? Cette partie-là du scénario est hors champ, c'est tout.

NAKA : Si haï-delange a vendu la mèche au sujet de tecnic, eh bien c'est pour ne pas être le seul traître de l'histoire, je parie.

Je ne l'aime pas bien, ce haï-delange.

DELANGE : J'aurais pu jouer les victimes, hein ? J'aurais pu arranger mon rôle dans cette histoire. J'aurais pu dire que j'avais été menacé. Menacé, je l'ai toujours été.

Écoutez, j'en ai rien à foutre de tout ça. C'est pour ça que j'ai accepté de vous parler, hein ? Pour dire à tous ces connards — à tous ceux qui m'appellent *haï-delange* ou *ce salaud delange* ou *regretvif delange*, que j'en ai rien à foutre. Je viens des caves. J'ai fait mon ascension. Aujourd'hui je suis immortel et j'ai ma place dans l'espace. J'ai assez de fric pour changer d'identité jusqu'au génotype, pour passer mon temps à me balader dans les bordels martiens ou dans les nouvelles zones écologiques terrestres. J'ai assez de fric pour passer mon éternité dans le Réseau. Alors l'opinion de tous ceux qui veulent me tuer pour venger marquis, j'en ai rien à foutre. On a toujours voulu me tuer, mais avant c'était pour que dalle.

Je ne regrette pas. ET je n'ai aucun remords.

Je viens des caves. J'ai un crédit-malheur illimité, quoi. Je peux faire subir ce que je veux à qui je veux, ça sera jamais pire que ce que j'ai subi. Je ne dois rien à personne — et surtout pas à marquis des tours !

DAPIP : Arrête avec ça. T'as pas vu haï-delange avec marquis. Haï-delange surgissait toujours au bon moment. Et marquis, lui, il l'attendait. Haï-delange venait le récupérer par les cheveux dans toutes les situations. Ensuite, haï-delange le lâchait en l'injuriant, marquis la chopait par un bras, haï-delange se dégageait, marquis faisait un pas en arrière, haï-delange un pas en avant, ils s'engueulaient : un vrai ballet, mouahaha. T'as pas vu ça.

DELETION : En fait, on ne s'en est rendu compte qu'après, mais les deux ans où on a connu marquis, on les a passés à côté d'un homme en deuil. Ça explique beaucoup de choses, n'est-ce pas ? Or personne ne s'en est rendu compte. Et le seul filin auquel il a trouvé à se raccrocher a pété sous ses doigts.

DRIME : L'amour ? Oh, voyons, sérieusement. Un amas d'organes faisant des déclarations ? C'est pathétique.

Mais être aimé par un véritable être humain — par un code génétique unique qui vous reconnaît, vous, comme un être unique, n'est-ce pas la seule colle capable de faire tenir ensemble les organes épars d'un clone ? La seule substance capable de lui donner une cohérence et de le transformer en, hm — véritable être humain ? Vous savez, je ne me pose jamais ce genre de questions stupides.

Connaissez-vous ce vieux conte dans lequel un jouet en Bois rêve de devenir un véritable petit garçon, pour qu'on l'aime ? Que voulez-vous que je vous dise ? De nos jours, au prix du Bois, ce serait plutôt l'inverse.

TIOURÉE : Il paraît que wang mark a passé marquis à la nuée ardente. Dessication immédiate. Mille deux cents degrés.

DELETION : L'important, dans un contrat, c'est son *exécution*. Pour être payé, il faut que le contrat soit *exécuté*. Là, delange a été brillant, parce que son problème était insoluble. Ce qu'il voulait, lui, c'était extorquer un maximum de yuans à wang mark en échange de marquis. Et ce que wang mark voulait, c'était récupérer ses gènes et ensuite, buter delange au lieu de le payer. Wang mark avait toute sa puissance financière derrière lui, tandis que delange n'avait que son astuce.

Delange a dit à wang mark : « Ouais, rêvez ! Je vous livre marquis, vous le trouvez sympa, vous l'adoptez au lieu de le débiter, ça lui donne une personnalité juridique et là, il m'attaque pour enlèvement, séquestration, mauvais traitement et le reste, hein ? Et je perds non seulement votre paiement, mais tous les droits sur sa musique, quoi. » C'est wang mark *lui-même* qui a établi ce foutu contrat avec une clause exécutoire centrée non sur la *livraison* de marquis, mais sur la *mort* de marquis. Et marquis s'est livré, et wang mark l'a mis à mort, et il a transmis l'attestation de liquidation à delange. Qu'est-ce qu'il en avait à foutre, wang mark ? Tout ce qui lui restait à faire, c'était choper delange au moment où celui-ci sortirait de sa planque pour toucher son paiement.

Delange a tout balancé sur le Réseau. Scandale. Pour se disculper, wang mark a balancé à son tour la décharge de marquis sur le Réseau. *Énorme* scandale. Le scandale des clones.

Résultat, delange s'est pointé devant wang mark pour réclamer son paiement sans que wang mark n'ose sortir ses tueurs. Le vieux a été beau joueur : il a sorti ses yuans. C'était excellent, n'est-ce pas ?

Vous l'avez lu, ce contrat ? Il y a mille clauses concernant le versement. Des exigences d'anonymisation à chaque ligne. On sent que delange a énormément pinaillé là-dessus. Comme s'il avait réellement eu l'intention de se faire payer en douce. Comme s'il avait imaginé qu'il pourrait toucher ses yuans sans se faire localiser. Wang mark a dû prendre delange pour un con. Alors que c'était un Rat.

Wang mark n'avait pas mesuré la notoriété de marquis. Il n'avait pas vu sa dimension politique. Pour lui, tout ça, c'était juste de la musique de pauvres. Mais du fond de la suburb jusqu'en haut des tours, tout le monde a braillé en même temps qu'on ne traite pas un poète comme une vésicule biliaire.

Vous vous rendez compte que delange a *exigé* la mort de marquis et *exigé* des preuves de sa mort, pour que ça fasse *assez* de scandale pour le protéger, *lui*. Ça, ça me la coupe, n'est-ce pas ? À *ras*.

Sinon, je parie que wang mark aurait mis marquis en caisson en attendant de voir. Avec apinic à la négociation, on le récupérait.

Non, mais *moi aussi* j'aime les yuans, et blouser les tours comme ça, c'est sûr que c'est brillant mais — *quand même*. Vous imaginez la tournure d'esprit, quand même ?

TIOURÉE : Il paraît qu'ils n'ont même pas fait la dépense d'un anesthésiant.

TANAKA : Pour comprendre, il faut bien avoir en tête le concept de *faible adhésion de masse*.

Quand le commerce lance des vedettes, des jeux ou des gadgets qui rapportent des millions. Ce n'est pas que les gens les aiment à fond ! C'est qu'ils sont très nombreux à les aimer vaguement. Le pauvre truc que vous chargez dans votre bulle pour faire une pause, bien matraqué, il rapporte carrément une ligne bancaire ! Ça permet à un passe-temps vaguement merdique pour productif fatigué de se prendre pour un mythe.

Ce n'était pas le cas de marquis. Marquis ne faisait pas de la musique de surf collectif ! Marquis était *vraiment* un mythe. Toute cette mobilisation, le *scandale des clones*, ça a pris les maîtres des tours de court parce que c'était rare.

Quand marquis a disparu, les gens se sont d'abord dit que c'était encore cette vieille astuce pour relancer l'attention. Une période de sevrage commercial. Mais quand ils ont su qu'il était mort, complètement mort, mort *en vrai*, les gens se sont retrouvés en manque de lui ! Ils ont voulu utiliser le vieux truc de la copie comportementale, mais il n'y avait pas de copie comportementale de marquis. Il n'y avait même pas de quoi en coder une crédible. Pas assez de captures. Alors les gens se sont tous retrouvés en manque de lui. Définitivement. C'était *ça*, le vrai scandale.

Ils ont fait scandale parce que, en sauvant ses copains de pension', il y avait une petite chance de récupérer des inédits de marquis, exactement ! Vous comprenez ? Quand on est en manque, on ferait n'importe quoi.

DRIME : Oh, mais arrêtez avec cette connerie de *scandale des clones*, de Pouvoir reculant devant l'Indignation populaire. Les vieux des tours n'en avaient rien à foutre, de l'indignation populaire. Par contre, que la décharge ait été rendue publique, *oh oui*. Ça, ça leur a foutu la trouille. Parce que ce torchon était attaquable sur au moins deux points juridiques. Il suffisait qu'un seul de leurs concurrents les attaque là-dessus et ils perdaient les beaux corps éternels qu'ils venaient juste d'étrenner.

Ils ont lâché du lest en échange d'un moratoire signé par leurs victimes. Nous.

Toute cette réclame pseudo-scandalisée a permis à haï-delange de se faire payer et à nos géniteurs d'obtenir leur fichu moratoire en prétendant faire une bonne action. Bien joué, vraiment.

Le *scandale des clones*, allons, sérieusement. Quelle *poésie*.

TANAKA : On a récupéré des inédits de pension', ça ! Toutes les captures comportementales que les monos avaient faites de marquis. Assez pour lancer cette foutue copie sur le Parallèle.

Moi, j'évite de la croiser. Marquis, je l'ai rencontré une fois *en vrai* et ce n'est pas pareil. C'est même marquis qui m'a fait comprendre que ce n'est pas pareil ! Je ne peux pas lui faire ça. Vous comprenez ?

NOUNA : De toute façon, marquis ne parlait jamais et il en avait une *si* petite ! Et franchement, quand on croise un mort sur le Parallèle, à part causer ou baiser, vous voulez faire *quoi* avec ? Des projets d'avenir ? Hou, et puis ça me déprime de le voir comme ça, c'est tout. Je l'évite, vraiment.

APINIC : Nous avons essayé de récupérer les restes de marquis. Ça n'a pas été possible.

CHANG . Je trouve ça difficile, de vivre sans marquis. Je trouve ça pas juste, ce qui lui est arrivé. Je l'admirais avant de le connaître, je l'ai aimé quand je l'ai connu et je me sens seul sans lui.

Je vois tous ces gens qui seraient morts ou enterrés si marquis avait pas existé et je trouve ça injuste.

LOVILI : Vous savez, j'ai pensé à marquis tout le temps, après qu'il a disparu. Comme à un mort. Je l'ai pleuré comme un condensateur pendant trois ans, je pensais qu'il s'était fait vider, et quand on est partis pour les tours, je me suis dit qu'il était temps de passer à autre chose. Et c'est là que j'ai appris qu'il venait *à peine* de mourir. Et que nous avions payé notre liberté de sa mort.

ANANA : Ça m'a fait de la peine, d'apprendre pour marquis. Et pour tecnic, dans un autre genre. *Oshi* ! J'ai eu ma dose de peine, dans cette prison' ! Et je trouve ça plutôt inconfortable, d'être un miraculé. De devoir m'inventer un avenir. Un avenir éternel, en plus !

TIOURÉE : De toute façon, ça devenait ridicule, ce corps qui demandait vingt ans pour se développer, grandir, se mettre au point, et qui commençait à perdre ses compétences en même pas autant de temps — c'était du gâchis. Je ne dis pas qu'une existence peut être éternelle, mais il y a un juste milieu à trouver, non ?

NAKA : Toute cette course à l'éternité, ça n'a pas de sens. Une vie, ça passe. Quand on vit trop longtemps, tout ce qu'on fait, c'est entasser des tonnes de cendres au-dessus de sa tête. L'immortalité, elle est dans l'instant quand il est assez fort pour arrêter le temps. Elle est dans la musique. Quand vous êtes au milieu du son et que vous vous sentez *vivre*, au lieu de survivre. Quand vous voyez toute votre vie défiler

sous vos pieds et que vous planez loin au-dessus, accroché au fil du son, eh bien l'immortalité, elle est là.

KLINE : Mouais, pour le moment, c'est zen
de pas vieillir. Mais faut voir à l'usage. Un cerveau, c'est pas extensible. Quand il me faudra
un wagonnet pour transporter mes souvenirs, je
lâcherai les poignées et salut !

DRIME : À partir d'un certain âge, franchement, il semble que la seule joie qui subsiste,
c'est de durer plus longtemps que le voisin. Je
tiens absolument à finir avant.

SUZA : Musique de pension', musique de
cave, musique de dixia yixia, musique *er* ou *er
combattant*, fondamentalement, on s'en fout. Je
peux écouter *tête de sondage* de xia xia — les
deux avertisseurs, là — ou *me touche pas* gueulé
par marquis, ça parle de la même chose. Amour
de la vie, haine du réel.

Pour beaucoup de gens, la vie et la réalité,
c'est la même chose. Il n'y a pas à se plaindre.
Mais pour beaucoup d'autres, c'est pas possible. D'être obligé de jeter un chouette seau
comme la vie dans le trou de merde du réel.
C'est ça, le sujet de ces chansons. Et c'est peut-
être ça, le sujet de tout ce qu'on crée.

Quand ça sera mon tour, je sortirai en courant de ce monde où le réel n'est que la boue de forage du rêve.

2

Mais que peut faire /
un pauvre ex-pensionnaire ?

DELETION : Comme ils nous craignaient et qu'ils n'avaient pas réussi à nous tuer, n'est-ce pas, ceux des tours sont tombés à genoux.

KLINE : Ceux de dixia yixia étaient rêches. Même les pires des admirateurs avaient la caboche dure comme une tête de forage. Alors que les furieux des tours — c'était des rails de Champignon, ouais ouais !

NOUNA : L'ambiance dans les tours était naze mais leurs implants, ça ! c'était quelque chose. Je me suis fait poser plein de petits clitos partout dans les creux poplités. Ça me permet de me branler discrètement quand je m'emmerde, hou ! Vous êtes là, vous vous emmerdez, alors vous vous grattez derrière le genou et houlala ! Vous voulez toucher ?

MILLER : Découvrir la surface et l'espace m'a changée jusqu'au génotype ! Mais il y en a qui n'ont pas évolué d'un seul allèle. Tenez, linerion et nouna. On était dans une salle panoramique de woroïno, deux cent cinquantième étage, on regardait le soleil se coucher, linerion et nouna avaient leur air ennuyé habituel, bon. Survient je ne sais qui, un admirateur en pleine crise d'admiration qui commence à *ramper* aux pieds de nouna. Il faut dire que nouna était superbe, avec les droits elle s'était payé une peau dorée, elle était magnifique et de toute façon, c'était une survivante du groupe de marquis, autant dire une citerne d'eau potable. Donc, l'autre abruti embrasse le genou de nouna, il gémit, il frotte sa joue contre le tibia de nouna, jusqu'à ce que nouna lui retourne un coup de semelle magistral.

L'abruti se dirige, en pleurs et toujours à quatre pattes, vers une bouche de colonne à déchets. Qu'il commence à déverrouiller ! Là, il devient clair qu'il supportait mal l'altitude. Je m'approche, je l'assomme, il se calme. Je retourne finir mon coucher de soleil, m'attendant vaguement à un remerciement de nouna, jusqu'à ce qu'elle me demande, de sa voix traînante : « Pourquoi tu ne l'as pas laissé se jeter dans la colonne ?

— On aurait su quel bruit ça fait », a soupiré linerion.

C'est là que j'ai compris que ces deux-là étaient restés complètement dixiens. Et que je n'arriverais jamais à être aussi zen qu'eux, hihi !

VITE-VITE : Nouna et linerion jouant les blasés face au soleil, aaah ! Ils faisaient des moues d'en-fer, avec les paupières pendantes, comme ça. J'ai fini par les secouer : « Oh ! on s'amuse plus dans un caisson. »

LINERION : Quand j'arrive quelque part, il y a encore des gens qui piaillent : « Le voilà ! Le voilà ! » Waha ! C'est trop bizarre, d'être un symbole.

NOUNA : Dans les hauteurs, tour ou station, on a droit à ces drogues évoluées, les auto-immunes, qui s'annulent quand on abuse. Quelle *poisse* ! C'est pas ça que je veux ! Ce que je veux, moi, c'est abuser ! Me faire sauter la moumoute, hou !

FADO : Ouais, j'ai un peu visité les stations orbitales mais — on me fera pas croire qu'y a pas quelque chose d'inquiétant dans les stations, parce que je sais ce que c'est qu'une Plante, et je peux te dire que celles des stations ont une putain de gueule ! Et les gens sont *tellement* zen — c'est bizarre.

KLINE : On me fera pas croire qu'y a rien de bizarre là-bas. Jamais vu une Plante de ma vie mais quand même — mouais, celles des stations ressemblent à rien. Et les orbitaux sont trop calmes. Alors que les planétaires ont toujours le même bien sale caractère, ouarf !

SUZA : Tout le monde a voulu aller voir là-haut, bien sûr. Les tours, les stations. Beaucoup sont redescendus après. Moi aussi, je suis agoraphobe et néantique. En station, je pisse le sang par les ongles.

CHANG : C'est marrant. J'avais toujours imaginé la lune pleine, la nuit. Mais elle est pas toujours comme ça et c'est pas toujours la nuit, non plus.

TIOURÉE : Tout est trop contrôlé, là-haut. Et moi, je suis restée trop *er*, tu sais ? *Er* a fait souffler un vent de liberté *réelle* ! Et il souffle encore. Le reste, les combattants, yongyuan, les stations, c'était toujours la guerre des puissants entre eux, mais cette odeur de liberté si excitante, elle vient de notre musique.

AMBER TIGER : Si on réfléchit un peu, on comprend qu'on puisse être anti-*er*. Et on parle pas du *er combattant*, là. Je me souviens de ce gars qui étudiait avec moi à jiao tongji, quand j'étudiais encore. Il était doué en hybrigénique, moins feignant que moi — ralid. J'avais des chansons *er* dans ma bulle perso et des fois, je les chantais *en vrai*. Ralid m'a demandé : « C'est quoi ? » C'était *au nadir du descenseur*. Quand il a compris les paroles, ça l'a fait marrer. Il y est allé, pour voir. C'était pas une très bonne idée parce que là-bas, il a rencontré ti, yu, ji, il s'est mis à traîner avec elles, après il s'est retrouvé au faxian-dixin, il a rencontré ces musiciens drogués, il a commencé à se bourrer le cortex, au bout d'un moment il a perdu sa marge de pause, il s'est retrouvé raide et il a commencé à tapiner et, euh — c'était ça, l'effet *er*.

C'était un brave garçon, ralid. Un bon scientifique. Mais il a écouté de la musique *er*, il s'est mis à sucer ses professeurs au lieu de les écouter et après, il est mort. On peut être anti-*er*, raisonnablement.

SUZA : Si je regrette de ne plus traîner avec les *er* ? Pas trop, non. J'ai connu marquis, son groupe, *ek*, *soul*, *style-genre*, *avale !* et dijkstra, led, fukuyama, ive, cnafet, et *copie*, mcgee, *jembel*, *gniloï*, et c'était tous des gravats. Tous. Pas un pour rattraper l'autre. Un par un ou en tas, c'était que du remblai.

Il paraît que fua a dit de moi que j'étais *chawa*, la vermine blanche. C'est exactement ça. Merci fua. *Chawa*. C'est bien moi.

DELANUE : Fua a fait *un* truc bien. Un. *Une* fois.

On venait de débarquer sur leptus, on était dans un bar orbital, on essayait de pas trop vomir, et cnafet et wombat lui sont tombés dessus : « T'as quels projets ? », tout ça — mais version pénible, « Tu devrais faire comme ci », « Ton allure goudronnée, elle date, tu devrais en changer ».

Fua s'est levé, il leur a dit : « Vous êtes chiants, vous êtes nuls et en plus, vous êtes vieux » et il s'est barré.

C'est le seul truc bien que je puisse dire sur fua.

FUA : La grande injure des politiques, leur insulte suprême, c'était : « INDIVIDUALISTES ! » Ils pleuraient là-dessus des heures entières : « Vous êtes des individualistes ! Notre société sombre dans l'individualisme ! Le problème de votre génération, c'est l'individualisme ! », pouah !

Ça me mettait les nerfs. On était tous faits à partir des mêmes gènes, on bouffait tous la même merde en poudre, on se faisait les mêmes implants, on était tous PAREILS ! Et dès que l'un de nous se mettait un doigt dans le nez, les politiques lui sautaient à la gueule en le traitant d'individualiste, hinhin. Mais on avait BESOIN de s'individualiser ! Quand je tenais la millième même conversation avec le millième multi avec les mêmes cheveux et les mêmes opinions, je RÊVAIS d'individus.

« Individualistes. »

Connards.

DELETION : C'est très banal ce que je vais dire, mais les politiques étaient juste des passéistes. Avant, *de leur temps*, on avait plein d'espace autour d'un seul corps. On naissait avec son corps, on vivait avec, on crevait avec — on crevait de lui, n'est-ce pas ? Et puis, ça s'est inversé. Il est devenu plus facile de changer de sexe que d'alvéole, et plus imaginable de monter un avatar pour parcourir des parsecs virtuels que de trouver un Cheval vivant pour galoper dans des champs d'épandage.

Le problème, c'est que la suburb s'est construite à l'ancienne. La morale suburbaine était antique. C'était une vision rigide : « Un seul corps, mille grottes et au turbin ! » C'était ridicule. Allez parler de ce type de morale à un gamète rectifié qui a poussé entre deux coups de gel, qui a changé vingt fois d'œil, dix fois de papilles, trois fois de trou du cul, qui vit assis dans un fond de boyau et dont les meilleurs potes sont des trucs virtuels verts à hublot ! Oui, je suis en train de vous refaire la théorie de la plasticité, mais si la tyrannie de la morale suburbaine a duré si longtemps, c'est à cause de ces bicentenaires qui nous dirigent. Je veux dire, vous êtes né sous la pluie avec un Bec-de-Lièvre, qu'est-ce que vous pouvez penser, moralement, d'un multisexe qui carbure aux neurotransmetteurs ? À part : « Brûlez-moi ça ! » Jusqu'au moment où tous les gens autour de vous vous regardent avec de grands yeux et vous répondent : « Mais ça va bouffer de l'oxygène ! »

Qu'est-ce que vous pouvez comprendre des enjeux du monde au-delà de votre cent cinquantième anniversaire ? Ce n'est pas une question d'intelligence. C'est une question d'âge mental. On grandit en se construisant une image mentale du monde, c'est dans *cet* espace que l'intelligence se déploie, et il ne peut pas être infini.

Et maintenant, patatras ! Il va falloir qu'on apprenne à vivre autrement. Dans de grands espaces réels. Et ça, yongyuan ou pas, certains cerveaux ne vont pas y arriver. À commencer par le mien. Il y a des cartographies cérébrales qu'on ne peut pas reprogrammer sans y laisser sa cohérence personnelle. L'immortalité a ses limites — oui, c'est une autre banalité mais c'est la mienne, merci.

Ce que je veux dire, c'est que je ne trouve pas ça si mal, la virtualité. En 3d, on peut se faire exploser la gueule *toutes les heures* sans polluer autre chose que son fond de slip.

L'espace réel — ça me fait peur. Parce que je suis agoraphobe, n'est-ce pas, comme tout le monde, mais — la race humaine est repartie pour coloniser tout ce qu'elle peut après s'être repliée sur elle-même pendant deux ou trois siècles et, si j'ai un peu compris le passé, j'ai pas mal raison d'avoir peur. Pas pour moi, n'est-ce pas ? Pas pour nous.

Pour tout le reste.

DEWI : En sortant de la pension', on est pas mal restés ensemble, avec les ruinés, et puis chacun a pris sa voie. Lâcher la musique ? Ouais, mec. J'y ai pensé un temps. *Mais que peut faire un pauvre ex-pensionnaire, à part du bruit ?*

FADO : La musique sans marquis, ça me dit plus vraiment ; ça aurait même tendance à me déprimer — j'ai rien contre rajis, attention ! Mais jouer avec le *groupe de marquis*, j'ai pas une folle envie ; et rejouer avec tecnic *non plus*, si on va par là.

Je suis mieux dans le Réseau — je mets les bruits, les couleurs, le rythme de transe, l'ocytocine à fond et j'y vais ! Jusqu'à ce que je m'écroule, putain ! Je suis plus là, moi.

La réalité ? Non merci.

ASHTO : Je suis immergé et j'y reste. La poursuite en cul serré, *wao* ! *Zac, zac*, haha ! L'adrénaline, y a que ça de bon !

VITE-VITE : Mon oncle est venu me voir jouer avec rajis sur leptus, il ne m'a même pas fait le coup de la *perte de face*, j'étais surpris, hé ! Il avait même l'air un peu fier de moi.

On était en train de causer tous les deux quand ce type m'est tombé dessus — un ancien de renmin ribao, un pauvre gars. Famille décimée par les politiques, il avait traîné dans les territoires morts, passé du temps en caisson, c'était un ancien combattant *er* et il m'a dit : « Tout ce temps, c'est votre musique qui m'a soutenu ; c'est elle qui m'a permis de ne pas devenir fou. » Il avait tenu dans la solitude, l'obscurité et les tortures en se repassant en boucle *le refugee te guette, monde de fou* et *ailleurs et maintenant.* En boucle mentale, ouiii ! Pas en virtuel, que du mental ! Les *er combattants* se refilaient des mémoires clandestines de nos captures. Ça coûtait *deux mois* de caisson la minute. Yep ! En quartier politique, si tu te faisais choper avec ça, c'était le tarif. Pour *une* minute de musique. Plus la facture d'énergie à ta famille. Une minute de *notre* musique.

Le type était bien esquinté, bien marqué, mais il me regardait comme — il essayait de me décrire son admiration. C'est là que j'ai saisi la force de ce qu'on avait fait. Ce qu'on avait pu représenter malgré nous. J'ai été ému, hé ! Et mon oncle était rouge de — rouge. Non-on, je ne m'étais pas douté un seul instant ! Pas sur le moment.

Ça m'a flatté, ouiii, c'est ça. Ha ha ! Tandis que je me bourrais le cortex et le reste en gloussant connement, au chaud au fond de dixia yixia, d'autres risquaient tout pour nous sauver tous, voilàààà ! Et ensuite, ils sont venus nous remercier de ce qu'on avait fait pour eux ! Je me sens trop flatté, c'est le mot. Voilà le mot. T'as raison.

DELETION : Pour moi, pas de yongyuan, non. Mon encéphale, oui. Il n'y a rien à faire, n'est-ce pas ?

C'est étrange, de voir sa fin approcher. De voir son propre corps, qui vous a ouvert toutes les voies, les refermer les unes après les autres. Comme un piège, un peu.

C'est surtout triste. Ce n'est pas douloureux comme la mort des autres, c'est juste triste. Mais c'est réellement triste. Sentir le souffle de l'aile de la mort sur son front, c'est attristant. Je peux essayer d'expliquer. Cette sensation que l'humanité est en train d'oublier.

Il y a une distance entre moi et les autres. Même quand je joue, il y a cette distance de plus en plus grande parce que je marche sur un chemin de solitude. Je sens mes mains s'ouvrir et lâcher ce que je tenais — ma musique, ma force. Ça me coule entre les doigts, comme de l'eau. Tout ce que j'avais pris, je le rends.

Oui, bien sûr, si je pouvais, je sortirais de ce puits et je rejoindrais la horde des immortels — toute cette frénésie. Bien sûr, n'est-ce pas ?

DRIME : Juridiquement, je n'existe toujours pas. Je n'ai pas de personnalité physique. J'ai une *cohésion* physique juridique flanquée d'une personnalité morale *jurisprudentielle*. Comme c'est charmant.

NAKA : Finalement, je trouve qu'on s'est bien battus. On était juste des greffes sur pied et on a gagné le droit d'être en un seul morceau.

Eh bien, il y en a que ça gêne. Qu'on existe. Ils trouvent ça obscène, beurk. Il y en a encore, des gens comme ça. Il y en aura tant qu'il restera des gens comme nous.

JI : La première fois qu'on a rencontré les fameux pensionnaires, dans les tours, qu'est-ce qu'on les a trouvés moches ! Ils étaient naturels, voilà. Berk.

TIOURÉE : Dixia yixia a été comblé pour instabilité géologique, j'ai gardé une poignée de gravats — une poignée de la rampe d'accès au faxian-dixin. Je l'ai là, compressée en cristal.

LINERION : Marquis m'avait parlé de vieux récits qu'un de ses potes de pension' lui avait filés. Ça m'a donné l'idée d'aller écouter des vieilleries familiales ! Des récits russes. Je me souviens de l'histoire d'une femme qui avait fait la guerre. Une vieille guerre, une guerre à l'air libre. Elle disait que les marins — les gus qui allaient sur la mer — portaient des revêtements en Coton rayé. Quand ils mouraient à la guerre, leurs cadavres enflaient dans le Coton rayé. Elle disait que tous ces corps ronds et rayés, côte à côte, ça ressemblait à un champ de Pastèques. Et les autres soldats, ça les faisait saliver, toutes ces pastèques. Cette vision d'un champ de Pastèques, ça les faisait saliver, même s'ils savaient ce que c'était. Parce qu'ils avaient faim !

J'ai passé des heures à penser à cette scène. « Et qu'est-ce que ça fait, d'aller sur la mer ? » « Et pourquoi un marin meurt à terre ? » « Et comment c'est, un maillot en Coton rayé ? » « Et une Pastèque ? » « Et un champ de Pastèques ? » Dans toute cette histoire, la seule chose que je connaissais, c'était la faim !

Et d'un coup, ça m'est venu à l'esprit, que ce n'est pas le soleil qui est terrible. Que c'est nous ! Que c'est le soleil qui a peur de nous. Qu'il ne veut plus voir de champ de marins rayés morts. Que c'est pour ça qu'il nous a chassés de devant sa face.

Après, chaque fois que j'ai eu faim, ça m'a travaillé.

TRAGALUZ : Tecnic m'a filé un poème :

Ils étaient aussi nombreux que les étoiles dans le ciel
Et la honte marchait sur leurs pas.

C'est ma définition de l'humanité, ça.

FIN

UNE PRODUCTION ABU-RAYHAN AKI

AVEC

EN PENSION'

AIDIME   ni aixinjueluo'
Scénographe, cordes et compositrice pour *stolon*.
(Décédée 2323)

ANANA   ananda mahidol'
Basses pour *copie*.

ASHTO   phadke-ashevak'
Rythmes pour *stolon*. Compositeur.

BANHBATÉ pham hong ngoc'
Hautes pour *mcgee*.

DEWI chen dewei'
Vigile pour *stolon*. Rythmes pour *mcgee*.

DRIME drid-salvic'
Organisateur pour *stolon*. Créateur des *pomat*.

FADO phadke-ashevak''
Basses pour *stolon*. (Décédé 2334)[*]

JINIS liu jin''
Pensionnaire.

KASTUR kasturba makhanji'
Voix et compositrice pour *mcgee*.

LAMONTE gough lamonte'
Créateur des *ruines*. Cordes pour *copie*.

LA RONDELLE ooka sakyo'
Pensionnaire.

LEIGH kodiak leigh'
Cordes pour *mcgee*. Compositeur pour *stolon* et *mcgee*.

LOVA natacha danilova'
Basses pour *mcgee*.

[*] N.d.T.

LOVILI   natacha danilova''
Pensionnaire.

MARC   wang mark'
Cordes pour *stolon*. (Décédé 2324)

MARQUIS   wang mark''
Artiste scénique. (Décédé 2328)

MENSING   mensing van charante'
Rythmes pour *copie*.

NAKA   nakayama aiko'
Fractales, hautes et compositrice pour *stolon*.

QIUME   zhang qiu'
Pensionnaire. (Décédé 2323)

RAJIS   devdas rajagopalachari''
Voix et compositeur pour *copie*.

SONG-KIS   oh song ki''
Cordes pour *gniloï*.

TECNIC   marie tecnic''
Harmonies et compositrice pour *stolon*. (Décédée 2337)*

VAN CHARIS   mensing van charante''
Cordes pour *copie*.

* N.d.T.

ZHOUANIME   zhou an'
Pensionnaire.

DANS LES CAVES

ATRÉSIE DES CHOANES
Actrice du *théâtre mou*. (Décès non confirmé)[*]

DELANGE
(Décédé 2335)[*]

DELETION
Cordes pour le groupe de marquis.

FUKUYAMA
Artiste scénographe.

IVE   ivemark
Artiste scanseur.

KLINE   klinefelter
Organisateur pour le groupe de marquis et *style-genre*.

MILLER   miller-diker
Acteur du *théâtre mou*. (Décédé 2336)[*]

NOUNA   noonan

[*] N.d.T.

ORANGE
Actrice du *théâtre mou*. (Décédée 2325)

À DIXIA YIXIA

AMBER TIGER   Amber Tiger Rice
Étudiant de jiao tongji.

APINIC   choi sinapinic manjung

AURAN   abu muhiuddin aurangzeb
Étudiant de jiao tongji.

CAPSIDE   Non identifié
Citoyen suburbain.

CENTIMORGAN   Non identifié
Citoyen suburbain.

CHANG   he acheng
Rythmes et compositeur pour le groupe de marquis
et *soul*.

CHIBI   cho chibi
Sœur de jikken.

CNAFET   cnafet
Artiste scanseur.

DALIA   fu feng-po-po
Compositeur pour *soul*. (Décédé 2327)

DAPIP   bao dap cix
Voix et compositrice pour *ek*.

DAPLOP   da phumisak
Basses et compositeur pour *ek*.

DELANUE   emmett-delanoe panitchpakdi
Harmonies pour le groupe de marquis et *style-genre*.

DERMINER   feodor derminer
Artiste acoustique.

DIJKSTRA   dijkstra
Artiste vocal.

DOUBLE-BRIN   yu double-brin dna
Protéomicien, homme d'affaires.

FUA   opeta faatau
Voix et compositeur pour *style-genre*.

GAATJE   fan rong
Voix pour *avale !* (Décédé 2328)

HELIX   shanti padmini
Artiste fresquiste. Capture pour *style-genre*. (Décédée 2327)

HYK   o chang hye
Étudiante de jiao tongji. Cocréatrice de l'espace *er*.

JAHAN   dara mumtaz jaha
Étudiant de jiao tongji.

JI   Identité anonymisée
Étudiante de jiao tongji.

JIKKEN   cho un
Rythmes pour le groupe de marquis. (Décédé 2325)

JINDO   pak se-young
Basses pour *style-genre*. (Décédé 2327)

JUM   jum senor urias
Membre d'*ek*.

LED   led
Artiste panoramiste.

LINERION   linearion kapchinskir
Basses pour le groupe de marquis.

MANTANE   mantane boon-mee
Organisateur pour le groupe de marquis, *style-genre*,
avale !

NOJ   deng hsin
Rythmes pour *soul* et *style-genre*. (Décédé 2327)

OCTOPUCE   watanabe component
Voix, cordes et compositeur pour *soul*.

PI²   jen zale
Rythmes pour *soul*. (Décédé 2327)

RU   ku wa
Étudiante de jiao tongji. (Décédée 2327)

SIHUI   ma sihui
Cordes pour *ek*.

SLOUCHAT   gavril slouchat
Vigile pour le groupe de marquis. (Décédé 2327)

SOLITUD   solitud muset
Acousticien. (Décédé 2327)

SUCRE   cao sucre
Étudiante de jiao tongji.

SUK   lee hyun-suk
Étudiante de jiao tongji. Cocréatrice de l'espace *er*.

SUZA   kim soosa
Captures pour le groupe de marquis.

TANAKA   tanaka otaku
Étudiante de jiao tongji.

TI   liao shuo
Étudiant de jiao tongji. (Décédé 2327)

TIOURÉE   thiourée akhmatova
Captures pour le groupe de marquis, *style-genre*.

TRAGALUZ
Rythmes pour *soul* et le groupe de marquis.
(Congelé 2338) *

UHLAN   temet ulanhot
Voix, basses et compositeur pour *soul*.

VITE-VITE   long viterbi
Hautes pour le groupe de marquis.

WO   wan mian
Étudiante de jiao tongji.

YU   ge liane
Étudiante de jiao tongji. (Décédée 2327)

PRODUCTION   abu-rayhan aki

concept   drime-salvic
production consolidée   consortium *haruki*
   laboratoire *liu heng yan*
production associée   *jiu shi*
édition spéciale

* N.d.T.

production associée —	laboratoire *rieko kenkyuujo*
Réseau	agence *tanizaki takeshi*
production associée — Parallèle	*dairiten*
production associée — Orbital	société *saikaku shonagon sogo shosha*
production exécutive	agence *wen ban shi chu*
superviseur juridique	étude *kitano kentou*

CAPTURES ORIGINALES   tous droits réservés
groupement *er gou*

COMPOSITIONS MUSICALES
TOUS DROITS RÉSERVÉS *DOUBLE-BRIN*

blanchet (par courtoisie *stolon* — wang markis)
cassez-vous (par courtoisie *stolon* — marie tecnis)
chant de pets (par courtoisie *stolon*)
frappe-le (par courtoisie *stolon* — marie tecnis,
wang markis, kodiak leime)
je veux toucher ta main (par courtoisie *stolon*)
la vie des Taupes (par courtoisie *stolon* —
phadkime-ashevak)
maintenant j'ai plus qu'un seul pied (par courtoisie
stolon — marie tecnis, kodiak leime)
marche tout droit (par courtoisie *stolon*)
me touche pas (par courtoisie *stolon* — ni aixime)
mes tes leurs nos rognons (par courtoisie *stolon*)
mon bien cher père ma bien chère mère
(par courtoisie *stolon*)

pas l'œil ! (par courtoisie *stolon*)

pension' scansion (par courtoisie *stolon*)

petite médaille qui glisse (par courtoisie *stolon* — marie tecnis, wang markis)

prime bis (par courtoisie *stolon*)

quel bel ennui (par courtoisie *stolon* — nakayime aiko)

retour aux tours (par courtoisie *stolon*)

saoulons-nous (par courtoisie *stolon* — marie tecnis)

touchez-vous (par courtoisie *stolon* — marie tecnis, wang markis, kodiak leime)

tous vidés (par courtoisie *stolon*)

tue-moi (par courtoisie *stolon* — marie tecnis)

va pisser (par courtoisie *stolon* — marie tecnis, wang markis, kodiak leime)

peau bleue (par courtoisie *copie* — devdas rajagopalacharis)

pédagogique-moi (par courtoisie *copie* — devdas rajagopalacharis)

ôte-toi de moi (par courtoisie *mcgee* — kasturba makhanjime)

rumeurs (par courtoisie *mcgee* — kasturba makhanjime)

saveur-natte (par courtoisie *mcgee* — kodiak leime)

confortablement enterré (par courtoisie wang markis)

en plein dans la lune (par courtoisie he acheng)

l'instinct de conservation (par courtoisie wang markis)

la blague qui tue (par courtoisie wang markis)

la viande amoureuse (par courtoisie wang markis)

monde de fou (par courtoisie wang markis)

TOUS DROITS RÉSERVÉS GROUPEMENT *EK*

au nadir du descenseur (par courtoisie *ek* — da phumisak)
c'est qui ça ? (par courtoisie *ek* — bao dap cix)
le refugee *te guette* (par courtoisie *ek* — da phumisak, bao dap cix)
qu'est-ce que tu dis ? (par courtoisie *ek* — da phumisak)
tuez les bébés (par courtoisie *ek* — bao dap cix)

TOUS DROITS RÉSERVÉS CONTRAT *TEMET-WATANABE*

ailleurs et maintenant (par courtoisie *soul* — temet ulanhot, watanabe component)
je veux m'éplucher le poignet (par courtoisie *soul* — dalia)
respire (par courtoisie *soul* — temet ulanhot, watanabe component)

TOUS DROITS RÉSERVÉS PATRIMOINE D'ÉTAT

balles sous le drapeau rouge (par courtoisie cui jian)
désir sadistique (par courtoisie *x japan* — hideto matsumoto)
je n'ai rien (par courtoisie cui jian)
rien en mon nom (par courtoisie cui jian)

mâche pas ma viande (par courtoisie *style-genre*)
remblais (par courtoisie *style-genre*)
une sale odeur d'œsophage (par courtoisie *style-genre*)

CAPTURE

consultant juridique capture	cabinet *cao lu shi shi wu suo*
conception capture	société *yuan hongdao gongsi*
consultant énergétique	société *uésugi adénase sogo shosha*
ingénieur capture	groupement *gita mehta tuanti*
éditeur capture	studio *hori hitonari satsueijo*
technicien focal	prestation groupe *xi dao cantuan*
consultant 4d	groupe *han haoran cantuan*
superviseur capture	luo öser
perspectiviste	prestation galerie *hori hitonari garou*
coloriste édition spéciale	tsuji teru

REVÊTEMENTS

styliste dermique	société *kafu kiyoshi sogo shosha*

styliste cinétique — agence *zhu xian zu ban shi chu*

ligne Caméléon — société *nobuko dolly a.-d.*

prototypage — maison *abu-rayhan seth*

mires édition spéciale — jia striado

SON

consultant juridique du son — cabinet *lao xiangru lu shi shi wu suo*

conception sonore — vikram al-biruni

psychoacousticien — université *murakami murasaki daigaku*

éditeur son — laboratoire *tao dun yan jiu shi*

technicien sons directs — société *zhang cao gongsi*

neuroconsultant — groupement *inoué*

acoustique — *tunica*

superviseur du son — ling qiji

dialoguiste édition spéciale — groupe *xu wei cantuan*

harmoniste — studio *yoshikawa yuki satsueijo*

consultant juridique des effets sonores — prestation shashi nair

ingénieur psychocognition — akutagawa albery

éditeur des effets sonores — kaiko kobo

technicien f.a.t. — ruth banerjee

neuroconsultant   cabinet *shengtan zhen*
holophonie-   *liao shi*
ambisonie
superviseur synthèse   société *yoshimoto*
ethephon sogo
sonore   *shosha*
mixage   étude *rohinton*
et tharoor

VISUEL

consultant juridique   cabinet *soseki takeshi*
visuel
conception visuelle   société *ogawa ryunosuke*
sogo shosha
ingénieur graphiste   laboratoire *guan trypsin*
yan jiushi
éditeur visuel   kurosawa matsuo
opérateur fc-tm-dr   fujiwara hisashi
biotechnicien bas-haut   prestation li jieru
niveaux
superviseur rendu   basho banana
échantillonnage   studio *liu nai'an*
consultant juridique   kim soosa
des effets optiques
ingénieur optronique   agence *shi moruo*
jhabvala
éditeur optiques   su kang divakaruni
édition spéciale
technicien lux   liu yuanming

superviseur de laboratoire *akiyuki*
traitement optique *sporange kenkyuujo*
étalonnage société *du hanqing*
gongsi
acoustoptique prestation ji shifu

CHIMIOSENSORIEL

consultant juridique cabinet *su suyin*
chimiosensoriel
conception kenizélahiri
chimiosensorielle
ingénieur trijéminal lu tetratip
éditeur chimiosenseurs miri matsuura
technicien rétronasal prestation pu she
flavoriste tong tatsuo
superviseur nez-langue groupe *wang yu*
édition *cantuan*
spéciale

TACTILE

consultant juridique cabinet *yanagita yoko*
tactile
conception tactile prestation ba xueqin
ingénieur infohaptie société *huang réverse*
gongsi
éditeur tact édition studio *ji shifu*
spéciale
technicien texture li lingyun
technicien densité mu yiduo

retour de force — agence *sima bai*
superviseur — société *tsutomu yasunari*
somesthésie — *sogo shosha*
hapticien — groupe *wang yun cantuan*

ENVIRONNEMENT

consultant juridique — cabinet *yuan shi lu shi*
environnement — *shi wu suo*
conception — studio *bai mian*
environnement
ingénieur orientation — agence *dazai*
spatiale — *homoduplex dairiten*
éditeur environnement — o chang hye
traitement lux — prestation lu tianxiang
traitement a.p.p. — société *zhou ziqing gongsi*
technicien — xie fu
volumétrique
superviseur décor — wang guowei
édition spéciale

ARCHITECTURE SENSORIELLE

consultant juridique — cabinet *sima bing*
architecture
sensorielle
conception sensorielle — cao sucre
ingénieur variables aept — li hélicase

éditeur architecture sensorielle	ma yu
séquenceur	prestation murakami mori
technicien neuromédiation	wei zhiyuan
interfaçage	société *murasaki nagaï sogo shosha*
technicien modélisation-imagerie	oe ruriko
superviseur sensoriel édition spéciale	ouyang jingzi
montage	jia yu

INTÉGRATION

consultant juridique intégration	cabinet *wen xing lu shi shi wu suo*
conception intégration	studio *inoué kenji satsueijo*
ingénieur p.s.p.	pilgrim shikibu
éditeur intégration	société *tian xie gongsi*
technicien quaternion	groupe *feng qian cantuan*
i.a.	paramétrage li shangyin sur technologie *sensei*
traitement des lots	ruth banerjee
esthétique édition spéciale	tanaka otaku

ergonome agence *nakagami*
natsume dairiten

ÉDITION

consultant juridique cabinet *yu weihui lu shi*
édition *shi wu suo*
éditeur weise zhenyun
premier assistant anana mahidime
éditeur
postproduction anita roy
timer prestation société *eimi*
endo sogo shosha
coordonnateur éditique agence *tsushima*
yamada dairiten
continuité négative
édition spéciale studio *shen xiu*

COMMUNICATION

communicant agence *guo wenying ban*
shi chu
analyste risques société *zhao zimei*
gongsi
analyste opportunités jhumpa prawer
développement marchés délégation huang lian
responsable diffusion miyamoto mizukami
supervision distribution song forskoline
édition spéciale
coordination agence *yoshikawa*
transcription *dairiten*

consultant artistique zhang jis
contrôleur des coûts groupe *jin qingzhao cantuan*
relations zone anglique qu anshi

DIRECTION JURIDIQUE

réalisation cabinet *oh song kis*
supervision juridique cabinet *bei you lu shi shi wu suo*
premier associés hikibu soryu
deuxième associé mao wei
avoué cabinet *ogai ryu*
huissier étude *wang yu shu fang*
avocat étude *yuan pu shu fang*
recouvrement prestation cao dafu
assistant traduction juridique assermenté mu zunxian
assistant droit transnational xu tingjian
assistant droit des propriétés ban bo
assistant contentieux et arbitrage han yong
assistant droit des marques li han
assistant droit des personnes société *wu pi gongsi*
assistant droit du patrimoine immatériel yamaguchi yoji

fiscaliste édition spéciale	cabinet *wang songling zhen liao shi*
expertise comptable	cabinet *mian zhi lu shi shi wu suo*
gestion d'externalisation	li han
supervision neurologique	cabinet *liu réplicase kan shou nei gé*
assistant mass-psycognition	cabinet *watanabe component*
équipe en science historique	laboratoire *lee hyun-suk*

CETTE ŒUVRE EST SOUS ASSURANCE
YISHI ZHUXING T.R.C.

REMERCIEMENTS

honorés kim dae-soo, kluwer de yin, kobayakawa
ayants droit
honorés cnafet, dijkstra, khan, kobayashi maru,
kouznetzof, led, sukbataryn

Note pour l'édition retranscrite — langue anglo-hispanique :

La translation du mandarin oral en anglique écrit posant les problèmes que chacun connaît, le translateur a renoncé à la plupart des notes. Il espère seulement avoir réussi à respecter, dans les limites de l'écrit, l'esprit de cette époque.

Translateur : kim soosa

Note pour l'édition traduite — langue française :
La traduction anglique-français a été parrainée par le
programme *skywalk-orbite terrestre* de préservation des langues minorisées.

Traducteur : ni aixinjuelo

Toute contravention aux dispositions des articles précédents est constitutive du délit de contrefaçon et engage à ce titre la responsabilité civile et pénale de son auteur. Tout contrevenant se verra poursuivi afin de rendre compte des préjudices causés selon la loi 112254 du 1/7/2324 relative à la propriété et entraînera automatiquement des poursuites sur simple dénonciation agréée.

Cette œuvre a un but purement distractif. Skywalk-orbite terrestre sous tutelle intellectuelle et commerciale de l'irhiang-dong et ses filiales déclinent toute responsabilité au titre de toute conséquence de l'œuvre à sa réception, quels que soient la version ou le support utilisés.

Retrouvez des visuels de tous les personnages sur
catherinedufour.net

Table   537

DU MÊME AUTEUR

Aux Éditions Denoël

Dans la collection Lunes d'encre

OUTRAGE ET RÉBELLION, 2009 (Folio Science-Fiction n° 418)

Aux Éditions du Bélial'

L'ACCROISSEMENT MATHÉMATIQUE DU PLAISIR, 2008 (Folio Science-Fiction n° 408)

Aux Éditions Baleine

DÉLIRES D'ORPHÉE, 2007

Aux Éditions Mnémos

LE GOÛT DE L'IMMORTALITÉ, 2005

Aux Éditions Nestiveqnen

QUAND LES DIEUX BUVAIENT :
  BLANCHE-NEIGE ET LES LANCE-MISSILES, 2001
  L'IVRESSE DES PROVIDERS, 2001
  MERLIN L'ANGE CHANTEUR, 2003
  L'IMMORTALITÉ MOINS SIX MINUTES, 2007